Edgar Rice Burroughs

TARZANs Tiere

Edgar Rice Burroughs wurde am 1. September 1875 in Chicago geboren. In den Jahren von 1912 bis zu seinem Tode im Jahre 1950 schrieb er über 50 Romane und eine Vielzahl von Kurzgeschichten. Besondere Fähigkeiten entwickelte er beim Schreiben von Abenteuerbüchern, die aufgrund ihres chronologischen Aufbaus beliebig viele Fortsetzungen ermöglichten, wobei die Hauptfiguren gleich blieben und somit zu Seriengestalten wurden. Besonders die TARZAN-Geschichten wurden so berühmt und populär, daß sie als Vorlage für mehrere Verfilmungen dienten.

Edgar Rice Burroughs

Tarzans Tiere

KRANICHBORN VERLAG LEIPZIG

Aus dem Amerikanischen übersetzt von Ruprecht Willnow
Titel der Originalausgabe: THE BEASTS OF TARZAN

1. Auflage

ISBN 3-930040-11-5

Gekidnappt

„Die ganze Sache ist höchst rätselhaft“, sagte d'Arnot. „Ich habe es von höchster Stelle, daß weder die Polizei noch die Spezialagenten des Generalstabs auch nur die geringste Ahnung haben, wie es zustande gebracht wurde. Alles, was sie wissen, ist, daß Nikolas Rokoff geflohen ist.“

John Clayton oder Lord Greystoke – der einst „Tarzan von den Affen“ war – saß schweigend in dem Appartement seines Freundes, Leutnant Paul d'Arnots, in Paris und betrachtete nachdenklich die Spitze seines makellos geputzten Schuhs.

Die Flucht seines Erzfeindes aus einem französischen Militärgefängnis, wo er dank der Zeugenaussage des Affenmenschen eine lebenslängliche Haftstrafe verbüßte, hatte die vielfältigsten Erinnerungen wachgerufen.

Er mußte daran denken, zu welchen Mitteln Rokoff einst Zuflucht genommen hatte, um ihn ins Jenseits zu befördern, und war sich im klaren, daß alles, was der Mann bislang unternommen hatte, zweifellos nichts sein würde im Vergleich zu dem, was er jetzt anstreben und unternehmen würde, da er wieder frei war.

Tarzan hatte seine Gattin und seinen Sohn kürzlich nach London gebracht, um ihnen die Mißhelligkeiten und Gefahren der Regenzeit auf ihrem weiten Landbesitz in Uziri zu ersparen – dem Land der wilden Wazirikrieger, deren beträchtliches afrikanisches Stammesgebiet der Affenmensch einst regiert hatte.

Er war kurz über den Kanal gekommen, um seinen alten Freund zu besuchen, aber die Neuigkeiten von der Flucht des Russen hatten bereits einen Schatten auf seine Stippvisite geworfen, so daß er, obwohl gerade erst angekommen, bereits seine sofortige Rückkehr nach London in Erwähnung zog.

„Ich bange nicht um mich, Paul“, sagte er schließlich. „In der Vergangenheit habe ich Rokoffs Anschläge auf mein Leben viele Male zunichte gemacht, doch jetzt muß ich auch an andere denken.

Ich sollte mich in dem Mann schwer täuschen, wenn er jetzt nicht versuchen würde, mich eher durch meine Frau oder meinen

Sohn zu treffen als durch einen direkten Anschlag auf mich, denn er wird zweifellos erkennen, daß er mir auf diese Weise den größten Schmerz zufügen kann. Ich muß sofort zurück zu ihnen und bei ihnen bleiben, bis Rokoff wieder gefaßt – oder tot ist."

Während diese zwei Männer in Paris miteinander sprachen, unterhielten sich zwei andere in einem kleinen Häuschen am Rand von London. Beide waren finstere, böse aussehende Gestalten.

Der einen trug einen Bart, doch der andere, dessen Gesicht noch die Blässe langen Abgeschlossenseins von der Außenwelt zeigte, hatte sich nur wenige Tage nicht rasiert. Er war es, der jetzt redete.

„Dein Bart muß weg, Alexis", sagte er zu seinem Kumpan. „Er würde dich sonst sofort erkennen. In einer Stunde geht's los, und wenn wir uns dann an Deck der *Kincaid* wiedersehen, dann hoffentlich in Begleitung unserer zwei Ehrengäste, die allerdings kaum eine Ahnung haben, welch schöne Reise wir für sie vorgesehen haben.

In zwei Stunden bin ich mit einem von ihnen auf dem Weg nach Dover, und wenn du dich genau an meine Anweisungen hältst, triffst du morgen abend mit dem anderen dort ein, vorausgesetzt natürlich, er kehrt so schnell nach London zurück, wie ich vermute.

Als Belohnung für unsere Mühen winken uns sowohl Geldgewinn als auch großer Spaß und andere guten Dinge, mein lieber Alexis. Dank der Dussligkeit der Franzosen, die sich solche Mühe gegeben haben, die Tatsache meiner Flucht all diese Tage geheim zu halten, hatte ich genügend Gelegenheit, jede Einzelheit unseres kleinen Abenteuers so sorgfältig auszuarbeiten, daß uns eigentlich nicht der geringste Patzer unterlaufen kann. Und nun mach's gut, und viel Glück!"

Drei Stunden später kam ein Bote die Stufen zu Leutnant d'Arnots Appartement hochgerannt.

„Ein Telegramm für Lord Greystoke", sagte er zu dem Diener, der auf sein Klingeln öffnete. „Ist er da?"

Der Leutnant nickte, bestätigte den Erhalt der Nachricht mit seiner Unterschrift und brachte sie Tarzan, der sich schon für die Abreise nach London fertigmachte.

Tarzan riß den Umschlag auf und wurde totenbleich, als er den Text las.

„Hier lies, Paul“ sagte er und gab d'Arnot das Stück Papier. „Es ist schon passiert.“

Der Franzose nahm das Telegramm und las:

‚Jack mit Unterstützung des neuen Dieners aus Garten entführt. Komm sofort. – Jane.‘

Als Tarzan aus dem Sportwagen sprang, der ihn vom Bahnhof abgeholt hatte, und die Stufen zu seinem Londoner Stadthaus hinaufrannte, empfing ihn an der Tür eine Frau, die zwar nicht weinte, aber völlig außer sich war.

Jane Porter Clayton berichtete hastig alle im Zusammenhang mit der Entführung des Jungen stehenden Ereignisse.

Bei schönstem Sonnenschein war das Kindermädchen mit dem Kleinen im Wagen auf dem Weg vorm Haus spazierengefahren, als ein geschlossenes Taxi an der nächsten Straßenecke hielt. Die Frau schenkte dem Fahrzeug nur wenig Beachtung, vermerkte lediglich, daß kein Fahrgast ausstieg, der Wagen dennoch mit laufendem Motor an der Bordkante hielt, als würde man ihm sogleich aus dem Haus, vor dem er stand, sein Fahrgeld bringen.

Fast im gleichen Augenblick kam Carl, der neue Diener, aus dem Greystoke'schen Haus gelaufen und sagte dem Kindermädchen, die Herrin wolle sie kurz sprechen, sie solle den kleinen Jack einstweilen ihm überlassen.

Die Frau sagte, sie habe nicht die geringsten Zweifel über die Beweggründe des Mannes gehabt, und als sie am Hauseingang war, habe sie ihm nur noch sagen wollen, er solle den Kinderwagen stets so drehen, daß die Sonne dem Kleinen nicht ins Gesicht schien.

Als sie sich umwandte, um ihm dies zuzurufen, sah sie zu ihrer Überraschung, wie er den Wagen schnell zur Ecke rollte. Im gleichen Moment öffnete sich der Wagenschlag des Taxi, und ein dunkles Gesicht tauchte einen Augenblick aus dem Inneren auf.

Intuitiv erfaßte sie die Gefahr, die dem Kind drohte, und mit einem Schrei stürzte sie die Treppe hinunter und den Fußweg entlang zu dem Taxi, wo Carl nun den Kleinen dem Mann mit dem dunklen Gesicht hineinreichte.

Kurz bevor sie beim Wagen anlangte, schlüpfte Carl hinein, setzte sich neben seinen Spießgesellen und schlug die Tür hinter sich zu. Der Fahrer versuchte gleichzeitig zu starten, doch mit dem Wagen war wohl etwas nicht in Ordnung, er konnte zunächst nur den Rückwärtsgang einlegen und fuhr einige Zoll zurück, um dann wieder zu versuchen, daß er in den ersten Gang schalten konnte. Durch diese Verzögerung gelang es dem Kindermädchen, das Taxi zu erreichen. Sie sprang aufs Trittbrett, versuchte, das Baby dem Fremden zu entreißen, und hing schreiend und kämpfend noch daran, als das Taxi schon anfuhr. Erst als der Wagen mit ziemlicher Geschwindigkeit am Greystoke'schen Haus vorbeigerollt war, gelang es Carl, sie durch einen schweren Schlag ins Gesicht aufs Pflaster zu schleudern.

Ihre Schreie hatten die Diener und Mitglieder der Familien aus den umliegenden Grundstücken sowie aus dem Greystoke'schen Haus aufmerksam werden lassen. Lady Greystoke hatte das mutige Verhalten des Kindermädchens mit angesehen und auch selbst versucht, das schnell vorüberfahrende Taxi zu erreichen, war jedoch zu spät gekommen.

Das war alles, was sie ihm berichten konnte. Natürlich hatte sie nicht die geringste Ahnung von der Person, die möglicherweise hinter der ganzen Sache stand, bis ihr Gatte von Nikolas Rokoffs Flucht aus dem französischen Gefängnis erzählte. Sie hatten gehofft, daß der Russe auf ewig dort bleiben würde.

Während Tarzan und seine Gattin noch überlegten, was sie jetzt am klügsten unternehmen sollten, schrillte das Telefon in der Bibliothek zu ihrer Rechten. Tarzan ging schnell hin und hob ab.

„Lord Greystoke?" fragte eine männliche Stimme am anderen Ende der Leitung.

„Ihr Sohn ist geraubt worden, und ich allein kann Ihnen helfen, ihn wiederzubekommen", fuhr die Stimme fort. „Ich weiß, welche Pläne diejenigen verfolgen, die ihn haben. Im Grunde war ich selbst mit beteiligt und sollte auch einen Anteil der Belohnung bekommen, aber jetzt wollen die mich austricksen, und um ihnen eins auszuwischen, will ich Ihnen helfen, den Jungen wiederzukriegen, unter der Bedingung, daß Sie mich wegen meiner Beteiligung an dem Verbrechen nicht verfolgen. Was sagen Sie dazu?"

„Wenn Sie mich dorthin bringen, wo mein Sohn versteckt wird, haben Sie von mir nichts zu befürchten", erwiderte der Affenmensch.

„Gut", sagte der andere. „Aber Sie müssen allein kommen, denn es reicht schon, daß ich Ihnen vertrauen muß. Da kann ich nicht noch das Risiko eingehen, daß andere herauskriegen, wer ich bin."

„Wo und wann kann ich Sie treffen?" fragte Tarzan.

Der andere nannte ihm den Namen und die Lage einer Gaststätte an der Küste bei Dover – es war ein Haus, in dem oft Seeleute verkehrten.

„Kommen Sie heute abend gegen zehn Uhr dorthin", fügte er abschließend hinzu. „Es hätte keinen Zweck, eher dort aufzutauchen. Ihrem Sohn wird in der Zwischenzeit nichts geschehen, und ich kann Sie dann heimlich zu seinem Versteck führen. Aber kommen Sie unbedingt allein, und lassen Sie ja Scotland Yard aus dem Spiel, denn ich kenne Sie gut und werde Sie beobachten.

Sollten Sie jemanden mitbringen, oder sollte ich verdächtige Typen sehen, die Kriminalpolizisten sein könnten, werde ich mich nicht zu erkennen geben, und dann ist ihre letzte Chance vertan, Ihren Sohn wiederzukriegen."

Mit diesen Worten legte der Mann auf.

Tarzan gab das Wesentliche des Gesprächs seiner Frau wieder. Sie bettelte, er möge erlauben, daß sie ihn begleite, aber er hielt ihr vor, daß der Mann seine Drohung dann durchaus wahrmachen und ihnen nicht mehr helfen würde, falls er nicht allein kam. So nahmen sie Abschied. Er wollte auf dem schnellstem Weg nach Dover, und sie wartete scheinbar zu Hause auf eine Nachricht über das Ergebnis seiner Mission.

Kaum einer von beiden ahnte, welches Schicksal ihnen beschieden sein würde, ehe sie sich wiedersahen, und in welche Ferne....aber wozu vorauseilen?

Als der Affenmensch Jane Clayton verlassen hatte, ging sie zehn Minuten lang ruhelos auf den Seidenteppichen der Bibliothek auf und ab. Ihr Mutterherz schmerzte, hatte man ihr doch ihr Erstgeborenes entrissen. Sie wurde von Hoffnungen und Ängsten heimgesucht.

Obwohl die Vernunft ihr sagte, daß alles in Ordnung gehen würde, sofern ihr Tarzan gemäß der Forderung des geheimnisvollen Fremden allein zu dem Treffen ging, wurde sie intuitiv doch von Argwohn und Mißtrauen gepeinigt. Sie ahnte, daß ihrem Gatten und ihrem Sohn große Gefahren drohten.

Je mehr sie darüber nachdachte, desto mehr festigte sich ihre Überzeugung, daß der Anruf nur eine List gewesen war, um sie von jedweden Aktivitäten abzuhalten, bis der Junge zuverlässig versteckt oder außer Landes gebracht worden war. Vielleicht war es auch nur ein Köder gewesen, um Tarzan in die Fänge des unversöhnlichen Rokoff zu locken.

Bei diesem Gedanken blieb sie entsetzt stehen. Im Nu wurde er zu einer Überzeugung. Sie blickte auf die große Uhr, die in der Ecke der Bibliothek tickte.

Es war zu spät, noch den Zug nach Dover zu erreichen, den Tarzan nehmen wollte. Es gab jedoch noch einen späteren, der sie so zeitig zu jenem Hafen am Kanal bringen würde, daß sie vor der zwischen ihrem Gatten und dem Fremden vereinbarten Zeit am Treffpunkt sein konnte.

Sie ließ das Dienstmädchen und den Chauffeur kommen und erteilte schnell die nötigen Anweisungen. Zehn Minuten später preschte der Wagen mit ihr durch die verkehrsreichen Straßen zum Bahnhof.

Abends neun Uhr fünfundvierzig stand Tarzan vor der schmuddligen Kneipe an der Seeseite von Dover. Als er in den stickigen Schankraum trat, huschte eine Gestalt mit vermummten Gesicht an ihm vorbei auf die Straße.

„Kommen Sie mit, Mylord!“ raunte der Fremde ihm zu.

Der Affenmensch machte auf der Stelle kehrt und folgte dem anderen in eine schlecht beleuchtete Allee, die die hochtrabende Bezeichnung ‚Durchfahrt’ erhalten hatte. Der Bursche führte ihn immer weiter in die Dunkelheit Richtung Kai, wo hoch aufgestapelte Ballen, Kisten und Fässer dichte Schatten verbreiteten. Hier blieb er stehen.

„Wo ist der Junge?“ fragte Greystoke

„Auf dem kleinen Dampfer, dessen Lichter Sie dort sehen können“, erwiderte der andere.

Tarzan versuchte, in der Dunkelheit die Gesichtszüge seines Begleiters zu erkennen, aber es schien niemand zu sein, den er jemals zuvor gesehen hatte. Hätte er geahnt, daß es Alexis Pawlowitsch war, dann wäre ihm klar geworden, daß dieser Mann nur Verrat im Schilde führen konnte, und daß auf Schritt und Tritt Gefahren auf ihn lauerten.

„Er wird jetzt nicht bewacht“, fuhr der Russe fort. „Diejenigen, die ihn geraubt haben, glauben, nicht entdeckt zu werden, und mit Ausnahme von ein paar Besatzungsmitgliedern, die ich mit genug Gin versorgt habe, um sie für Stunden ruhigzustellen, ist niemand an Bord des Schiffes. Wir können hinfahren, das Kind holen und ohne die geringste Gefahr verschwinden.“

Tarzan nickte.

„Dann wollen wir's tun“, sagte er.

Sein Begleiter führte ihn zu einem kleinen Boot, das am Kai festgemacht war. Die beiden Männer stiegen ein, und Pawlowitsch ruderte schnell zu dem Dampfer. Zu dem Zeitpunkt erweckte der aus dem Schornstein quellende schwarze Rauch bei Tarzan noch keinen Verdacht. Ihn erfüllte einzig und allein die Hoffnung, in wenigen Minuten seinen kleinen Sohn wieder in den Armen zu halten.

An der Bordwand des Dampfers baumelte eine Strickleiter dicht über ihren Köpfen. Die zwei Männer enterten vorsichtig auf. An Deck angekommen, eilten sie nach achtern, wo der Russe auf eine Luke wies.

„Der Junge ist hier versteckt“, sagte er. „Am besten, Sie gehen hinunter, um ihn zu holen, da besteht weniger Gefahr, daß er aus Angst schreien wird wie sonst bei einem Fremden. Ich bleibe hier und passe auf, daß niemand kommt.“

Tarzan war so erpicht, sein Kind zu retten, daß er nicht den geringsten Gedanken darauf verschwendete, wie seltsam die ganzen Umstände an Bord der *Kincaid* waren. Kein Mensch war an Deck, obwohl sie Dampf aufgemacht hatte, und der riesigen schwarzen Wolke nach zu urteilen, die aus dem Schlot quoll, war sie bereit zum Auslaufen. Aber dies alles ließ ihn unbeeindruckt.

In der festen Überzeugung, gleich das kostbare kleine Bündel Mensch in seine Arme zu schließen, schwang sich der Affenmensch in die Dunkelheit unter Deck. Kaum hatte er die Oberkante der Luke losgelassen, fiel die schwere Klappe über ihm krachend zu.

Sofort wurde ihm klar, daß er das Opfer eines Komplotts geworden war. Weit davon entfernt, seinen Sohn zu retten, war er selbst in die Hände seiner Feinde gefallen. Natürlich versuchte er sofort, die Luke zu erreichen und die Klappe anzuheben, doch vergebens.

Er zündete ein Streichholz an, um seinen Aufenthaltsort zu ergründen, und sah, daß er sich in einem kleinen, vom Laderaum abgetrennten Verschlag befand. Die Luke über ihm war der einzige Zugang. Ganz offensichtlich war der Raum zu dem alleinigen Zweck hergerichtet worden, ihn hier gefangen zu halten.

Die Zelle war völlig leer, es gab keinen anderen Insassen. War der Junge an Bord dieses Schiffes, dann wurde er irgendwo anders eingesperrt gehalten.

Über zwanzig Jahre lang, von frühester Kindheit bis zum Erwachsenenalter, hatte der Affenmensch die verschiedenen Schlupfwinkel im Dschungel ohne menschliche Gesellschaft bewohnt. In jener Lebensperiode, in der die menschliche Natur am empfänglichsten für jedwede Eindrücke ist, hatte er gelernt, Freud und Leid so anzunehmen, wie Tiere dies tun.

Aus diesem Grund haderte er nicht mit seinem Geschick und tobte nicht umher, sondern wartete geduldig, was ihm als nächstes zuteil werden würde, wobei er jedoch ständig auf Möglichkeiten sann, dieser Falle zu entrinnen. Aus diesem Grund untersuchte er sein Gefängnis sorgfältig, betastete die schweren Planken, die die Wände bildeten, und maß die Entfernung zur Luke über ihm.

Während er noch damit beschäftigt war, spürte er plötzlich das Vibrieren der Maschine und das rhythmische Brummen der Schiffsschraube.

Das Schiff fuhr! Wohin, und welchem Schicksal entgegen?

Doch selbst als ihm diese Gedanken durch den Kopf gingen, hörte er durch den Lärm der Maschinen hindurch etwas, das bei ihm einen Schauer des Entsetzens auslöste.

Vom Deck über ihm drang klar und deutlich der Schrei einer veränstigten Frau zu ihm herab.

Ausgesetzt

Als Tarzan und sein Begleiter im Schatten des dunklen Kais verschwunden waren, eilte eine dicht verschleierte Frau die schmale Allee zum Eingang der Gastwirtschaft, die die beiden Männer gerade verlassen hatten.

Hier blieb sie an der Tür stehen und schaute um sich. Offensichtlich befriedigt, den gesuchten Ort gefunden zu haben, trat sie beherzt weiter in die üble Spelunke.

Die Schar halb betrunkener Matrosen und Schauerleute blickte auf angesichts der ungewohnten Erscheinung einer vornehm gekleideten Frau in ihrer Mitte. Sie ging schnell zu dem schlampigen Schankmädchen, das ihre vom Glück mehr begünstigte Geschlechtsgenossin halb neidisch, halb haßerfüllt musterte.

„Haben Sie vor knapp einer Minute hier einen großen, gutgekleideten Mann gesehen, der sich mit jemandem traf und mit ihm weggegangen ist?“ fragte sie.

Das Mädchen nickte, konnte jedoch nicht sagen, in welche Richtung die beiden gegangen waren. Ein Seemann, der herangetreten war, um das Gespräch mitzuhören, lieferte die Information, er habe vor einem Moment, als er im Begriff war, die Kneipe zu betreten, zwei Männer herauskommen sehen, die dann zum Kai gegangen wären.

„Zeigen Sie mir bitte die Richtung, die sie einschlugen“, sagte die Frau und steckte dem Mann eine Münze zu.

Der Mann geleitete sie hinaus, dann gingen beide schnell den Kai entlang zu einer Stelle, von wo sie ein kleines Boot in den Schatten eines nahe vor Anker liegenden Dampfers rudern sahen.

„Dort sind sie“, raunte der Mann.

„Ich gebe Ihnen zehn Pfund, wenn Sie ein Boot auftreiben und mich zu dem Schiff rudern“, sagte sie.

„Dann fix“, erwiderte er. „Wir müss’n hinmach’n, wenn mir die *Kincaid* noch erwisch’n woll’n, bevor sie abfährt. Die steht schon drei Stund’n unner Dampf, hat wohl nur noch auf den Passagier da gewartet. Ich habe mich vor n’r Stunde mit ei’m von’r Mannschaft unnerhalt’n.“

Bei diesen Worten führte er sie zum Ende des Kais, wo, wie er wußte, ein weiteres Boot vertäut war. Er half ihr hinein, sprang nach und ruderte los. Rasch glitten die beiden über das Wasser.

An der Bordwand des Dampfers angekommen, forderte der Mann sein Geld. Die Frau nahm sich nicht erst die Zeit, nachzuzählen, sondern stopfte ihm einige Banknoten in die ausgestreckte Hand. Ein kurzer Blick überzeugte ihn, daß es mehr war, als er verlangt hatte. Er half ihr auf die Strickleiter und blieb mit seinem Boot an der Seite des Schiffes für den Fall, daß diese profitable Passagierin später vielleicht wieder an Land gebracht werden wollte.

Doch da verkündete ihm das Brummen des Hilfsmotors und das Rasseln der Trosse über die Rolle, daß die *Kincaid* den Anker lichtete, und einen Moment später hörte der Wartende, wie die Schiffsschraube sich zu drehen anfing und der kleine Dampfer sich langsam von ihm entfernte und der Hafenausfahrt zusteuerte.

Als er wendete, um wieder an Land zu rudern, hörte er an Deck des Schiffes eine Frau schreien.

„Das nenne ich verdammtes Pech", sagte er im Selbstgespräch. „Da hätt'se auch mit'm ganz'n Pack'n Geld rüwerkomm'n könn'n."

Als Jane Clayton das Deck der *Kincaid* betrat, schien das Schiff verlassen zu sein. Nirgends war eine Menschenseele zu entdecken.

Also machte sie sich auf die Suche nach ihrem Gatten und dem Kind, obwohl sie kaum hoffte, sie ohne Schwierigkeiten zu finden.

Sie ging schnell zur Kajüte, die halb über Deck ragte, und dann rasch den kurzen Niedergang zur Hauptkajüte hinunter, zu deren beiden Seiten die kleineren Wohnräume der Offiziere lagen. Ihr entging, wie vor ihr schnell eine Tür geschlossen wurde. Nachdem sie die Kajüte durchquert, ging sie zurück, blieb vor jeder Tür stehen, lauschte und versuchte, sie vorsichtig zu öffnen.

Ringsum herrschte Totenstille, so daß sie in ihrer überspannten Einbildungskraft glaubte, das Hämmern ihres Herzens erfülle das Schiff mit Donnerhall.

Nacheinander öffnete sie alle Türen, blickte jedoch nur in leere Räume. Sie war so davon in Anspruch genommen war, daß ihr die plötzliche Geschäftigkeit auf dem Schiff, das Surren der Motoren und das rhythmische Stampfen der Schiffsschraube völlig entgingen. Als sie die letzte Tür zu ihrer Rechten erreicht hatte und sie aufstieß, wurde sie plötzlich von einem kräftigen Mann mit dunklem Gesicht gepackt und schnell in den stickigen, von üblen Gerüchen erfüllten Raum gezogen. Gleichzeitig legte sich ihr grob eine Hand auf den Mund.

„Sie dürfen sich erst die Lunge aus dem Hals schreien, wenn wir weiter weg vom Land sind, meine Liebe“, sagte er.

Sie wandte sich, um in das verschlagene, bärtige Gesicht zu blicken, das dicht vor ihr war. Der Mann verminderte den Druck seiner Hand auf ihren Mund, und da schreckte die Frau mit einem entsetzten Stöhnen vor ihm zurück, denn sie hatte ihren Peiniger erkannt.

„Nikolas Rokoff! Monsieur Thuran!“ stieß sie hervor.

„Ihr ergebener Bewunderer“, erwiderte der Russe und verbeugte sich tief.

Sie überhörte diese Beteuerung der Ergebenheit und fragte sofort: „Und wo ist mein kleiner Junge? Lassen Sie mich zu ihm. Wie konnten Sie so grausam sein? Selbst Sie – Nikolas Rokoff – müßten doch noch soviel Erbarmen und Mitgefühl besitzen! Sagen Sie mir, wo er sich befindet. Ist er an Bord dieses Schiffes? O bitte, wenn ein menschliches Herz in Ihrer Brust schlägt, dann bringen Sie mich zu meinem kleinen Kind!“

„Wenn Sie schön tun, was man Ihnen sagt, wird Ihnen nichts geschehen“, erwiderte Rokoff. „Aber denken Sie daran: Sie sind selbst schuld, daß Sie sich hier befinden. Sie sind freiwillig an Bord gekommen, nun müssen Sie auch die Folgen tragen. Ich für mein Teil hätte ja nie geglaubt, daß ich solchen Massel haben würde“, fügte er für sich hinzu.

Dann ging er an Deck, nachdem er die Kajütentür gut verschlossen hatte, und sie bekam ihn mehrere Tage nicht zu Gesicht. Der wahre Grund ist jedoch, daß Nikolas Rokoff ein erbärmlicher Seemann vor dem Herrn war, so daß die schwere See, mit der die *Kincaid* von Anbeginn ihrer Reise an zu kämpfen hatte, ihn mit allen Anzeichen schwerer Seekrankheit in die Koje sandte.

Während dieser Zeit suchte lediglich ein ungehobelter Schwede sie auf, der einfallslose Koch der *Kincaid,* Sven Anderssen mit Namen, der besonders stolz darauf war, daß sein Name mit Doppel-S geschrieben wurde.

Er war ein großer, knochiger Mann mit langem, gelben Schnurrbart, ungesunder Gesichtsfarbe und schmutzigen Fingernägeln. Allein der Anblick, wenn er bei Jane auftauchte, den dicken Daumen im lauwarmen Gemüseeintopf versenkt, raubte ihr jeden Appetit. Er schien auf dieses Produkt seiner Kochkunst besonders stolz zu sein, denn es stand häufig genug auf dem Speisezettel.

Die kleinen, blauen, engstehenden Augen wichen ihrem Blick stets aus. Seine ganze Erscheinung hatte etwas Unstetes an sich, das sich auch in seiner katzenartigen Haltung ausdrückte. Der abstoßende Eindruck wurde noch durch das lange, dünne Messer verstärkt, das an seiner Hüfte in dem schmierigen Gürtel steckte, mit dem die schmutzige Schürze gehalten wurde. Es war ganz offensichtlich nur notwendiges Mittel zur Ausübung seines Berufs, aber Jane konnte sich nie des Eindrucks erwehren, daß es nur eines geringen Anlasses bedürfe, um mit anzusehen, wie es zu ganz anderem und weniger harmlosen Zweck gebraucht wurde.

Er verhielt sich ihr gegenüber stets mürrisch, gleichwohl unterließ sie nie, ihm ein freundliches Lächeln und ein Wort des Dankes zukommen zu lassen, wenn er ihr das Essen gebracht hatte, auch wenn sie den größten Teil davon durch das winzige Kajütenfenster in die See schüttete, kaum daß sich die Tür hinter ihm geschlossen hatte.

In den sorgenvollen Tagen, die ihrer Einkerkerung folgten, beschäftigten sie einzig und allein zwei Fragen – wo befand sich ihr Gatte, und wo ihr Sohn? Sie war fest überzeugt, daß das Baby an Bord des Schiffes war, vorausgesetzt, daß es noch lebte, aber ob Tarzan am Leben gelassen worden war, nachdem man ihn an Bord dieses üblen Dampfers gelockt hatte, entzog sich jeder Vermutung.

Natürlich wußte sie, welch abgrundtiefen Haß der Russe ihm entgegenbrachte, und sie konnte sich nur einen Grund vorstellen, weshalb man ihn hierher verbracht hatte: Er sollte unter relativ sicheren Umständen umgebracht werden als Rache dafür, daß er Rokoffs Pläne mehrmals zunichte gemacht hatte und letztendlich auch verantwortlich war, daß dieser in einem französischen Gefängnis landete.

Tarzan wiederum lag in seiner stockfinsteren Zelle und hatte keine Ahnung, daß seine Frau in der Kajüte fast über ihm gefangengehalten wurde.

Derselbe Schwede, der Jane ihre Mahlzeiten brachte, bediente auch ihn, und Tarzan versuchte mehrmals, ihn in ein Gespräch zu verwickeln, jedoch immer erfolglos.

Er hoffte, durch diesen Burschen in Erfahrung zu bringen, ob sein kleiner Sohn an Bord der *Kincaid* war oder nicht, doch auf jede diesbezügliche oder andersgeartete Frage hatte der Bursche nur eine Antwort bereit: „Ich denk mir, s'wird bald'n mächtich hart'r Wind weh'n." Darauf gab Tarzan alle weiteren Versuche auf.

Viele Wochen, die den zwei Gefangenen wie Monate vorkamen, steuerte der kleine Dampfer wer weiß wohin. Einmal hatte er einen kurzen Aufenthalt, um Kohle zu bunkern, doch setzte er unmittelbar danach seine anscheinend endlose Fahrt fort.

Rokoff hatte Jane Clayton ein einziges Mal besucht, seit er sie in der winzigen Kajüte eingesperrt hatte. Er sah ausgemergelt und hohlwangig aus, nachdem er so lange von Seekrankheit heimgesucht worden war. Zweck seines Besuches war, von ihr einen Scheck über eine große Geldsumme zu fordern. Als Gegenleistung verbürgte er sich für ihre persönliche Sicherheit und spätere Rückkehr nach England.

„Wenn Sie mich mit meinem Sohn und meinem Gatten in irgendeinem zivilisierten Hafen sicher absetzen, werde ich Ihnen die doppelte Summe in Gold zahlen", entgegnete sie daraufhin. „Vorher werden Sie keinen roten Heller erhalten und auch keinen Cent unter irgendwelchen anderen Begingungen."

„Sie werden den geforderten Scheck sehr wohl herausrücken, oder weder Sie, noch ihr Kind, noch ihr Gatte werden jemals wieder in irgendeinem Hafen, ob nun zivilisiert oder nicht, Fuß an Land setzen", erwiderte er höhnisch.

„Warum sollte ich Ihnen trauen?" fragte sie. „Welche Garantie habe ich, daß Sie nicht einfach mein Geld nehmen und mit mir und den Meinen nach Gutdünken verfahren, gleichgültig, was sie versprochen haben?"

„Ich glaube, Sie werden tun, was ich sage", erklärte er und wandte sich zum Gehen. „Denken Sie daran, daß ich Ihren Sohn habe – sollten Sie zufällig das laute Weinen eines gepeinigten Kindes hören, dann mag der Gedanke Sie trösten, daß Ihre Halsstarrigkeit der Grund für sein Leiden ist – und daß es Ihr Kind ist."

„Das würden Sie nicht tun!" rief sie. „So abscheulich grausam können Sie doch nicht sein!"

„Nicht ich bin grausam, Sie sind es", erwiderte er. „Schließlich lassen Sie zu, daß es von einer erbärmlichen Summe Geld abhängt, ob das Kind leidet oder nicht."

Das Ende vom Liede war, daß Jane Clayton einen Scheck über eine große Summe ausschrieb und Nikolas Rokoff aushändigte, der ihre Kajüte mit einem befriedigten Grinsen verließ.

Am folgenden Tag wurde die Luke über Tarzans Zelle entfernt, und als er hinaufblickte, sah er Pawlowitschs Gesicht in dem hellen Rechteck von Licht.

„Kommen Sie 'rauf", befahl der Russe. „Aber seien Sie sich im klaren, daß Sie auf der Stelle erschossen werden, falls Sie Anstalten machen, mich oder jemand anders an Bord anzugreifen."

Der Affenmensch schwang sich behend an Deck. In respektvoller Entfernung standen ein halbes Dutzend mit Gewehren und Revolvern bewaffnete Seeleute, ihm gegenüber Pawlowitsch.

Tarzan hielt nach Rokoff Ausschau. Er war sicher, daß er an Bord war, konnte ihn jedoch nirgends entdecken.

„Lord Greystoke, die Art und Weise, in der Sie Monsieur Rokoff ständig in die Quere gekommen sind und seine Pläne mutwillig zunichte gemacht haben, hat Sie und Ihre Familie schließlich in diese höchst unglückliche Situation gebracht. Aber das haben Sie sich selbst zuzuschreiben. Wie Sie sich denken können, hat es Rokoff eine gewaltige Summe Geld gekostet, diese Expedition zu finanzieren, und da Sie deren einzige Ursache sind, ist es nur recht und billig, wenn er Sie um einen Beitrag bittet.

Des weiteren möchte ich hinzufügen, daß Sie nur durch die Erfüllung von M. Rokoffs gerechten Forderungen höchst unangenehme Konsequenzen für Ihre Gattin und Ihr Kind abwenden und zugleich ihr eigenes Leben retten und die Freiheit wiedererlangen können."

„Wie hoch ist der Betrag?" fragte Tarzan. „Und welche Garantien habe ich, daß Sie die Vereinbarung einhalten werden? Ich sehe wenig Veranlassung, zwei solchen Schurken wie Ihnen und Rokoff zu trauen, wissen Sie."

Der Russe lief rot an.

„Sie befinden sich in einer Situation, wo Sie sich solcher Beleidigungen besser enthalten“, sagte er. „Natürlich haben Sie keine anderen Garantien als mein Wort, daß wir unsere Vereinbarung einhalten, aber ich kann Ihnen garantieren, daß wir kurzen Prozeß mit Ihnen machen werden, falls Sie uns den gewünschten Scheck nicht ausstellen.

Sollten Sie jedoch nicht dümmer sein, als ich annehme, dann müßten Sie wissen, daß nichts uns größeres Vergnügen bereiten würde, als diesen Leuten hier den Befehl zum Feuern zu geben. Wenn wir jetzt darauf verzichten, dann nur, weil wir andere Pläne für Ihre Bestrafung verfolgen, die durch Ihren Tod völlig über den Haufen geworfen würden.“

„Beantworten Sie mir nur eine Frage“, sagte Tarzan. „Ist mein Sohn an Bord dieses Schiffes?“

„Nein“, antwortete Alexis Pawlowitsch. „Er befindet sich woanders in völliger Sicherheit, und er wird auch nicht umgebracht werden, es sei denn, Sie lehnen es ab, unsere berechtigten Forderungen zu erfüllen. Sollte es notwendig werden, Sie zu töten, gäbe es dann auch keinen Grund, das Kind leben zu lassen, denn mit Ihnen wäre derjenige beseitigt, den wir durch das Kind bestrafen wollten. Dann wäre der Junge für uns nur eine ständige Gefahr und Belastung. Sie erkennen also, daß Sie das Leben Ihres Kindes nur dadurch retten können, daß Sie Ihr eigenes retten, und das ist wiederum nur möglich, wenn Sie uns den Scheck geben, um den wir Sie bitten.“

„Ich verstehe“, erwiderte Tarzan, denn er wußte, er konnte sicher sein, daß sie jede von Pawlowitsch ausgesprochene Drohung wahrmachen würden, und daß jedoch eine winzige Chance bestand, den Jungen zu retten, indem er auf ihre Forderungen einging.

Er hielt es für unwahrscheinlich, daß sie ihn leben lassen würden, nachdem er seine Unterschrift unter den Scheck gesetzt hatte. Doch er war entschlossen, ihnen einen Kampf zu liefern, den sie nie vergessen würden, und Pawlowitsch wenn möglich mit ins Jenseits zu nehmen. Er bedauerte nur, daß es nicht Rokoff war.

Er holte Scheckbuch und Füllfederhalter aus der Tasche.

„Auf welche Summe?“ fragte er.

Pawlowitsch nannte einen ungeheueren Betrag. Tarzan konnte sich eines Lächelns kaum enthalten.

Gerade ihre Geldgier sollte sich als Ursache für ihre Niederlage erweisen, zumindest in der Angelegenheit des Lösegeldes. Mit voller Absicht zögerte er und feilschte um die Summe, aber Pawlowitsch war hartnäckig. Schließlich füllte der Affenmensch einen Scheck über eine viel größere Summe aus, als auf seinem Bankkonto war.

Als er sich umwandte, um dem Russen das wertlose Stück Papier auszuhändigen, schweifte sein Blick zufällig über die Steuerbordseite der *Kincaid*. Zu seiner Überraschung sah er, daß das Schiff nur wenige Yards von Land entfernt lag. Dichter tropischer Dschungel reichte fast bis zum Wasser, weiter hinten sah man bewaldetes Hochland.

Pawlowitsch bemerkte seine Blickrichtung.

„Sie werden hier freigelassen", erklärte er.

Tarzan ließ daraufhin den Plan fallen, an dem Russen sofort physische Rache zu nehmen. Er hielt das Land für den afrikanischen Kontinent und war überzeugt, mit Leichtigkeit in die Zivilisation zurückkehren zu können, sollten sie ihn wirklich hier freilassen.

Pawlowitsch nahm den Scheck.

„Ziehen Sie sich aus", sagte er zu dem Affenmenschen. „Hier brauchen Sie keine Kleidung."

Tarzan weigerte sich.

Pawlowitsch wies auf die bewaffneten Seeleute. Daraufhin legte der Engländer langsam die Kleidung ab.

Ein Boot wurde zu Wasser gelassen und der Affenmensch noch immer schwer bewacht an Land gerudert. Eine halbe Stunde später waren die Seeleute zur *Kincaid* zurückgekehrt, und der Dampfer machte langsam Fahrt.

Als Tarzan auf dem schmalen Uferstreifen stand und dem abfahrenden Schiff nachblickte, sah er eine Gestalt an der Reling auftauchen und laut rufen, um seine Aufmerksamkeit auf sich zu lenken.

Der Affenmensch war gerade dabei, den Zettel zu lesen, den einer der Seeleute ihm zugesteckt hatte, als das kleine Boot, das ihn an Land gebracht hatte, zum Schiff zurückrudern wollte, doch als er den Ruf vom Deck herüberhallen hörte, blickte er auf.

Er sah einen schwarzbärtigen Mann, der ihn höhnisch auslachte und hoch über seinem Kopf ein kleines Kind hielt. Tarzan war drauf und dran, durch die Brandung zu stürzen und dem bereits Fahrt machenden Dampfer nachzuschwimmen, aber er sah die Nutzlosigkeit eines solchen voreiligen Unterfangens ein und blieb am Wasser stehen.

Unverwandt sah er der *Kincaid* nach, bis sie hinter einem ins Meer ragenden Vorgebirge verschwunden war.

Zur gleichen Zeit starrten ihn aus dem Dschungel in seinem Rücken wilde, blutunterlaufene Augen unter struppigen, dichten Brauen an.

Kleine Meerkatzen schwatzten und keiften in den Baumwipfeln, und aus dem Wald weit im Landesinneren erscholl der Schrei eines Leoparden.

Doch John Clayton, oder Lord Greystoke, stand taub und blind und bedauerte von ganzem Herzen, daß er sich eine Gelegenheit hatte entgehen lassen, weil er so leichtgläubig einer simplen Erklärung des ersten Stellvertreters seines Erzfeindes vertraut hatte.

Wenigstens bleibt mir als Trost die Gewißheit, daß Jane in London in Sicherheit ist, dachte er. Gott sei Dank, daß sie diesen Schurken nicht in die Hände gefallen ist.

Das behaarte Wesen hinter ihm, das ihn mit bösen Augen beobachtet hatte, wie eine Katze eine Maus beobachtet, stahl sich langsam an ihn heran.

Wo waren die hochentwickelten Sinne des wilden Affenmenschen?

Wo war sein scharfes Gehör?

Wo war seine untrügliche Witterung?

Wilde Tiere werden gestellt

Langsam entfaltete Tarzan den Zettel, den der Seemann ihm zugesteckt hatte, und las. Zunächst erfaßte er den Inhalt gar nicht richtig, der Schmerz hatte seine Sinne abgestumpft. Aber schließlich wurde ihm das abscheuliche Rachekomplott in seinem vollen Umfang bewußt. Auf dem Zettel stand:

Hiermit möchte ich Ihnen meine Absichten hinsichtlich Ihres Sprößlings und Ihrer Person selbst im konkreten Sinne darlegen.

Sie wurden als Affe geboren. Sie haben nackt im Dschungel gelebt – deshalb haben wir Sie in Ihr ureigenstes Element zurückgebracht. Es ist das unabänderliche Gesetz der Evolution.

Der Vater war ein Tier, aber der Sohn soll ein Mensch sein – er soll die nächste Sprosse auf der Stufenleiter des Fortschritts erklimmen. Er soll kein nacktes Geschöpf des Dschungels sein, sondern ein Lendentuch und Fußreifen aus Kupfer tragen, und vielleicht einen Ring in der Nase, denn er soll von Menschen aufgezogen werden – von einem Stamm wilder Kannibalen.

Natürlich hätte ich Sie töten können, aber das hätte das volle Maß an Strafe gemindert, die Sie von meiner Seite verdient haben.

Wären Sie tot, dann würde Ihnen das Wissen um das Elend Ihres Sohnes keine Qualen bereiten: doch wenn Sie leben, noch dazu an einem Ort, von dem Sie nicht entkommen können, um Ihr Kind zu suchen oder zu retten, werden Sie viel schlimmere Qualen als den Tod erleiden, da Sie sich die ganzen Jahre Ihres Lebens vor Augen halten müssen, welch schreckliches Dasein Ihr Sohn fristet.

Dies soll ein Teil Ihrer Strafe sein, weil Sie gewagt haben, den Kampf aufzunehmen gegen

N.R.

P.S.: Der Rest Ihrer Strafe hat mit dem zu tun, was jetzt Ihrer Frau zuteil werden wird – aber das überlasse ich Ihrer Vorstellungskraft.

Als er mit Lesen fertig war, brachte ihn ein leichtes Geräusch hinter ihm mit einemmal in die Wirklichkeit zurück, wie sie sich ihm jetzt darbot.

Im Nu waren seine Sinne hellwach, und er war wieder Tarzan von den Affen.

Als er herumfuhr, glich er einem gestellten Wild, das vor Selbsterhaltungstrieb zitterte. Er sah sich einem riesigen Affenmännchen gegenüber, das bereits auf ihn losging.

Die zwei Jahre, die vergangen waren, seit er mit seiner geretteten Gefährtin den Urwald verlassen hatte, hatten zu einer leichten Verringerung jener beträchtlichen Körperkraft geführt, die ihn zum unumschränkten Herrscher des Dschungels gemacht hatte. Seine großen Ländereien in Uziri hatten viel von seiner Zeit und Aufmerksamkeit in Anspruch genommen, dort hatte er auch ein weites Feld für die praktische Nutzung und Aufrechterhaltung seiner fast übermenschlichen Kräfte gefunden; doch nackt und unbewaffnet gegen solch struppige, stiernackige Bestie anzutreten, wie sie ihm jetzt gegenüberstand, war ein Test, dem sich der Affenmensch selbst in seiner wilden Daseinsperiode nie allzu gern unterzogen hatte.

Es gab jedoch keinen anderen Ausweg, er mußte dieser tollwütigen Kreatur mit den Waffen entgegentreten, mit denen die Natur ihn ausgestattet hatte.

Über der Schulter des Affenmännchens konnte er jetzt die Köpfe und Hälse von vielleicht einem Dutzend weiterer solcher mächtiger Vorfahren des Urmenschen erkennen.

Er wußte jedoch, daß er kaum einen Angriff von ihnen allen zu befürchten hatte, da die Verstandeskräfte des Menschenaffen nicht ausreichen, um die Wirkung einer geeinten Aktion gegen einen Feind zu bewerten und einzuschätzen – anderenfalls wären sie längst zu den beherrschenden Geschöpfen ihrer Lebensbereiche geworden, denn sie verfügen mit ihren mächtigen Muskeln und scharfen Zähnen über eine ungeheure Vernichtungskraft.

Mit tiefem Knurren fiel die Bestie nun über ihn her, doch er hatte in den Lebensbereichen des zivilisierten Menschen unter anderen Dingen bestimmte wissenschaftliche Methoden der Kampftechnik erlernt, von denen die Dschungelbewohner keine Ahnung hatten.

Wäre er noch vor einigen Jahrem dem rohen Angriff mit roher Gewalt begegnet, so wich er jetzt der Hals über Kopf vorgetragenen Attacke seines Gegners durch einen Seitenschritt aus, und als das Untier an ihm vorbeischoß, verpaßte er ihm mit seiner starken Rechten einen kraftvollen Hieb in die Magengrube.

Aufheulend vor Schmerz und Wut, krümmte sich der große Menschenaffe zusammen und sank zu Boden, war jedoch fast sofort wieder auf den Beinen, um weiterzukämpfen.

Noch ehe er jedoch richtig stand, hatte sich sein hellhäutiger Gegner herumgedreht und ging seinerseits auf ihn los, und nun glitten die letzten überflüssigen Reste der zivilisatorischen Hülle von ihm ab.

Wieder einmal war er das Dschungeltier, das mit seinesgleichen eine blutige Fehde ausfocht. Wieder einmal war er Tarzan, Sohn von Kala, dem Affenweibchen.

Er schlug seine kräftigen, weißen Zähne in die behaarte Kehle seines Gegners, als er die pulsierende Schlagader gefunden hatte.

Starke Hände hielten die furchtbaren Zähne von seiner eigenen Haut fern oder klammerten und schlugen mit der Kraft eines Dampfhammers auf das knurrende, wutschäumende Gesicht seines Feindes ein.

Die übrigen Stammesmitglieder saßen im Kreis um sie herum, schauten zu, hatten ihren Spaß an dem Kampf und äußerten mit tiefen kehligen Stimmen ihren Beifall, wenn die Kämpfer einander Stücke weißer Haut oder behaarten, blutigen Felles vom Leib rissen. Aber sie verstummten verwirrt und neugierig, als sie sahen, wie der mächtige weiße Affe sich auf den Rücken ihres Königs schwang, seine stählernen Muskeln sich unter dessen Achselhöhlen spannten und die offenen Handflächen den bulligen Hinterkopf nach vorn drückten, so daß der Affenkönig nur qualvoll aufschrie und auf der dicken Matte von Dschungelgras hilflos zappelte.

So wie Tarzan vor vielen Jahren, als er aufgebrochen war, um menschliche Wesen seinesgleichen und seiner Hautfarbe zu suchen, den grimmigen Terkoz überwunden hatte, so besiegte er jetzt diesen anderen großen Affen mit demselben Ringergriff, auf den er zufällig bei einem anderen Kampf gestoßen war.

Die kleine Zuschauergemeinde von wilden Menschenaffen hörte deutlich, wie ihrem König das Genick gebrochen wurde, nachdem er noch einmal qualvoll aufgeschrien und schrecklich gebrüllt hatte.

Dann folgte ein plötzliches Knacken wie das Brechen eines dicken Zweiges unter einer Windböe. Der kugelförmige Kopf kippte auf die breite, behaarte Brust – das Brüllen und Schreien verstummte jählings.

Die kleinen Schweinsaugen der Zuschauer wanderten von der reglosen Gestalt ihres Anführers zu der des weißen Affen, der neben dem Besiegten aufstand, und dann wieder zu ihrem König, als fragten sie sich verwundert, warum er nicht ebenfalls aufstand und den anmaßenden Fremden niederschlug.

Sie sahen, wie der Fremdling einen Fuß auf den Hals der reglosen Gestalt vor ihm setzte, den Kopf zurückwarf und den wilden, unheimlichen Triumphschrei des Affenmännchens ausstieß, das getötet hatte. Da wußten sie, daß ihr König nicht mehr lebte.

Das schreckliche Echo des Siegesschreis rollte durch den Dschungel. Die kleinen Meerkatzen in den Baumwipfeln hörten auf zu schnattern. Die buntgefiederten Vögel mit ihren schrillen Stimmen verstummten. Von weither kam der Antwortruf eines Leoparden und das tiefe Brüllen eines Löwen.

Es war der alte Tarzan, der die kleine Gruppe Affen vor ihm jetzt fragend anblickte. Es war der alte Tarzan, der den Kopf schüttelte, als wolle er den dichten Haarschopf zurückwerfen, der ihm ins Gesicht gefallen war – eine alte Gewohnheit noch aus der Zeit, als eine füllige Mähne dichten, schwarzen Haares ihm auf die Schultern fiel und ihm oft vor die Augen glitt, wenn es lebenswichtig war, daß er ungehindert sehen konnte.

Ihm war klar, daß er jetzt mit dem sofortigen Angriff seitens jenes Affenmännchens rechnen mußte, das sich für den geeignetsten Anwärter auf die Königswürde hielt. Unter seinen eigenen Affen war es jedoch nicht ungewöhnlich gewesen, daß ein Außenstehender in die Gemeinschaft eintrat und nach Beseitigung des Anführers die Nachfolge antrat, wobei er auch die Weibchen des Entthronten übernahm.

Wenn er andererseits keinen Versuch unternahm, ihnen zu folgen, würden sie sich vielleicht langsam entfernen und später untereinander um die Führungsrolle kämpfen. Daß er ihr König werden konnte, sofern er nur wollte, stand für ihn fest, indes hatte er nicht das geringste Interesse, die mit diesem Amt verbundenen, zuweilen höchst lästigen Pflichten zu übernehmen, zumal er nicht erkennen konnte, welcher persönliche Vorteil für ihn daraus entsprang.

Einer der jüngeren Affen, ein großes, prachtvolles Tier, rückte drohend näher. Dabei bleckte er die Zähne und stieß ein tiefes, düsteres Knurren aus.

Tarzan verfolgte jede seiner Bewegungen und stand reglos wie eine Statue. Wäre er auch nur einen Schritt zurückgewichen, so hätte dies einen sofortigen Angriff zur Folge gehabt. Das gleiche Ergebnis hätte ein plötzlicher Ausfall nach vorn gehabt. Oder der sich jetzt so kämpferisch Gebärdende wäre geflohen – es hing alles davon ab, wieviel Mut der jüngere hatte.

Völlig still zu stehen und abzuwarten war ein Mittelweg. In diesem Falle würde sich das Männchen, wie es üblich war, dem Gegenstand seines Interesses ganz dicht nähern, dabei unheimlich knurren und die Zähne fletschen. Langsam würde es den anderen umkreisen, als wäre es besonders empfindlich. Und genau das geschah, wie Tarzan vorausgesehen hatte.

Das konnte ein Bluff sein. Andererseits sind Affen so unausgeglichen, daß das Männchen sich ebenso, einem spontanen Impuls folgend, plötzlich mit seinem ganzen Körpergewicht ohne Vorwarnung auf den Menschen stürzen und ihm mit Zähnen und Klauen zusetzen konnte.

Während das Tier Tarzan umkreiste, drehte er sich langsam mit und blickte dem Gegner dabei fest in die Augen. Seiner Erfahrung nach hatte er es mit einem jungen Männchen zu tun, das es bis jetzt noch nie gewagt hatte, den früheren König zu stürzen, es eines Tages jedoch bestimmt tun würde. Er erkannte die erstaunlichen Proportionen dieses Tieres, das, auf den kurzen, gekrümmten Beinen stehend, über sieben Fuß groß war.

Selbst dann berührten die großen, behaarten Arme fast den Boden, und die zum Kampf gefletschten Zähne, die Tarzan jetzt dicht vor Augen hatte, waren außergewöhnlich lang und scharf.

Wie die anderen Tiere unterschied es sich in einigen unbedeutenden Merkmalen von den Affen aus Tarzans Kindheit.

Tarzan hatte sich beim Anblick der zottigen Gestalten der Menschenaffen einen Moment lang der stillen Hoffnung hingegeben, daß eine Laune des Schicksals ihn zu seinem alten Stamm zurückgeführt habe. Bei genauerem Hinsehen hatte er jedoch entdeckt, daß es sich um eine andere Gattung handeln müsse.

Während das Männchen ihn weiterhin auf steife, ruckartige Weise umkreiste, wie man es auch bei Hunden beobachten kann, wenn ein fremder Artgenosse auftaucht, kam Tarzan auf die Idee, zu ergründen, ob die Sprache seines früheren Stammes mit der dieser Affen hier identisch sei, und so redete er das Männchen in der Sprache des Volkes von Kerchak an.

„Wer bist du, der du es wagst, Tarzan von den Affen zu drohen?“ fragte er.

Das behaarte Tier blickte überrascht auf.

„Ich bin Akut“, erwiderte er mit denselben einfachen, urzeitlichen Lauten, die auf der Stufenleiter gesprochener Sprachen so weit unten stehen, daß sie, wie Tarzan vermutet hatte, mit der jenes Affenvolkes identisch waren, bei dem er die ersten zwanzig Jahre seines Lebens verbracht hatte.

„Ich bin Akut“, sagte der Affe. „Molak ist tot. Ich bin König. Geh weg, oder ich werde dich töten!“

„Du hast gesehen, wie leicht ich Molak getötet habe“, erwiderte Tarzan. „Genauso könnte ich dich töten, wenn ich König werden wollte. Aber Tarzan von den Affen will nicht König des Stammes von Akut werden. Er hat nur den einzigen Wunsch, in diesem Land in Frieden zu leben. Wir wollen Freunde sein. Tarzan von den Affen kann dir helfen, und du kannst Tarzan von den Affen helfen.“

„Du kannst Akut nicht töten“, entgegnete der andere. „Niemand ist so groß wie Akut. Hättest du Molak nicht getötet, so hätte Akut es getan, denn Akut war bereit, König zu werden.“

Statt einer Antwort warf sich der Affenmensch auf das große Tier, dessen Wachsamkeit während des Gesprächs leicht nachgelassen hatte.

Im Bruchteil einer Sekunde hatte der Mensch den großen Affen beim Handgelenk gepackt und herumgewirbelt, ehe er sich in ihn verkrallen konnte. Dann sprang er ihm auf den breiten Rücken.

Sie fielen beide zu Boden, aber Tarzan hatte alles wohl durchdacht, und noch ehe sie den Boden berührten, wendete er bei Akut denselben Griff an, mit dem er Molak das Genick gebrochen hatte.

Langsam verstärkte er den Druck, und wie er in vergangenen Tagen Kerchak einst die Chance gegeben hatte, seine Niederlage einzugestehen und weiterzuleben, tat er dasselbe jetzt mit Akut, in dem er einen potentiellen Verbündeten von großer Körperkraft und Ausdauer sah. Er ließ ihm die Wahl, in Freundschaft mit ihm zu leben oder auf gleiche Weise zu sterben, wie er vorhin seinen wilden und bislang unbesiegbaren König hatte sterben sehen.

„*Ka-goda*?“ wisperte er dem Affen unter ihm zu.

Dieselbe Frage hatte er Kerchak zugeraunt. Das Wort bedeutete in der Affensprache soviel wie: „Ergibst du dich?“

Akut dachte an das knackende Geräusch, kurz bevor Molaks breites Genick gebrochen war, und er schauderte.

Er haßte es, der Königswürde zu entsagen, deshalb strengte er sich wieder mächtig an, um sich zu befreien, aber ein jäher, schmerzhafter Druck auf seine Rückenwirbel entriß seinen Lippen ein gequältes „*Ka-goda*!“

Tarzan lockerte den Griff ein wenig.

„Du kannst noch immer König werden, Akut“, sagte er. „Tarzan hat dir erklärt, daß er nicht König sein will. Sollte jemand deinen Anspruch anfechten, wird Tarzan von den Affen dir im Kampf beistehen.“

Der Affenmensch erhob sich, und auch Akut rappelte sich langsam auf. Dann schüttelte er seinen runden Kopf, knurrte verdrossen und watschelte zu seinem Stamm, wobei er erst den einen, dann den anderen der größeren männlichen Affen anblickte, die unter Umständen seine Führungsrolle anfechten konnten.

Aber keiner tat es. Stattdessen wichen sie zurück, als er näherkam, und bald darauf verzog sich die ganze Horde in den Dschungel, und Tarzan war wieder allein am Strand.

Molak hatte ihm mehrere Wunden zugefügt, aber Tarzan war unempfindlich gegenüber physischem Leiden und ertrug es mit der Gelassenheit und Kraft wilder Tiere, die man gelehrt hatte, das Dschungelleben in der Art all jener zu führen, die im Dschungel geboren wurden.

Zwingend notwendig war jetzt, sich Waffen für die Verteidigung und den Angriff zuzulegen, das war ihm klar, denn die Begegnung mit den Affen und die von weither hallenden Stimmen von Numa, dem Löwen, und Sheeta, dem Panther, hatten ihm zu verstehen gegeben, daß das hier kein Leben trägen Nichtstuns und völliger Sicherheit sein würde.

Es war nur die Rückkehr zur alten Daseinsform des Blutvergießens und der Gefahr – des Jagens und Gejagtwerdens. Greuliche Tiere würden ihm nachspüren, wie sie es schon in der Vergangenheit getan hatten, und es würde keinen Moment geben, sei es am wilden Tag oder in der grausamen Nacht, wo er nicht ständig einer so primitiven Waffe bedurfte, wie sie sich aus dem ihm zur Verfügung stehenden Material herstellen ließ.

Am Ufer fand er ein Stück spröden Feuerstein. Mit unendlicher Mühe gelang es ihm, ein schmales, etwa zwölf Zoll langes und ein Viertel Zoll dickes Stück abzuschlagen. Die eine Kante war einige Zoll unter der Spitze ziemlich dünn. Es war das Ausgangsprodukt für ein Messer.

Er ging damit in den Dschungel und fand nach langem Suchen den umgestürzten Baum einer ihm bekannten Hartholzart. Davon schnitt er einen kleinen, geraden Zweig ab, den er an einem Ende zuspitzte.

Nun bohrte er ein kleines rundes Loch in die Oberfläche des Baumstammes, streute einige Krümel trockener Rinde hinein, zerkleinerte sie sorgfältig, setzte den zugespitzten Stock hinein, schwang sich rittlings auf den Baumstamm und rollte den dünnen Stab schnell zwischen den Handflächen.

Nach einer Weile stieg eine dünne Rauchsäule aus dem kleinen Häufchen Zunder, und einen Augenblick später schlug eine Flamme heraus. Tarzan legte größere Zweige und Stöcke auf das noch winzige Feuer, und bald loderte es in der sich erweiternden Höhlung des toten Baumes hoch auf.

Nun legte er sein Steinmesser hinein, und als es hoch erhitzt war, zog er es heraus und ließ eine Flüssigkeit auf eine Stelle nahe der dünnen Kante tröpfeln. Unter der angefeuchteten Stelle löste sich eine kleine Flocke glasigen Materials und blätterte ab.

Mit diesem äußerst mühseligen Verfahren gelang es Tarzan, an dem primitiven Jagdmesser eine dünne Schneide hervorzubringen.

Er versuchte gar nicht erst, alles in nur einer Sitzung zu vollenden. Zuerst begnügte er sich mit einer Schneide von einigen Zoll Länge. Damit schnitt er einen langen, biegsamen Bogen ab, einen Griff für sein Messer, einen soliden Knüppel und einen guten Vorrat an Pfeilen.

Er verwahrte alles in einem großen Baum neben einem kleinen Fluß, und hier baute er sich auch eine Plattform mit einem Dach aus Palmenblättern.

Als all dies fertig war, wurde es dunkel, und Tarzan spürte ein großes Verlangen zu essen.

Bei einem kurzen Streifzug durch den Wald hatte er herausgefunden, daß ein kurzes Stück stromauf eine viel benutzte Wasserstelle war. Aus dem breitgetretenen Schlamm an beiden Ufern war zu ersehen, daß alle möglichen Arten von Tieren in großer Zahl hierher zur Tränke kamen. Diesem Ort näherte sich der hungrige Affenmensch lautlos.

Er schwang sich mit der Eleganz und Leichtigkeit einer Meerkatze durch die Baumwipfel. Wäre nicht die schwere Bürde gewesen, die auf seiner Seele lastete, so hätte er sich glücklich schätzen können, in das vertraute, freie Leben seiner Kindheit zurückgekehrt zu sein.

Doch selbst mit dieser seelischen Last fiel er in kleine Gewohnheiten seines früheren Lebens zurück, das in Wirklichkeit mehr Teil von ihm war als die dünne Schicht der Zivilisation, die die vergangenen drei Jahre seines Umgangs mit weißen Menschen der Außenwelt ihm auferlegt hatten – ein äußerer Glanz, der die Rohheit des Tieres, das Tarzan von den Affen eigentlich war, nur oberflächlich überdeckt hatte.

Hätten seine Standesgenossen aus dem Oberhaus ihn jetzt gesehen, so hätten sie in heiligem Entsetzen die zarten Hände gehoben.

Schweigend hockte er in den unteren Zweigen eines großen Baumriesen, die über dem Weg zur Tränke hingen. Seine scharfen Augen und empfindsamen Ohren versuchten, weit in den Dschungel zu dringen, aus dem seine Mahlzeit jeden Moment auftauchen würde, das wußte er.

Er brauchte auch nicht lange zu warten.

Kaum hatte er sich bequemer hingesetzt und seine geschmeidigen, muskulösen Beine unter sich gezogen wie ein Panther die Hinterpranken, wenn er sich zum Sprung rüstet, kam Bara, der schlanke Rehbock, zur Tränke.

Er war jedoch nicht allein. Dem graziösen Reh folgte noch ein anderes Tier, ohne daß der Bock es sah oder witterte, dessen Bewegungen Tarzan von den Affen jedoch genau verfolgen konnte, da er seinen Hinterhalt in luftiger Höhe errichtet hatte.

Noch wußte er nicht genau, was für ein Geschöpf es war, das sich da einige hundert Yards hinter dem Rotwild durch den Dschungel stahl, aber er war überzeugt, daß es ein großes Raubtier sein mußte. Es folgte Baras Spur aus demselben Grund, der ihn veranlaßt hatte, das schnellfüßige Wild abzupassen. Vielleicht war es Numa oder Sheeta, der Panther.

Jedenfalls konnte Tarzan beobachten, wie seine Mahlzeit seinem Zugriff entzogen würde, falls Bara sich nicht schneller zur Tränke begab als jetzt.

Während ihm diese Gedanken durch den Kopf gingen, erfaßte das Reh wohl ein Geräusch des ihm nachpirschenden Räubers, denn mit einemmal blieb es kurz stehen, lauschte aufgeregt und schoß dann in schnellen Sprüngen in Richtung des Flusses und Tarzans Hinterhalt davon. Es wollte den Wasserlauf an einer Furt durchqueren und am anderen Ufer entrinnen.

Keine hundert Yards hinter ihm kam Numa.

Tarzan konnte ihn jetzt ganz deutlich sehen. Das Reh war im Begriff, unter ihm durchzulaufen. Würde er es fertigbringen? Aber noch während er sich das fragte, ließ er sich, vom Hunger getrieben, aus der Höhe voll auf den Rücken des Rehs fallen.

Einen Moment später würde Numa sie beide erreicht haben. Wollte er heute abend oder überhaupt je wieder etwas essen wollen, dann mußte er schnell handeln.

Kaum war er mit einer Wucht, die das Tier in die Knie gehen ließ, auf dem glatten Fell gelandet, packte er das Gehörn mit beiden Händen und brach dem Tier mit einer einzigen schnellen Drehung den Hals.

Der Löwe brüllte zornig dicht hinter ihm, als Tarzan sich das Reh über die Schulter warf, einen Vorderlauf zwischen die kräftigen Zähne nahm und zu dem nächsten ihm erreichbaren Zweig hochsprang.

Er packte ihn mit beiden Händen und zog sich und seine Beute im gleichen Moment, als der Löwe sprang, außer Reichweite der scharfen Krallen.

Ein dumpfes Dröhnen ertönte unter ihm, als die verdutzte Raubkatze zu Boden fiel, dann zog Tarzan von den Affen seine Mahlzeit weiter hinauf in die Sicherheit eines noch höheren Zweiges, blickte grinsend in die glühenden, gelben Augen des anderen wilden Tieres, das von unten zu ihm aufschaute, und schwenkte den zierlichen Körper seiner Beute mit höhnischen Bemerkungen vor der Nase dessen hin und her, dem er sie abspenstig gemacht hatte.

Dann schnitt er sich mit seinem primitiven Steinmesser ein saftiges Stück aus dem Hinterviertel, und während der große Löwe unter ihm knurrend hin und her wanderte, füllte Lord Greystoke seinen Bauch, und keines der erlesenen Diners in seinen exklusiven Londoner Klubs schmeckte ihm vortrefflicher.

Das warme Blut seiner Beute bedeckte seine Hände und sein Gesicht und ließ ihn jene Witterung aufnehmen, die die wilden, fleischfressenden Tiere am liebsten mögen.

Als er seine Mahlzeit beendet hatte, ließ er den Rest des Kadavers in einer hohen Astgabel des Baumes, wo er gespeist hatte, und trat den Rückweg zu seinem Unterschlupf in den Bäumen an, während Numa noch immer rachedurstig unter ihm folgte. Dann schlief er bis weit in den nächsten Tag hinein, als die Sonne schon hoch am Himmel stand.

Sheeta

Tarzan war die nächsten Tage beschäftigt, sein Waffenarsenal zu erweitern und den Dschungel zu erkunden. Er bespannte den Bogen mit Sehnen des Rehs, das er am ersten Abend an diesem neuen Gestade verzehrt hatte, und obwohl ihm ein Darm von Sheeta zu diesem Zweck geeigneter erschienen wäre, war er es zufrieden, zu warten, bis sich eine Gelegenheit ergab, eine der großen Katzen zu töten.

Er flocht auch wieder ein langes Grasseil, wie er es schon vor vielen Jahren benutzt hatte, um den stets mißgelaunten Tublat zu ärgern, und das sich später in den geübten Händen des kleinen Affenjungen zu einer erstaunlich wirksamen Waffe entwickelt hatte.

Er fertigte sich eine Scheide und einen Griff für das Jagdmesser sowie einen Köcher für die Pfeile an und aus dem Fell von Bara einen Gürtel und ein Lendentuch. Dann machte er sich auf den Weg, um etwas über das fremde Land in Erfahrung zu bringen, in dem er sich plötzlich befand. Daß es nicht an der ihm vertrauten Westküste Afrikas lag, hatte er daran gesehen, daß die Sonne frühmorgens aus dem Meer aufstieg, als er am Waldsaum stand und zum Horizont blickte.

Aber daß es nicht die Ostküste Afrikas war, konnte auch als gesichert gelten. Er hatte deutlich erkannt, daß die *Kincaid* nicht durchs Mittelmeer, den Suezkanal und das Rote Meer gefahren war, sondern die Route ums Kap der Guten Hoffnung gewählt hatte. Deshalb hatte er keine Ahnung, wo er sich befand.

Manchmal neigte er zu der Annahme, das Schiff habe den weiten Atlantik überquert, um ihn an einem unwirtlichen Gestade Südamerikas an Land zu setzen, doch das Vorhandensein von Numa, dem Löwen, zeigte ihm, daß das nicht der Fall sein konnte.

Während er parallel zur Küste durch den Dschungel zog, spürte er ein starkes Verlangen nach Gesellschaft, so daß er schon langsam bedauerte, sein Schicksal nicht mit dem der Affen vereint zu haben. Seit jenem ersten Tag, als die Einflüsse der Zivilisation bei ihm noch überwogen, hatte er nichts wieder von ihnen gesehen.

Inzwischen war er fast wieder der Tarzan von früher geworden, und obwohl er sich der Tatsache bewußt war, daß er mit den großen Menschenaffen nur wenig gemein hatte, hielt er ihre Gesellschaft dennoch für besser als gar keine.

Er nahm sich Zeit für den Weg, bewegte sich zuweilen am Boden, dann wieder durch die unteren Zweige der Bäume vorwärts, sammelte gelegentlich Früchte oder suchte die Unterseite umgestürzter Bäume nach größeren Insekten ab, die er ebenso schmackhaft wie früher fand. Er hatte etwa eine Meile oder mehr noch zurückgelegt, als der Wind ihm die Witterung von Sheeta zutrug. Der Panther mußte vor ihm sein.

Nichts konnte Tarzan gelegener kommen als diese Raubkatze, denn er benötigte nicht nur ihren Darm für die Anfertigung von Bogensehnen, sondern wollte aus dem Fell auch einen neuen Köcher und ein Lendentuch für sich herstellen. Wenn er zuvor reichlich unbekümmert durch den Dschungel gestreift war, bewegte er sich jetzt lautlos und im Verborgenen.

Schnell und leise glitt er hinter der wilden Katze durch den Wald, und trotz seiner edlen Geburt war der Verfolger keinen Deut weniger wild als das grausame Geschöpf, dem er nachstellte.

Als er sich nahe genug herangepirscht hatte, entdeckte er, daß der Panther seinerseits es auf ein anderes Lebewesen abgesehen hatte, und kurz darauf schlug ihm auch schon von rechts die markante Witterung einer großen Schar von Affen in die Nase.

Der Panther hatte einen großen Baum erklettert, als Tarzan seiner ansichtig wurde, und unter und hinter ihm sah Tarzan Akuts Affenvolk sich auf einer kleinen, natürlichen Lichtung tummeln. Einige dösten vor sich hin, an Baumstämme gelehnt, während andere umherwanderten und die Unterseite von Rindenstücken nach köstlichen Käfern und Raupen absuchten.

Akut befand sich Sheeta am nächsten.

Die große Katze lag eng an einen dicken Ast geschmiegt, den Blicken des Affen durch dichtes Blattwerk verborgen, und wartete geduldig, daß der Affe auf Sprungnähe herankam.

Tarzan bezog unauffällig auf demselben Baum wie der Panther und etwas über ihm Position. In der Linken hielt er das dünne Steinmesser. Natürlich hätte er lieber die Schlinge benutzt, doch das die große Katze umgebende Blattwerk machte die Zielgenauigkeit eines Lassowurfs zunichte.

Akut befand sich nun ganz dicht unter dem Baum, wo der Tod auf ihn lauerte. Sheeta zog langsam die Hinterpranken unter den Leib, dann schnellte er mit einem abscheulichen Schrei auf den grauen Affen. Den Bruchteil einer Sekunde vor seinem Sprung löste sich ein anderes Raubtier über ihm von dem Ast, auf dem es lag, und sein wilder, unheimlicher Schrei vermischte sich mit dem des Panthers.

Als Akut erschrocken nach oben blickte, sah er die Raubkatze fast über sich und schon auf ihrem Rücken den weißen Affen, der ihn an jenem Tag am Rand des großen Wasser bezwungen hatte.

Die Zähne des Affenmenschen schlugen in Sheetas Genick, der rechte Arm umschlag ihre Kehle, während die linke Hand, die einen dünnen Stein hielt, immer wieder hinter der linken Schulter des Panthers kraftvoll in dessen Flanke stieß.

Akut hatte gerade Zeit, beiseite zu springen, um nicht unter diesen beiden miteinander kämpfenden Ungeheuern des Dschungels begraben zu werden.

Krachend schlugen sie zu seinen Füßen auf. Sheeta schrie, knurrte und brüllte schrecklich, doch der weiße Affe hing hartnäckig und schweigend auf dem um sich schlagenden Körper seiner Beute.

Gleichmäßig und beharrlich durchdrang das Steinmesser die glatte Haut, immer wieder trank es Blut, bis die große Katze nach einem letzten Ausfall und Schrei zur Seite rollte und, abgesehen von einem krampfartigen Zucken ihrer Muskeln, still und leblos dalag.

Der Affenmensch hob den Kopf, während er bei dem toten Körper von Sheeta stand, und abermals hallte sein wilder, furchterregender Siegesruf durch den Dschungel.

Akut und seine Affen starrten in sprachlosem Staunen auf Sheetas toten Körper und die geschmeidige, hochaufgerichtete Gestalt des Menschen, der den Panther getötet hatte.

Tarzan hub als erster zu sprechen an.

Er hatte Akut mit bestimmter Absicht das Leben gerettet, und da er wußte, wie begrenzt der Intellekt eines Affen war, mußte ihm daran gelegen sein, diese Absicht Akut klarzumachen, sollte dieser ihm in der gewünschten Richtung dienlich sein.

„Ich bin Tarzan von den Affen“, erklärte er. „Ein mächtiger Jäger. Ein mächtiger Kämpfer. Am großen Wasser habe ich Akut das Leben geschenkt, obwohl ich es ihm hätte nehmen und König seines Affenvolkes hätte werden können. Eben habe ich verhindert, daß Akut unter den reißenden Zähnen von Sheeta den Tod erleidet.

Wenn Akut oder sein Stamm in Gefahr ist, dann mögen sie Tarzan auf diese Weise rufen." Damit stieß er den gräßlichen Schrei aus, mit dem Kerchaks Stamm bei einer Bedrohung üblicherweise die nicht anwesenden Mitglieder zusammenrief.

Dann fuhr er fort: „Und sollten sie Tarzan auf diese Weise rufen hören, so mögen sie daran denken, was er für Akut getan hat, und mit größter Geschwindigkeit zu ihm eilen. Soll es so sein, wie Tarzan sagt?"

„*Huh*!" ließ sich Akut vernehmen, und die anderen Stammesmitglieder pflichteten einmütig bei: „*Huh*!"

Damit nahmen sie ihre Nahrungssuche wieder auf, als sei nichts geschehen, und John Clayton, oder Lord Greystoke, tat es ihnen nach.

Er bemerkte jedoch, daß Akut sich ständig in seiner Nähe aufhielt und ihn oft mit seltsam verwundertem Blick ansah, und dann tat er einmal etwas, das Tarzan in all den vielen unter Affen verbrachten Jahren noch nie erlebt hatte – als er einen besonderen Leckerbissen gefunden hatte, gab er ihn dem Affenmenschen.

Wenn das Affenvolk jagte, sah man seinen hellen Körper unter den dunkelbraunen, struppigen Gestalten seiner Stammesgenossen. Oft streiften sie sich im Vorübergehen, aber die Affen hatten sich bereits an seine Anwesenheit gewöhnt und betrachteten ihn ebenso als einen der ihren wie Akut.

Rückte er einem Weibchen mit Jungen zu sehr auf den Pelz, dann bleckte es die großen Zähne und knurrte drohend, und ab und zu äußerte sich auch ein allzu aufsässiges junges Männchen auf diese Weise und brummte warnend, wenn Tarzan ihm bei der Nahrungsaufnahme allzu nahe kam. Aber diese Verhaltensweise ihm gegenüber unterschied sich nicht von der, die man allen anderen Stammesmitgliedern entgegenbrachte.

Tarzan wiederum fühlte sich unter diesen schrecklichen, behaarten Vorfahren des Urmenschen sehr wohl. Er hüpfte gehorsam außer Reichweite der Weibchen, wenn sie bedrohlich die Zähne fletschten – denn so ist es Brauch unter Affen, sieht man von gelegentlichen Anfällen tollwütiger Raserei ab – und knurrte drohend zurück und bleckte die Zähne, wenn ein junges Männchen aufsässig wurde. So fiel er mühelos in seinen früheren Lebensstil zurück, und man konnte glauben, er habe nie mit Geschöpfen seinesgleichen Umgang gepflegt.

Nahezu eine Woche streifte er mit seinen neuen Freunden durch den Dschungel, teils aus dem Verlangen nach Geselligkeit, teils in der wohlüberlegten Absicht, sich ihrem Gedächtnis unauslöschlich einzuprägen, das nicht besonders leistungsfähig war. Er wußte aus vergangener Erfahrung, daß es für ihn von Nutzen sein konnte, einen Stamm dieser starken und schrecklichen Tiere zu seiner Verfügung zu haben.

Nachdem er sich überzeugt hatte, daß sich seine Identität doch in gewissem Maße ihrem Erinnerungsvermögen mitgeteilt hatte, beschloß er, seine Erkundung des Landes fortzusetzen. Zu diesem Zweck brach er eines Morgens frühzeitig in nördlicher Richtung auf, hielt sich immer parallel zur Küste und machte erst kurz vor Einbruch der Dunkelheit halt.

Als die Sonne am nächsten Morgen fast genau rechts von ihm aufging, wenn er mit dem Gesicht zum Meer stand, statt gerade vor ihm wie bisher, schlußfolgerte er, daß die Küstenlinie eine Biegung nach Westen gemacht hatte. Den ganzen zweiten Tag setzte er seinen Gewaltmarsch fort, und wenn es ihm um schnelles Vorankommen ging, wählte er zumeist den Weg durch die unteren Baumkronen. Dann kam er so rasch vorwärts wie ein Eichhörnchen.

Am Abend ging die Sonne genau gegenüber der Wasserfront unter, und nun wurde eine Tatsache zur Gewißheit, die er schon vermutet hatte.

Rokoff hatte ihn auf einer Insel an Land gesetzt.

Er hätte es wissen müssen! Wenn es eine Möglichkeit gab, seine Lage weiter zu verschlimmern, dann war damit zu rechnen, daß der Russe sie berücksichtigt hatte. Und was war schwerer zu ertragen als lebenslange Ungewißheit auf einer unbewohnten Insel?

Rokoff war zweifellos geradeswegs zum Festland gefahren, wo es vergleichsweise leicht sein würde, Möglichkeiten zu finden, um den kleinen Jack in die Hände jener grausamen und wilden Stiefeltern zu geben, die ihn Rokoffs Wünschen gemäß aufziehen sollten.

Tarzan schauderte bei dem Gedanken, wie sehr der Kleine bei so einem Leben würde leiden müssen, selbst wenn er vielleicht in die Hände von Leuten fiel, die ihm einigermaßen freundlich begegneten. Der Affenmensch verfügte über genügend Erfahrung mit den primitiveren Wilden von Afrika, um zu wissen, daß selbst bei ihnen gröbere Formen des Mitleids und der Menschlichkeit zu finden waren. Dennoch war ihr Leben bestenfalls eine ständige Folge von entsetzlichen Entbehrungen, Gefahren und Leiden.

Dann war da noch das grauenvolle Schicksal, das das Kind später erwartete, wenn es zum Manne heranwuchs. Die abscheulichen Praktiken, die Teil seines Lebenstrainings darstellen würden, genügten vollauf, um ihn ein für allemal von einem Umgang mit Menschen seiner Rasse und Lebensstellung auszuschließen.

Ein Kannibale! Sein kleiner Sohn ein wilder Menschenfresser! Die Vorstellung war zu entsetzlich!

Die spitzgefeilten Zähne, die aufgeschlitzte Nase, das kleine Gesicht häßlich angemalt.

Tarzan stöhnte. Könnte er nur den Hals des Russen unter seinen stählernen Fingern spüren!

Und Jane!

Welche Qualen des Zweifels, der Furcht und der Ungewißheit mußte sie erleiden. Er war sich bewußt, daß seine Lage wesentlich günstiger war als ihre, denn er wußte wenigstens, daß eines seiner Lieben daheim in Sicherheit war, während sie gar keine Ahnung hatte, wo ihr Gatte und ihr Sohn sich jetzt befanden.

Wie gut für ihn, daß er die Wahrheit nicht kannte, denn dies hätte seinen Schmerz verzehnfacht.

Während er in düstere Gedanken versunken langsam durch den Dschungel wanderte, erfaßte sein Gehör mit einemmal ein seltsames Kratzen, das er sich nicht erklären konnte.

Vorsichtig ging er auf das Geräusch zu und stieß sehr bald auf einen großen Panther, der von einem umgestürzten Baum eingeklemmt war.

Als Tarzan näher trat, wandte sich das Tier ihm zu, knurrte und versuchte, sich zu befreien, doch ein großer Ast quer über seinen Rücken und kleinere, sich gabelnde, die seine Beine festhielten, verhinderten jedwede Fortbewegung.

Tarzan stellte sich vor die hilflose Raubkatze und setzte einen Pfeil auf den Bogen, um das Tier zu erlösen, das sonst verhungern mußte. Doch als er den Bogen schon spannte, kam ihm plötzlich eine Idee, und er hielt inne.

Warum sollte er diesem armen Geschöpf das Leben und die Freiheit rauben, wenn es die leichteste Sache der Welt war, ihm beides zurückzugeben! Er war dessen sicher, denn er sah, daß der Panther bei seinem vergeblichen Bemühen, freizukommen, alle Gliedmaßen bewegte. Also war seine Wirbelsäule unverletzt, und aus demselben Grund war ersichtlich, daß auch Vorder- und Hinterbeine unversehrt waren.

Er entspannte die Sehne, steckte den Pfeil wieder in den Köcher, streifte den Bogen über die Schulter und trat näher zu dem festgeklemmten Tier.

Dabei ahmte er das tiefe Schnurren nach, das die großen Katzen immer von sich geben, wenn sie zufrieden und glücklich sind. Es war das einzig mögliche Verfahren, um der Raubkatze in einer ihr verständlichen Weise seine freundlichen Absichten zu bekunden.

Der Panther hörte auf zu knurren und beäugte den Affenmenschen scharf. Um das Tier von dem großen Gewicht des Baumes zu befreien, mußte er den langen, starken Krallen sehr nahe kommen, und wenn er den Baum beseitigt hatte, war er dem wilden Tier voll und ganz ausgeliefert. Aber Tarzan von den Affen kannte keine Furcht.

Hatte er sich einmal entschlossen, handelte er unverzüglich.

Ohne Zaudern trat er in das Gewirr von Zweigen dicht neben die Flanke des Panthers, wobei er nach wie vor sein freundliches und einschmeichelndes Schnurren von sich gab. Die Katze wandte ihm den Kopf zu und sah ihm unverwandt und fragend in die Augen. Es zeigte die Krallen, aber eher abwehrbereit als drohend.

Tarzan schob die breite Schulter unter den Baumstamm, dabei drückte sein bloßer Fuß gegen das seidige Fell des Tieres, so nahe war der Mensch dem Raubtier.

Langsam spannte Tarzan seine riesigen Muskeln.

Der große Baum hob sich samt dem Gewirr seiner Äste allmählich über dem Panther, dieser spürte, wie das Gewicht nachließ, und kroch schnell darunter hervor. Tarzan ließ den Baum wieder zu Boden fallen, dann wandten sich die zwei Tiere einander zu und musterten sich.

Ein grimmiges Lächeln spielte um die Lippen des Affenmenschen, denn er wußte, daß er sein Leben aufs Spiel gesetzt hatte, um diesen wilden Dschungelgefährten zu befreien. Er wäre nicht im geringsten überrascht gewesen, hätte die Raubkatze ihn in dem Moment, da sie freigekommen war, angesprungen.

Aber das tat sie nicht. Vielmehr blieb sie einige Schritte entfernt stehen und sah zu, wie der Affenmensch aus dem Wirrwarr der niedergestürzten Zweige stieg.

Als das vollbracht war, blieb er keine drei Schritt von dem Panther entfernt stehen. Er hätte sich in die höheren Zweige der Bäume auf der anderen Seite schwingen können, denn Sheeta konnte nicht so hoch klettern wie er, aber etwas, vielleicht eine gewisse Tollkühnheit, veranlaßte ihn, sich der Raubkatze zu nähern, um herauszufinden, ob sie ihm gegenüber vielleicht so etwas wie Dankbarkeit empfand und sich deshalb freundlich verhielt.

Als er zu ihr trat, wich sie mißtrauisch zur Seite, und der Affenmensch ging einen Fußbreit an den triefenden Lefzen vorbei, und als er weiter den Wald durchquerte, folgte ihm der Panther wie ein bei Fuß gehender Hund.

Lange Zeit konnte er nicht sagen, ob das Tier dies in freundlicher Absicht tat oder ihm nur nachpirschte, bis der Zeitpunkt gekommen war, da es wieder Hunger hatte. Aber schließlich gelangte er zu der Überzeugung, das erstgenannte Regung die Handlungsweise des Tieres beeinflußte.

Etwas später veranlaßte die Witterung von Rotwild Tarzan, sich in die Bäume zu schwingen, und nachdem er die Schlinge um den Hals des Tieres geworfen hatte, rief er Sheeta, wobei er wieder auf ähnliche Weise schnurrte, wie er es vorher getan hatte, um das Mißtrauen der Raubkatze zu beseitigen, diesmal nur ein wenig lauter und schriller.

Es war der Laut, den er Panther hatte ausstoßen hören, wenn sie nach paarweiser Jagd das Wild zur Strecke gebracht hatten.

Sofort prasselte etwas im Unterholz dicht bei ihm, und der lange, geschmeidige Körper seines seltsamen Begleiters trat hervor.

Angesichts des toten Rehes und bei der Witterung von Blut stieß der Panther einen schrillen Schrei aus, und einen Augenblick später taten sich die zwei Tiere Seite an Seite am zarten Fleisch des Rehes gütlich.

Einige Tage durchstreifte das seltsame, ungleiche Paar gemeinsam den Dschungel.

Sobald der eine ein Beutetier schlug, rief er den anderen, und so hatten beide häufig und genügend zu essen.

Als sie sich einmal über einen toten Keiler hermachten, den Sheeta gerissen hatte, brach Numa, der Löwe, ingrimmig und wütend durch das Dickicht gleich neben ihnen.

Mit einem zornigen, warnendem Gebrüll sprang er nach vorn, um sie von ihrer Jagdbeute zu vertreiben. Sheeta flüchtete ins nahegelegene Gebüsch, während Tarzan sich in die unteren Zweige eines überhängenden Baumes schwang.

Hier nahm der Affenmensch sein Grasseil von der Schulter, und als Numa über dem toten Eber stand und herausfordernd den Kopf hob, fiel die unheilvolle Schlinge um seinen Hals. Mit einem plötzlichen Ruck zog Tarzan das Seil straff. Gleichzeitig rief er schrill nach Sheeta, während er den um sich schlagenden Löwen emporzog, bis er nur noch mit den Hinterpranken den Boden berührte.

Schnell befestigte er das Seil an einem dicken Ast, und als der Panther auf Tarzans Ruf aus dem Gebüsch tauchte, ließ sich der Affenmensch neben dem ergrimmten und zappelnden Löwen zu Boden fallen und sprang ihn mit dem langen, scharfen Messer von der einen Seite an, während Sheeta dies von der anderen tat.

Der Panther riß Numa die rechte Flanke auf, während der Affenmensch die linke mit dem Steinmesser bearbeitete, so daß der König der Tiere bald tot und ungefährlich in der Schlinge hing, noch ehe er mit seinen scharfen Krallen das Seil durchtrennt hatte.

Dann hallte der Siegesschrei des Affenmännchens und des Panthers einmütig durch den Dschungel und verschmolz zu einem gemeinsamen, furchterregenden und unheimlichen Ruf.

Als er in einem langgezogenen, bedrohlichen Geheul verhallt war, zog eine Schar Eingeborener in Kriegsbemalung ihr langes Kanu aus dem Wasser auf den Sand des Strandes, hielt einen Moment inne, blickte gespannt in Richtung des Dschungels und lauschte.

Mugambi

Nachdem Tarzan die Insel die Küste entlang umrundet und auch mehrere Streifzüge ins Landesinnere unternommen hatte, wurde ihm klar, daß er das einzige menschliche Wesen hier war.

Nirgends hatte er Anzeichen gefunden, daß sich Menschen auch nur zeitweise an diesem Gestade aufgehalten hatten, obwohl er natürlich wußte, daß die üppige Vegetation der Tropen selbst die dauerhaftesten Zeugnisse menschlichen Wirkens sehr schnell überwucherte. Vielleicht waren seine Schlußfolgerungen deshalb unrichtig.

Am Tag, nachdem sie Numa getötet hatten, stießen Tarzan und Sheeta auf den Stamm von Akut. Beim Anblick des Panthers traten die großen Affen die Flucht an, aber Tarzan vermochte sie nach einiger Zeit zurückzurufen.

Er war auf den Gedanken gekommen, daß es zumindest ein interessantes Experiment sein würde, zu versuchen, diese Erbfeinde miteinander auszusöhnen. Neben der Aufgabe, seinen Bauch zu füllen, war ihm alles willkommen, das seinen Verstand und seine Zeit in Anspruch nahm, da er, wenn er untätig war, stets Opfer düsterer Gedanken wurde.

Den Affen seinen Plan mitzuteilen war nicht besonders schwierig, obwohl ihr begrenzter und einfacher Wortschatz über Gebühr beansprucht wurde; doch dem kleinen, bösen Gehirn von Sheeta einzutrichtern, daß er gemeinsam mit den ihm rechtmäßig zustehenden Beutetieren und nicht auf sie Jagd machen sollte, war eine Aufgabe, die die Kräfte des Affenmenschen fast überstieg.

Neben seinen anderen Waffen besaß er einen langen, soliden Knüppel, und nachdem er das Seil dem Panther um den Hals gelegt hatte, machte er von dem Knüppel reichlich Gebrauch, um dem knurrenden Tier auf diese Weise beizubringen, daß es die großen, struppigen, menschenähnlichen Geschöpfe nicht angreifen sollte, die sich ihm jetzt mehr näherten, da sie den Zweck der Halsleine erkannt hatten.

Daß die Raubkatze sich nicht gegen Tarzan wandte und ihn zerfleischte, grenzte an ein Wunder und läßt sich vielleicht dadurch erklären, daß der Affenmensch den Knüppel mehrmals auf die empfindliche Nase des Panthers niedersausen ließ, als dieser sich knurrend auf ihn stürzen wollte. Auf diese Weise vermittelte er ihm eine höchst gesunde Angst vor diesem Holz und den Affen, die in gewisser Weise damit im Zusammenhang standen.

Die Frage war, ob der ursprüngliche Grund für die Anhänglichkeit des Panthers gegenüber Tarzan ihm noch klar vor Augen stand, obwohl zweifellos eine unterbewußte Regung, ausgelöst durch diesen allerersten Gedanken und unterstützt und gefördert durch die Gewohnheit der vergangenen Tage, viel dazu beitrug, daß das Tier diese Behandlung seitens des Menschen duldete, während es sonst jedem anderen Geschöpf an die Kehle gesprungen wäre.

Natürlich übte der menschliche Verstand auch einen machtvollen Einfluß auf dieses Geschöpf einer niederen Art aus. Letzten Endes war dies vielleicht ganz allgemein der ausschlaggebende Faktor für Tarzans Überlegenheit gegenüber Sheeta und den anderen Tieren des Dschungels, die ihm nach und nach gefügig wurden.

Sei es, wie es sei, jedenfalls streiften der Mensch, der Panther und die großen Affen tagelang durch ihr Jagdgebiet und teilten die Ausbeute miteinander, und von der ganzen wilden, furchterregenden Horde war kein Mitglied schrecklicher als das glatthäutige, kraftvolle Tier, das noch vor wenigen Monaten eine bekannte Persönlichkeit in so manchem Londoner Salon gewesen war.

Ab und zu trennten sich die Tiere, um für eine Stunde oder einen Tag ihren eigenen Neigungen zu folgen. Als der Affenmensch sich bei einer solchen Gelegenheit durch die Baumwipfel zur Küste begeben hatte und in der heißen Sonne ausgestreckt im Sand lag, geschah es, daß von dem kleinen Hügel eines nahegelegenen Vorgebirges ein Paar scharfe Augen ihn beobachteten.

Der Besitzer dieser Augen betrachtete die Gestalt des wilden Weißen erstaunt, die dort in aller Ruhe ein Sonnenbad nahm. Dann wandte er sich um und gab jemandem hinter ihm ein Zeichen. Sofort blickte ein weiteres Augenpaar auf den Affenmenschen herunter, dann noch eins, und noch eins, bis eine ganze Schar gräßlich herausgeputzter, wilder Krieger auf dem Bauch liegend von dem Hügelkamm aus den weißhäutigen Fremden anstarrte.

Der auflandige Wind machte es Tarzan unmöglich, sie zu wittern, und da er ihnen halb den Rücken zukehrte, bemerkte er nicht, wie sie sich den Hügel herunter und durch das dichte Gras vorsichtig auf die Stelle zubewegten, wo er lag.

Es waren durchweg große Kerle, und ihr barbarischer Kopfschmuck sowie die grotesk bemalten Gesichter gaben ihnen im Verein mit dem reichlichen Schmuck aus Metall und den prächtigen, bunten Federn ein wildes, bedrohliches Aussehen.

Am Fuße der Hügelkette angelangt, erhoben sie sich vorsichtig und näherten sich halb geduckt und lautlos dem noch immer ahnungslosen Weißen, wobei ihre schwieligen Hände drohend die schweren Kriegskeulen umklammerten.

Tarzan war dermaßen in schmerzliche Gedanken versunken, daß seine sonst so scharfen, empfindlichen Sinnesorgane wie abgestumpft waren, so daß die sich heranstehlenden Wilden fast schon bei ihm waren, als er endlich erkannte, daß er nicht mehr allein am Strand war.

Sein Verstand und die Muskeln waren jedoch gewöhnt, sofort synchron zu reagieren, so daß er beim geringsten Alarmzeichen auf den Beinen war und den Feinden ins Auge blickte, selbst wenn er erkannte, daß die Gefahr hinter ihm lauerte. Als er auf die Füße sprang, fielen die Krieger mit erhobenen Keulen und wildem Geschrei über ihn her, doch der vorderste erlitt einen jähen Tod unter dem langen, soliden Stock des Affenmenschen, und dann war die geschmeidige, sehnige Gestalt unter ihnen und schlug mit einer Wut, Kraft und Genauigkeit nach rechts und links, daß die Schwarzen in Panik gerieten.

Die Übriggebliebenen zogen sich einen Augenblick zurück und berieten ein kurzes Stück von Tarzan entfernt, der mit verschränkten Armen dastand, ein halbes Lächeln auf dem markanten Gesicht, und sie beobachtete. Da rückten sie auch schon wieder gegen ihn vor und schwangen diesmal ihre schweren Kriegsspeere. Sie hatten sich zwischen ihm und dem Dschungel in einem kleinen Halbkreis aufgestellt, der sich zusammenzog, während sie vorgingen.

Seine Chance, dem Endkampf zu entgehen, wenn alle gleichzeitig ihre schweren Speere nach ihm schleuderten, war denkbar gering. Da er mit dem Rücken zum Meer stand, mußte er sich einen Weg durch die Angreifer bahnen, wollte er ihnen entrinnen.

Die Lage war in der Tat äußerst bedrohlich, aber da kam ihm ein Gedanke, der das Lächeln um seinen Mund in ein breites Grinsen verwandelte. Die Krieger waren noch ein kleines Stück entfernt, rückten langsam vor und vollführten dabei einen wilden Lärm durch wüstes Geschrei und Aufstampfen mit den Füßen, während sie in einem phantastischen Kriegstanz auf und nieder hüpften. Dies alles war bei ihnen so Brauch.

In diesem Moment erhob der Affenmensch seine Stimme zu einer Abfolge wilder, unheimlicher Schreie, so daß die Schwarzen auf der Stelle stehenblieben. Sie schauten einander fragend an, denn dieser Ruf war so grauenvoll, daß ihr eigener schrecklicher Lärm dagegen unbedeutend wirkte. Keines Menschen Kehle konnte so tierische Laute hervorbringen, davon waren sie überzeugt, dennoch hatten sie mit eigenen Augen gesehen, wie dieser Weiße den Mund öffnete und die Schreie von sich gab.

Sie zögerten jedoch nur einen Moment, dann rückten sie in ihrem phantastischen Kriegstanz geschlossen wieder vor. Aber nun brachte ein plötzliches Prasseln im Dschungel hinter ihnen sie zu erneutem Halt, und als sie sich nach diesen neuen Geräuschen umsahen, bot sich ihnen ein Anblick, der selbst tapfereren Männern als den Wagambi das Blut in den Adern gerinnen ließ.

Aus dem dichten Pflanzengewirr des Dschungels kam ein großer Panther auf sie zugesprungen. Seine gelben Augen loderten zornig, er bleckte die großen Zähne, und ihm folgte eine Schar mächtiger, struppiger Affen. Halb aufrecht kamen sie, auf kurzen, krummen Beinen hin und her schwingend, angerannt, wobei sie häufig die bis zum Erdboden reichenden Arme zu Hilfe nahmen, so daß sie mit der schwieligen Rückseite der geballten Fäuste ihr Gewicht auffingen.

Tarzans Tiere waren auf seinen Ruf herbeigeeilt.

Ehe die Wagambi sich von ihrem Staunen erholt hatten, rückte die furchteinflößende Meute von der einen Seite gegen sie vor und Tarzan von den Affen von der anderen. Schwere Speere wurden geschleudert und grimmige Keulen geschwungen, und wenn auch manche Affen niedergestreckt wurden, erging es vielen Männern von Ugambi nicht anders.

Sheetas reißende Zähne und scharfe Krallen zerfleischten so manche schwarze Haut. Akuts große, gelbe Eckzähne rissen gar manchem glatthäutigen Wilden die Schlagader auf, und Tarzan von den Affen war bald hier, bald dort und überall, feuerte seine grimmigen Verbündeten an und trieb mit seinem langen, dünnen Messer selbst manchen Blutzoll ein.

Kurze Zeit später rannten die Wilden um ihr Leben, aber von der ganzen Schar, die die grasbedeckten Hänge des Vorgebirges herabgestiegen war, entrann nur ein einziger Krieger der Meute, die sein Volk überwältigt hatte.

Dieser eine war Mugambi, Häuptling der Wagambi vom Ugambi, und als er in die üppige grüne Pracht des dichten Pflanzenwuchses auf dem Gipfel der Hügelkette tauchte, erspähte nur das scharfe Auge des Affenmenschen die eingeschlagene Fluchtrichtung.

Tarzan überließ es der Schar seiner Verbündeten, sich die Bäuche mit dem Fleisch ihrer Opfer vollzustopfen – Fleisch, das er nicht anrühren konnte – und verfolgte den einzigen Überlebenden des blutigen Gemetzels. Gleich hinter dem Kamm sah er den flüchtenden Schwarzen in weiten Sprüngen einem langen Kriegskanu zueilen, das hoch genug aufs Trockene gezogen worden war, wo die Brandung es nicht erreichen konnte.

Lautlos wie ein Schatten folgte er dem von Entsetzen erfüllten Schwarzen. Er trug sich mit einem neuen Plan, auf den ihn der Anblick des Kanus gebracht hatte. Wenn diese Männer von einer anderen Insel oder vom Festland herübergekommen waren, warum sollte er ihr Fahrzeug nicht nutzen, um dorthin zu fahren, woher sie gekommen waren? Offensichtlich war es bewohntes Land und stand zweifellos mit dem afrikanischen Festland in Verbindung, wenn es sich nicht selbst auf dem Kontinent befand.

Eine schwere Hand legte sich dem flüchtenden Mugambi auf die Schulter, noch ehe er sich bewußt wurde, daß jemand ihn verfolgte, und als er sich umwandte, um den Kampf mit dem Angreifer aufzunehmen, schlossen sich riesige Finger um seine Handgelenke, und er fand sich am Boden liegend und eine Hünen rittlings auf sich, ehe er einen Schlag zu seiner Verteidigung ausführen konnte.

Tarzan redete den vor ihm Liegenden in der Sprache der Westküste an.

„Wer bist du?“ fragte er.

„Mugambi, Häuptling der Wagambi“, erwiderte der Schwarze.

„Ich schenke dir dein Leben, wenn du mir versprichst, mir beim Verlassen dieser Insel behilflich zu sein. Wie lautet deine Antwort?“

„Ich will dir helfen“, erwiderte Mugambi. „Nur weiß ich jetzt, nachdem du all meine Krieger getötet hast, selbst nicht, wie ich aus deinem Land wegkomme, denn es ist niemand da, der die Paddel handhaben kann, und ohne Paddler können wir die See nicht überqueren.“

Tarzan erhob sich und gestattete auch seinem Gefangenen, aufzustehen. Es war ein prachtvolles Beispiel der Gattung Mensch – im Körperbau das schwarze Gegenstück zu dem Weißen, der ihm gegenüber stand.

„Komm mit!“ sagte der Affenmensch und wandte sich in die Richtung, aus der sie das Knurren und Brummen der fressenden Horde hören konnten. Mugambi wich zurück.

„Sie werden uns töten“, sagte er.

„Das glaube ich nicht, denn sie gehören zu mir“, erwiderte Tarzan.

Noch immer zauderte der Schwarze, denn er sah üble Folgen voraus, falls sie sich den greulichen Kreaturen näherten, die sich dort an den Körpern seiner Krieger gütlich taten, aber Tarzan zwang ihn, mitzukommen, und bald tauchten die beiden aus dem Dschungel auf und konnten das abscheuliche Schauspiel am Strand voll überblicken. Die Tiere schauten bei ihrem Anblick auf und knurrten drohend, aber Tarzan trat unter sie und zog den angstschlotternden Wagambi mit sich.

Wie er den Affen beigebracht hatte, Sheeta zu akzeptieren, so lehrte er sie jetzt, auch Mugambi anzunehmen, und es ging viel einfacher. Sheeta allerdings schien nicht einzusehen, warum er, nachdem er eben noch aufgefordert worden war, sich Mugambis Krieger einzuverleiben, nicht auf gleiche Art mit diesem selbst verfahren sollte. Da er jedoch wohlgesättigt war, beschränkte er sich darauf, den von Entsetzen gepackten Wilden mehrfach zu umkreisen und dabei tief und drohend zu knurren, während er ihn mit glühenden, furchterregenden Augen unverwandt anstarrte.

Mugambi wiederum klammerte sich fest an Tarzan, so daß dieser kaum ein Lachen unterdrücken konnte angesichts der kläglichen Verfassung, in der die Angst diesen Mann versetzte. Aber schließlich packte der Weiße die große Katze im Genick, zog sie ganz nahe zu Wagambi und schlug sie jedesmal derb auf die Nase, wenn sie den Fremden anknurrte.

Als Mugambi dies sah – ein Mensch verfuhr derartig grob mit einem der gnadenlosesten und schrecklichsten Fleischfresser des Dschungels, und das mit bloßen Händen –, traten ihm vor Staunen die Augen aus den Höhlen, und nachdem er diesem hünenhaften Weißen, der ihn gefangengenommen hatte, ohnedies schon verdrossenen Repsekt entgegengebracht hatte, begegnete er ihm fortan mit grenzenloser Ehrfurcht.

Das Abrichten von Sheeta machte so gute Fortschritte, daß er sehr bald schon aufhörte, in Mugambi das Objekt seiner hungrigen Begierde zu sehen, so daß der Schwarze sich in seiner Gegenwart ein wenig sicherer fühlte.

Wollte man behaupten, daß Mugambi in seiner neuen Umgebung vollkommen glücklich und zufrieden war, so entspräche dies nicht ganz der Wahrheit. Immer wieder rollte er ängstlich mit den Augen, wenn ein Mitglied der wilden Horde ihm dann und wann zu nahe kam, so daß man dann nur das Weiße seiner Augäpfel sah.

Sooft Tarzan und Mugambi im Verein mit Sheeta und Akut an der Furt nach Wild auf Lauer lagen und auf ein Zeichen des Affenmenschen zu viert über das erschrockene Tier herfielen, war der Schwarze überzeugt, daß die arme Kreatur bereits vor Schreck gestorben war, noch ehe eines der großen Tiere sie berührt hatte.

Mugambi entzündete ein Feuer und kochte seinen Anteil an der Beute, aber Tarzan, Sheeta und Akut schlangen ihren Teil roh hinunter und knurrten sich an, wenn jemand wagte, sich etwas von dem anderen anzueignen.

Es war nach allem nicht zu verwundern, daß die Lebensweise des Weißen der der Tiere viel näher stand als der des wilden Schwarzen. Wir alle sind Gewohnheitswesen, und wenn die Notwendigkeit nicht mehr vorhanden zu sein scheint, uns einer neuen Lebensweise anzupassen, fallen wir ganz natürlich und schnell in Verhaltensnormen und Gewohnheiten zurück, die langer Gebrauch uns unauslöschlich eingeprägt hat.

Mugambi hatte Zeit seines Lebens nur gekochtes Fleisch gegessen, wohingegen Tarzan es erst gekostet hatte, als er fast schon erwachsen war, und später nur in den letzten drei, vier Jahren. Doch war es nicht nur lebenslange Gewohnheit, die ihn veranlaßte, es roh zu essen, sondern es entsprach auch der Vorliebe seines Gaumens. Er empfand gekochtes Fleisch als verdorben, verglichen mit dem schmackhaften, saftigen eines gerade erst getöteten Tieres.

Daß er mit gleichem Genuß rohes Fleisch essen konnte, das er Wochen zuvor vergraben hatte, und sich auch kleine Nagetiere und widerliche Raupen schmecken ließ, erscheint uns, die wir stets „zivilisiert“ waren, einfach widerlich; doch hätten wir von Kindesbeinen an gelernt, solche Sachen zu essen, und hätten wir auch alle Menschen unserer Umgebung sie essen sehen, würden sie bei uns nicht mehr Übelkeit erwecken als viele unserer Delikatessen bei den wilden afrikanischen Kannibalen, die sie nur widerstrebend und naserümpfend betrachten.

Zum Beispiel gibt es einen Volksstamm in der Nähe des Lake Rudolph, die keine Schafe oder anderes Vieh essen, obwohl ihre nächsten Nachbarn es tun. Ganz in der Nähe wohnen Leute, die Eselfleisch essen – eine höchst empörende Gewohnheit für jemanden, der dies nicht tut. Wer will sagen, es sei schön, Schnekken, Froschschenkel und Austern zu essen, jedoch abscheulich, sich von Raupen und Käfern zu ernähren, oder daß eine rohe Auster mit allem Drum und Dran weniger abstoßend sei als das süße, saubere Fleisch eines soeben getöteten Rehbocks?

Die nächsten Tage war Tarzan damit beschäftigt, ein Segel aus Feigenbaumbast zu weben, mit dem er das Kanu ausrüsten wollte, weil er es aufgegeben hatte, den Affen die Handhabung eines Paddels beizubringen. Er konnte gerade einmal einige von ihnen dazu bewegen, in das zerbrechliche Fahrzeug zu steigen, mit dem Mugambi und er innerhalb des Riffs umherpaddelten, wo die See völlig still war.

Während dieser Fahrten hatte er ihnen Paddel in die Hand gedrückt und sie ermuntert, die Bewegungen von ihm und Mugambi nachzuahmen, doch es bereitete ihnen große Schwierigkeiten, sich lange auf eine Sache zu konzentrieren, so daß ihm sehr bald klar wurde, daß Wochen geduldigen Trainings erforderlich waren, ehe sie imstande waren, diese für sie neuen Werkzeuge wirkungsvoll anzuwenden, falls sie überhaupt je dazu fähig sein sollten.

Eine Ausnahme gab es jedoch, und das war Akut. Von Anbeginn zeigte er großes Interesse an diesem neuen Sport, und dies offenbarte einen wesentlich höheren Intelligenzgrad als den irgendeines Mitglieds seines Stammes. Er schien den Sinn der Paddel zu erfassen, und als Tarzan dies erkannte, gab er sich große Mühe, ihm in der kümmerlichen Sprache der Menschenaffen zu erklären, wie sie am besten angewendet wurden.

Von Mugambi hatte er erfahren, daß das Festland nur eine kurze Strecke von der Insel entfernt lag. Die Wagambi-Krieger hatten sich in ihrem zerbrechlichen Gefährt wohl zu weit hinausgewagt und waren von einer schweren Strömung und starkem, ablandigen Wind erfaßt worden, der sie so weit hinausgetrieben hatte, daß sie kein Land mehr sahen. Nachdem sie in der Annahme, heimwärts zu fahren, eine ganze Nacht gepaddelt hatten, sahen sie bei Sonnenaufgang Land, hielten es für das Festland und jubelten vor Freude. Auch hatte Mugambi keine Ahnung gehabt, daß es sich um eine Insel handelte, bis Tarzan es ihm gesagt hatte.

Der Wagambihäuptling hatte seine Vorbehalte gegen Segeln, da er nie gesehen hatte, wie so etwas vor sich ging. Sein Land lag am breiten Ugambi, und dieser Fluß bot seinen Leuten die Gelegenheit, den Ozean zu erreichen.

Tarzan war jedoch zuversichtlich, bei gutem Westwind das kleine Fahrzeug zum Festland steuern zu können. Auf jeden Fall war es seiner Ansicht nach besser, unterwegs umzukommen, als für alle Zeit auf dieser Insel zu bleiben, die auf keiner Karte verzeichnet war, zu der also schwerlich je ein Schiff kommen würde.

So stach er beim ersten günstigen Wind in See, wobei er eine derart seltsame und furchterregende Mannschaft an Bord nahm, wie sie schwerlich je unter einem wilden Schiffsführer zusammenkam.

Mugambi und Akut waren bei ihm, dazu noch Sheeta, der Panther, und ein Dutzend große, männliche Affen von Akuts Stamm.

Eine wüste Mannschaft

Das Kanu bewegte sich mit seiner wilden Ladung langsam auf die Lücke im Riff zu, die es passieren mußte, um auf die offene See zu gelangen. Tarzan, Mugambi und Akut handhabten die Paddel, da die Küste den Westwind von dem kleinen Segel abhielt.

Sheeta lag im Bug zu Füßen des Affenmenschen, denn er hatte es für besser erachtet, das bösartige Tier von den anderen Mitgliedern der Gruppe stets möglichst fern zu halten, da es für den Panther eines geringen oder auch gar keines Anlasses bedurfte, jemandem an die Kehle zu springen – den weißen Mann ausgenommen, den er offensichtlich als seinen Herrn ansah.

Mugambi saß am Heck, und gleich vor ihm hockte Akut, während sich die anderen zwölf behaarten Affen zwischen ihm und Tarzan aufreihten und voller Unbehagen bald hierhin, bald dorthin, zumeist aber sehnsüchtig zur Küste zurückblickten.

Alles ging gut, bis das Kanu das Riff durchquert hatte. Dann fuhr der Wind in das Segel und jagte das primitive Fahrzeug über die Wellen, die immer höher anrannten, je weiter sie auf See hinausfuhren.

Als das Boot so heftig umhergeworfen wurde, gerieten die Affen in Panik. Zunächst rutschten sie nervös umher, dann begannen sie zu brummen und zu jammern. Mit Mühe konnte Akut sie eine Zeitlang beruhigen, aber als eine besonders große Welle zeitgleich mit einer kleinen Windböe über den Einbaum hereinbrach, fuhr ihnen der Schreck dermaßen in die Glieder, daß sie aufsprangen und das Boot beinahe zum Kentern gebracht hätten, noch ehe Akut und Tarzan ihnen gemeinsam gut zureden konnten. Schließlich war die Ruhe wiederhergestellt, und sie gewöhnten sich an die seltsamen Kapriolen ihres Fahrzeugs, so daß die beiden Anführer mit ihnen keine Probleme mehr hatten.

Die weitere Fahrt verlief ereignislos, der Wind blieb, und nach einer Stunde gleichmäßigen Segelns tauchten die schwarzen Schatten der Küste vor ihnen auf. Obwohl der Affenmensch im Boot seine Augen überanstrengte, um herauszufinden, ob sie sich der Mündung des Ugambi weit genug genähert hatten oder nicht, war es schon viel zu dunkel, um Genaueres zu erkennen. Deshalb steuerte Tarzan das Boot am küstennahesten Punkt durch die Brandung, um auf den Tagesanbruch zu warten.

In dem Moment, da der Bug des Einbaums in den Sand stieß, drehte das Fahrzeug sich breitseits zum Land und kippte sofort um, worauf die ganze Mannschaft nun wie von Sinnen an Land strebte. Der nächste Brecher warf sie abermals über den Haufen, aber schließlich glückte es allen, aufs Trockene zu kommen, und einen Augenblick später wurde auch ihr plumpes Boot neben ihnen an Land geschoben.

Den Rest der Nacht saßen die Affen dicht gedrängt, um sich gegenseitig zu wärmen, während Mugambi in ihrer Nähe ein Feuer entfachte, an dem er sich hinhockte. Tarzan und Sheeta hatten jedoch anderes im Sinn, denn sie fürchteten die Dschungelnacht nicht, vielmehr trieb sie nagender Hunger in die pechschwarze Dunkelheit des Waldes, wo sie sich Beute suchen wollten.

Sie gingen nebeneinander, wenn der Weg es zuließ, sonst hintereinander, einmal der eine voran, dann der andere. Tarzan nahm als erster die Witterung frischen Fleisches auf – die eines Büffelbullen –, und kurze Zeit später stießen sie inmitten dichten Ufergrases neben einem Fluß auf das schlafende Tier.

Immer näher stahlen sie sich an den ahnungslosen Büffel heran, Sheeta auf der rechten Seite und Tarzan auf der linken, dem großen Herzen am nächsten. Sie jagten schon seit geraumer Zeit gemeinsam, so daß sie aufeinander abgestimmt vorgingen und sich nur durch kurzes, tiefes Schnurren verständigten.

Einen Augenblick lagen sie ganz still in der Nähe der Beute, dann sprang Sheeta auf ein Zeichen des Affenmenschen dem Bullen auf den Rücken und schlug ihm die kräftigen Zähne ins Genick. Im Nu war der Riese auf den Beinen und brüllte vor Schmerz und Wut, doch im gleichen Augenblick sprang Tarzan an seine linke Seite und stieß ihm das Steinmesser mehrmals hinter der Schulter in die Flanke.

Der Affenmensch hatte sich mit einer Hand in die dichte Mähne verkrallt, und als der Bulle wie von Sinnen durch das Riedgras preschte, wurde das Etwas, das nach seinem Leben trachtete, an seiner Seite mitgeschleift. Aber Sheeta hing hartnäckig im Genick des Büffels und verbiß sich so tief wie möglich im Bemühen, die Wirbelsäule zu erreichen.

Der Büffel schleifte seine zwei wilden Gegner einige Hundert Yards mit sich, bis das Steinmesser schließlich in sein Herz drang. Da krachte er mit einem letzten Gebrüll, das schon ein halber Todesschrei war, der Länge nach auf die Erde. Nun taten Tarzan und Sheeta sich gütlich, bis sie nicht mehr konnten.

Nach der Mahlzeit rollten sich die beiden im Dickicht zusammen, wobei die lohfarbene Flanke des Panthers Tarzan als Kopfunterlage diente. Bald nach der Morgendämmerung erwachten sie und aßen wieder, dann kehrten sie zum Strand zurück, damit Tarzan den Rest der Meute zu dem toten Büffel führen konnte.

Als das allgemeine Mahl beendet war und Tiere sich zusammenrollten, um zu schlafen, brachen Tarzan und Mugambi auf, um nach dem Ugambi River zu suchen. Sie hatten kaum hundert Yards zurückgelegt, als sie plötzlich auf einen breiten Fluß stießen, den der Neger sofort als den erkannte, auf dem er und seine Krieger stromab zum Meer gepaddelt waren. Nur hatte ihre Expedition eben unter einem schlechten Stern gestanden.

Die beiden folgten ihm bis zum Meer, wo er höchstens eine Meile von dem Punkt entfernt, an dem ihr Kanu die Nacht zuvor an Land geworfen worden war, in eine Bucht mündete.

Tarzan war über diese Entdeckung sehr erfreut, denn er wußte, daß in der Nachbarschaft großer Wasserläufe stets Eingeborene zu finden waren, und einige derselben würden ihm zweifellos über Rokoff und das Kind Auskunft geben können, denn er war überzeugt, daß der Russe bestrebt sein würde, das Baby möglichst bald loszuwerden, nachdem er Tarzan ausgeschaltet hatte.

Mugambi und er richteten den Einbaum auf und brachten ihn zu Wasser, obwohl es ein mühsames Unterfangen war angesichts der ständig gegen den Strand anrollenden Brandung. Schließlich glückte es ihnen jedoch, und bald danach paddelten sie die Küste entlang zur Mündung des Ugambi.

Hier ergaben sich beträchtliche Schwierigkeiten, gegen die Strömung und die einsetzende Ebbe stromauf zu fahren, doch sie nutzten seichte Stellen in Küstennähe, bis sie einen Punkt fast gegenüber dem Ort erreichten, wo sie den Rest der Meute schlafend zurückgelassen hatten.

Sie machten das Boot an einem überhängenden Zweig fest, drangen in den Dschungel und stießen auch sofort auf einige Affen, die sich jenseits des Riedgrases, wo sie den Büffel erlegt hatten, an Früchten gütlich taten. Sheeta war nirgends zu sehen und kehrte auch zum Abend nicht zurück, so daß Tarzan zu der Überzeugung gelangte, daß er sich auf der Suche nach seinesgleichen in die Büsche geschlagen habe.

Am frühen Morgen des nächsten Tages führte der Affenmensch seine Schar flußabwärts, und während ihrer Wanderung stieß er ab und zu schrille Schreie aus. Kurz danach erfolgte aus großer Entfernung ganz schwach eine Antwort, und eine halbe Stunde später, als die anderen schon zaghaft ins Kanu kletterten, tauchte Sheetas geschmeidige Gestalt in ihrem Blickfeld auf.

Das große Tier machte einen Buckel, schnurrte wie eine zufriedene Hauskatze und rieb seine Flanken an dem Affenmenschen. Auf ein Wort von ihm sprang es gewandt an seinen früheren Platz im Bug des Einbaums.

Als alle ihre Plätze eingenommen hatten, stellte man fest, daß zwei Affen von Akut fehlten, und obwohl der Königsaffe und Tarzan fast eine Stunde nach ihnen riefen, vernahmen sie keine Antwort, und schließlich legte das Boot ohne sie ab. Die zwei Vermißten waren diejenigen gewesen, die das geringste Verlangen bekundet hatten, die heimatliche Insel zu verlassen und an der Expedition teilzunehmen. Während der Reise waren sie auch am meisten von Ängsten heimgesucht worden, so daß Tarzan ziemlich sicher war, daß sie sich mit Absicht aus dem Staube gemacht hatten, um einer erneuten Einschiffung zu entgehen.

Als die Schar am frühen Nachmittag zwecks Nahrungssuche das Ufer ansteuerte, wurde sie aus dem dichten Schirm von Grün, der das Ufer säumte, kurz von einem schlanken, nackten Wilden beobachtet, der sich kurz danach stromauf entfernte, ehe einer der Insassen des Kanus ihn entdeckt hatte.

Leichtfüßig wie ein Reh eilte er den schmalen Pfad entlang und stürmte, ganz erfüllt von der aufregenden Begebenheit, einige Meilen oberhalb der Stelle, wo Tarzan und seine Schar zum Jagen angelegt hatten, in sein Eingeborenendorf.

„Jetzt kommt noch ein Weißer!“ rief er dem Häuptling zu, der vor dem Eingang seiner runden Hütte hockte. „Noch ein Weißer, und mit ihm viele Krieger. Sie kommen in einem großen Kriegskanu, um zu töten und zu rauben, wie es der Schwarzbärtige getan hat, der uns gerade verlassen hat.“

Kaviri sprang auf. Erst kürzlich hatte er von der Medizin des weißen Mannes zu kosten bekommen, und sein Herz war noch voller Bitterkeit und Haß. Einen Augenblick später erfüllte das Dröhnen der Kriegstrommeln das Dorf und rief die Jäger aus dem Wald und die Pflüger von den Äckern.

Sieben Kriegskanus wurden zu Wasser gelassen und mit bunt bemalten und mit Federn geschmückten Kriegern bemannt. Lange Speere ragten wie Borsten von den primitiven Schlachtschiffen, als sie leise über die Wasserfläche glitten, angetrieben von kräftigen Muskeln unter glänzender, ebenholzfarbener Haut.

Die Trommel hatte ihr Tamtam eingestellt, auch stieß niemand ins Horn, denn Kaviri war ein listiger Krieger, er wollte kein Risiko eingehen, wenn es sich vermeiden ließ. Vielmehr beabsichtigte er, lautlos mit seinen sieben Kanus über das einzelne des weißen Mannes herzufallen und den Gegner einfach dank seiner rein zahlenmäßigen Überlegenheit niederzukämpfen, noch ehe dessen Feuerwaffen seinen Leuten viel Schaden zufügen konnten.

Kaviris Kanu fuhr den anderen ein kleines Stück voraus, und als es eine scharfe Biegung des Flusses hinter sich gebracht hatte, wo die Strömung es besonders schnell dahintrug, hatte Kaviri das gesuchte Objekt plötzlich vor sich.

Die beiden Kanus waren so dicht beieinander, daß der Schwarze das weiße Gesicht im Bug des auf ihn zukommenden Fahrzeugs nur kurz sehen konnte, als die zwei Boote sich auch schon berührten. Seine Männer waren aufgesprungen, schrien wie tollwütige Teufel und stießen mit den Speeren nach den Insassen des anderen Kanus.

Aber als Kaviri einen Augenblick später erkannte, welcher Art die Mannschaft im Einbaum des Weißen war, hätte er am liebsten alle Perlen und den ganzen Eisendraht, den er besaß, hingegeben, um in die Sicherheit seines fernen Dorfes zurückzukehren, denn kaum waren die beiden Fahrzeuge zusammengestoßen, erhoben sich die schrecklichen Affen von Akut vom Boden des Kanus, knurrten und bellten und rissen mit ihren langen, behaarten Armen Kaviris Kriegern die bedrohlichen Speere einfach aus den Händen.

Die Schwarzen wurden von Entsetzen gepackt, aber sie konnten nichts weiter tun, als zu kämpfen. Nun kamen die anderen Kriegskanus schnell auf die beiden Boote zugesteuert. Ihre Insassen brannten darauf, in den Kampf einzugreifen, denn sie glaubten, ihre Gegner seien Weiße mit ihren eingeborenen Trägern.

Sie umzingelten Tarzans Boot, aber als sie den wahren Charakter ihres Gegners erkannten, wendeten alle wie ein Mann und paddelten schnell stromauf. Eines näherte sich Tarzans Boot allzu sehr, ehe seine Insassen entdeckten, daß sie es mit Dämonen zu tun hatten statt mit Menschen. Als es anstieß, sagte Tarzan einige Worte zu Sheeta und Akut, und noch ehe die angreifenden Krieger ihr Boot wieder wegstoßen konnten, sprang an einem Ende ein riesiger Panther mit markerschütterndem Schrei hinein und am anderen ein großer Affe. Dort richtete der Panther mit seinen scharfen Krallen und den langen, spitzen Zähnen ein Blutbad an, hier schlug Akut seine gelben Hauer in den Nacken derjenigen, die in seine Reichweite kamen, und warf die vor Schreck wie gelähmten Schwarzen über Bord, während er sich zum Zentrum vorarbeitete.

Kaviri war derart mit den Dämonen beschäftigt, die sein Fahrzeug geentert hatten, daß er den Kriegern in dem anderen keine Hilfe leisten konnte. Ein Riese von weißem Teufel hatte ihm den Speer entrissen, als sei er ein Säugling. Behaarte Ungeheuer überwältigten seine kämpfenden Männer, und ein schwarzer Häuptling wie er selbst stritt Schulter an Schulter mit dem gräßlichen Pack, das ihm gegenüberstand.

Kaviri kämpfte tapfer gegen seine Feinde, denn er spürte, daß der Tod ihn bereits für sich ausersehen hatte, so war das geringste, was er noch tun konnte, sein Leben so teuer wie möglich zu verkaufen; aber bald trat zutage, daß all seine Anstrengungen nichts ausrichteten angesichts der übermenschlichen Muskelkraft und Beweglichkeit jenes Geschöpfes, das schließlich seinen Hals gepackt hatte und ihn auf den Boden des Kanus drückte.

Sofort drehte sich alles in Kaviris Kopf – Dinge seiner Umgebung wirbelten durcheinander, ihre Umrisse verschwammen vor seinem Blick, und er spürte einen großen Schmerz in der Brust, während er nach Atem rang, was dieses Wesen über ihm ein für allemal verhindern wollte. Dann verlor er das Bewußtsein.

Als er die Augen noch einmal aufschlug, entdeckte er zu seiner Überraschung, daß er nicht tot war. Er lag zusammengeschnürt am Boden seines Kanus. Ein großer Panther hockte neben ihm und blickte auf ihn herab.

Kaviri schauderte und schloß die Augen wieder in der Erwartung, daß die wilde Raubkatze sogleich auf ihn springen und ihn von seiner maßlosen Angst erlösen würde.

Als nach einer Weile noch immer keine Krallen in seinen zitternden Körper geschlagen wurden, wagte er abermals, die Augen zu öffnen. Hinter dem Panther saß der weiße Hüne, der ihn überwältigt hatte.

Der Mann handhabte ein Paddel, während direkt hinter ihm einer von Kaviris Kriegern es ihm nachtat. Noch weiter hinten hockten mehrere der behaarten Affen.

Tarzan sah, daß der Häuptling das Bewußtsein wiedererlangt hatte, und sprach ihn an.

„Deine Krieger haben mir erzählt, daß du der Häuptling eines zahlreichen Volkes bist und Kaviri heißt“, sagte er.

„Ja“, antwortete der Schwarze.

„Warum hast du mich angegriffen? Ich kam in friedlicher Absicht.“

„Vor drei Monden kam ein anderer Weißer in ebensolcher Absicht, und nachdem wir ihm Geschenke in der Form einer Ziege, Maniok und Milch überreicht hatten, zog er seine Revolver und tötete viele von meinem Volk, dann marschierte er weiter, wobei er alle unsere Ziegen und viele junge Männer und Frauen mitnahm.“

„Ich bin nicht so wie dieser andere Weiße“, erwiderte Tarzan. „Ich hätte dir kein Haar gekrümmt, hättest du mich nicht überfallen. Sage mir, wie sah das Gesicht dieses bösen Weißen aus? Ich suche jemanden, der mir Unrecht zugefügt hat. Vielleicht ist es der.“

„Er hatte kein gutes Gesicht und trug einen mächtigen, schwarzen Bart, und er war sehr, sehr böse. Ja, wirklich sehr böse.“

„Hatte er einen kleinen weißen Jungen bei sich?“ fragte Tarzan und wartete mit stockendem Herzen auf die Antwort des Schwarzen.

„Nein, Herr“, erwiderte Kaviri. „Das weiße Kind gehörte nicht zur Gruppe dieses Mannes – es war bei der anderen.“

„Bei welcher anderen?“ rief Tarzan. „Was für andere?“

„Bei denen, die der sehr böse Weiße verfolgte. Sie bestand aus einem Weißen, einer Frau und dem Kind, und sechs Mosula-Trägern. Drei Tage, bevor der sehr böse Weiße kam, fuhren sie den

Fluß entlang bei uns vorbei. Ich denke mir, sie flüchteten vor ihm."

Ein Weißer, eine Frau und ein Kind! Tarzan verstand überhaupt nicht. Das Kind mußte sein kleiner Jack sein, aber wer war die Frau – und der Mann? Hatte einer von Rokoffs Leuten sich vielleicht mit einer Frau, die den Russen begleitet hatte, abgesprochen, ihm das Kind zu stehlen?

Wenn ja, so planten sie zweifellos, es in die Zivilisation zurückzubringen und dort entweder eine Belohnung zu beanspruchen oder es zu erpresserischen Zwecken bei sich zu behalten.

Da es Rokoff jedoch gelungen war, sie den wilden Fluß stromauf weiter ins Land zu jagen, bestand kaum Zweifel, daß er sie schließlich einholen würde, es sei denn, und das war wahrscheinlicher, daß sie von eben jenen weiter am Oberlauf des Ugambi wohnenden Kannibalen gefangen und getötet wurden, denen Rokoff nach Tarzans fester Überzeugung das Kind übergeben wollte.

Während seines Gesprächs mit Kaviri hatten die Kanus ihre Fahrt stromauf zum Häuptlingsdorf fortgesetzt. Kaviris Krieger handhabten die Paddel in den drei Kanus und warfen ängstliche Seitenblicke auf ihre furchterregenden Passagiere. Drei von Akuts Affen waren bei dem Handgemenge getötet worden, doch mit Akut waren noch acht dieser gräßlichen Tiere am Leben, außerdem waren da noch Sheeta, der Panther, sowie Tarzan und Mugambi.

Kaviris Krieger waren der festen Meinung, in ihrem ganzen Leben noch nie eine so furchteinflößende Mannschaft gesehen zu haben. Sie rechneten jeden Moment damit, daß einer der vormaligen Gegner über sie herfallen und sie zerfleischen würde, und in der Tat hatten Tarzan, Mugambi und Akut alle Hände voll zu tun, die knurrenden, übelgelaunten Tiere daran zu hindern, nach den glänzenden, nackten Körpern zu schnappen, die sie bei den Paddelbewegungen ab und zu streiften und deren Furcht die Erregung der Tiere nur noch steigerte.

In Kaviris Lager hielt sich Tarzan nur so lange auf, um die Speisen zu essen, die die Schwarzen bereitgestellt hatten, und sich von dem Häuptling ein Dutzend Paddler für sein Kanu geben zu lassen.

Kaviri war nur zu bereit, alle seine Forderungen zu erfüllen, um ihn und seine schreckliche Schar bald wieder loszuwerden. Er mußte jedoch erfahren, daß es leichter war, Leute zuzusagen, als sie bereitzustellen, denn als die Stammesangehörigen seine Absichten erkannten, flüchteten alle unverzüglich in den Dschungel, die dies nicht schon getan hatten, so daß Kaviri, als er die Begleiter für Tarzan bestimmen wollte, zu seinem Leidwesen feststellen mußte, daß er das einzige Mitglied seines Stammes war, das sich noch im Dorf aufhielt.

Tarzan konnte ein Lächeln nicht unterdrücken.

„Sie scheinen nicht gerade darauf aus zu sein, uns zu begleiten“, sagte er. „Aber bleib du ruhig hier, Kaviri, du wirst gleich erleben, wie deine Leute zu dir strömen.“

Dann erhob er sich, scharte seine Gefährten um sich, befahl Mugambi, bei Kaviri zu bleiben, und verschwand mit Sheeta und den Affen in seinem Kielwasser im Dschungel.

Eine halbe Stunde lang wurde die Stille des grimmigen Urwalds nur durch die üblichen Geräusche des dort herrschenden Lebens unterbrochen, die den sonst vorherrschenden Eindruck absoluter Einsamkeit nur noch verstärken. Kaviri und Mugambi saßen allein in dem von Palisaden umgebenen Dorf und warteten.

Da ertönte aus weiter Ferne plötzlich ein furchterregender Laut, den Magumbi als den unheimlichen Kampfruf des Affenmenschen erkannte. Unmittelbar danach erschollen aus den verschiedensten Himmelsrichtungen im Halbkreis ähnlich wilde Schreie und Rufe, dann und wann hervorgehoben durch den markerschütternden Schrei eines hungrigen Panthers.

Verraten

Kaviri und Mugambi hockten vor dem Eingang zu Kaviris Hütte und blickten einander an – Kaviri mit schlecht verborgener Unruhe.

„Was ist das?“ wisperte er.

„Das ist Tarzan und sein Volk“, erwiderte Mugambi. „Aber was sie dort machen, weiß ich nicht, möglicherweise verschlingen sie jetzt deine Leute, die weggelaufen sind.“

Kaviri schauderte und blickte mit angstvoll geweiteten Augen zum Dschungel. In seinem ganzen, hier im Urwald verbrachten Leben hatte er nie solch entsetzlichen, furchterregenden Lärm gehört.

Er kam immer näher, und jetzt vermischte er sich mit dem Angstgeschrei von Frauen, Kindern und Männern. Zwanzig Minuten lang dauerte dieses Geschrei an, das einem das Blut in den Adern gerinnen ließ, bis es nur noch einen Steinwurf von den Palisaden entfernt zu sein schien. Kaviri sprang auf, um Fersengeld zu geben, aber Mugambi packte ihn und hielt ihn zurück, denn so lautete Tarzans Befehl.

Einen Augenblick später brach eine Horde verängstigter Eingeborener aus dem Dschungel und rannte in die Sicherheit ihrer Hütten. Sie trippelten wie Schafe, und hinter ihnen, sie antreibend, wie man Schafe antreibt, kamen Tarzan, Sheeta und die gräßlichen Affen von Akut.

Dann stand Tarzan auch schon vor Kaviri, sein gewohntes, ruhiges Lächeln auf den Lippen

„Deine Leute sind zurückgekommen, mein Bruder“, sagte er. „Nun kannst du diejenigen auswählen, die mich begleiten und mein Kanu paddeln sollen.“

Kaviri erhob sich angstschlotternd und rief seinen Stammesgenossen zu, sie sollten aus den Hütten kommen, aber niemand folgte der Aufforderung.

„Sag ihnen, wenn sie nicht kommen, schicke ich meine Schar, sie zu holen“, schlug Tarzan vor.

Kaviri tat, wie ihm geheißen, und einen Augenblick später war die ganze Dorfbevölkerung versammelt, wobei sie mit weit aufgerissenen, angsterfüllten Augen auf die wilden Geschöpfe blickten, die die Dorfstraße entlangspazierten.

Schnell hatte Kaviri ein Dutzend Krieger ausgewählt, die Tarzan begleiten sollten. Die armen Burschen waren totenbleich vor Entsetzen angesichts der Aussicht, sich auf dem engen Raum des Kanus in unmittelbarer Nähe des Panthers und der Affen zu befinden, aber als Kaviri ihnen erklärte, daß es kein Entrinnen gab – daß Tarzan sie mit seiner grimmigen Horde verfolgen würde, sollten sie versuchen, sich ihrer Aufgabe durch die Flucht zu entziehen –, gingen sie schließlich bedrückt zum Fluß und nahmen ihre Plätze im Kanu ein.

Ihr Häuptling atmete erleichtert auf, als er das Kanu hinter einer Landspitze ein kurzes Stück stromauf verschwinden sah.

Drei Tage lang drang diese seltsame Gesellschaft immer weiter ins Innere des wilden Landes ein, das beiderseits des fast unerforschten Ugambi liegt. Drei der zwölf Krieger desertierten in dieser Zeit, aber da einige Affen endlich das Geheimnis der Paddel ergründet hatten, machte sich Tarzan über diesen Verlust keine besonderen Gedanken.

Er wäre an Land wirklich viel schneller vorangekommen, aber er glaubte, seine wilde Mannschaft besser zusammenhalten zu können, wenn er sie so viel wie möglich im Boot beließ. Zweimal täglich gingen sie an Land, um zu jagen und zu essen, und nachts schliefen sie am Ufer des Festlands oder auf einer der zahlreichen kleinen Inseln, die im Fluß lagen.

Die Eingeborenen flohen entsetzt vor ihnen, so daß sie auf ihrem Weg nur verlassene Dörfer vorfanden. Dem Affenmenschen war daran gelegen, mit einigen Wilden, die am Flußufer wohnten, in Berührung zu kommen, aber bislang war ihm dies nie geglückt.

Schließlich kam er auf die Idee, allein an Land zu gehen, während seine Schar im Boot bleiben und zu Wasser folgen sollte. Er erläuterte Mugambi, was er vorhatte, und befahl Akut, allen Anweisungen des Schwarzen zu folgen.

„In ein paar Tagen bin ich wieder bei euch“, sagte er. „Jetzt will ich vorauseilen, um zu erfahren, was aus dem sehr bösen Weißen geworden ist, den ich suche.“

Beim nächsten Halt ging Tarzan an Land und war bald den Blicken seiner Leute entschwunden.

Die ersten Dörfer, in die er kam, waren verlassen. Dies deutete darauf hin, daß sich die Nachricht von der bevorstehenden Ankunft seiner Meute wie ein Lauffeuer verbreitet hatte, doch gegen Abend gelangte er zu einer etwas abgelegenen Ansammlung strohgedeckter Hütten, die von einem grob zusammengezimmerten Palisadenzaun umgeben waren. Hier befanden sich noch einige Hundert Eingeborene.

Die Frauen bereiteten die Abendmahlzeit vor, als Tarzan von den Affen über ihnen in den Zweigen eines Baumriesen hing, der an einer Stelle die Palisaden überragte.

Er wußte nicht recht, wie er mit ihnen in Kontakt kommen konnte, ohne sie zu erschrecken oder ihre wilde Streitlust wachzurufen. Ihm stand der Sinn jetzt nicht nach Kämpfen, denn er befand sich auf einer viel zu wichtigen Mission, als daß er mit jedem Stamm Händel anfangen konnte, der ihm zufällig über den Weg lief.

Schließlich kam er auf eine Idee. Als er sah, daß er den Blicken der Leute unter ihm völlig entzogen war, ahmte er mehrmals das rauhe Grunzen eines Panthers nach. Sofort waren alle Augen nach oben gerichtet.

Es wurde langsam dunkel, und ihre Blicke konnten das dichte Grün nicht durchdringen, das ihn wie ein Schirm verbarg. Als er sah, daß er ihre Aufmerksamkeit auf sich gezogen hatte, ahmte er einen schrilleren und gräßlicheren Pantherschrei nach. Dann ließ er sich außerhalb der Palisaden zu Boden gleiten, ohne daß sich auch nur ein Blättchen bewegte, und rannte mit der Geschwindigkeit eines Rehs um den Zaun herum zum Tor.

Hier schlug er gegen die von Lianen zusammengehaltenen jungen Bäume, aus denen die Umzäunung bestand, und rief den Eingeborenen in ihrer Sprache zu, er sei ein Freund, der zu essen und für die Nacht ein Obdach begehre.

Er kannte die Veranlagung der Eingeborenen gut genug und wußte, daß das Grunzen und Schreien von Sheeta in dem Baum über ihnen sie schon in große Aufregung versetzt hatte. Sein Klopfen am Tor nach Einbruch der Dunkelheit steigerte ihre Angst noch mehr.

Daß sie auf seinen Ruf nicht antworteten, war nicht zu verwundern. Eingeborene fürchten jede Stimme, die in der Nacht von jenseits der Palisaden kommt, da sie sie stets einem Dämonen oder gespensterhaften Besucher zuschreiben. Dennoch rief er weiter.

„Laßt mich ein, meine Freunde!“ sagte er. „Ich bin ein Weißer, der den sehr bösen Weißen verfolgt, welcher vor einigen Tagen hier vorbeigekommen ist. Ich folge ihm, um ihn für die Sünden zu bestrafen, die er an euch und mir begangen hat.

Da ihr an meiner Freundschaft zweifelt, will ich sie euch beweisen, indem ich auf den Baum über eurem Zaun steige und Sheeta in den Dschungel zurücktreibe, ehe er zwischen euch springt. Solltet ihr mich jedoch nicht einlassen und als Freund behandeln, werde ich Sheeta hier belassen, damit er euch verschlingt.“

Eine Weile herrschte Ruhe. Dann tönte die Stimme eines alten Mannes aus der Stille der Dorfstraße.

„Wenn du wirklich ein Weißer und ein Freund bist, werden wir dich hereinlassen. Aber vorher muß du Sheeta vertreiben.“

„In Ordnung“, antwortete Tarzan. „Spitzt eure Ohren, dann hört ihr Sheeta vor mir fliehen.“

Der Affenmensch kehrte schnell zu dem Baum zurück, verursachte diesmal beim Hinaufklettern jedoch großen Lärm, wobei er gleichzeitig nach Art eines Panthers unheimlich knurrte, so daß die Leute unten der Ansicht waren, das große Raubtier befinde sich noch dort.

Als er einen Punkt ziemlich hoch über der Dorfstraße erreicht hatte, veranstaltete er heftigen Tumult, schüttelte die Zweige und schrie dem Panther laut zu, er solle fliehen, oder er werde getötet, und vermischte seine Worte mit dem Knurren und Fauchen des zornigen Tieres.

Sodann rannte er in die dem Baum entgegengesetzte Richtung und in den Dschungel, schlug im Gehen laut gegen die Bäume und ahmte das schwächer werdende Knurren des Panthers nach, während er sich immer weiter vom Dorf entfernte.

Kurze Zeit später kehrte er zum Tor zurück und rief den Eingeborenen jenseits des Zaunes zu: „So, Sheeta ist weg. Nun kommt und laßt mich ein, wie ihr versprochen habt.“

Eine Weile hörte er aufgeregte Diskussionen jenseits der Palisade, aber schließlich traten ein halbes Dutzend Krieger heran, öffneten das Tor und lugten ängstlich heraus, offensichtlich höchst aufgeregt und neugierig, was das wohl für ein Wesen sein mochte, das dort wartete. Sie waren nicht sonderlich erleichtert, als sie einen fast nackten Weißen sahen; aber als Tarzan ihnen in ruhigem Ton zuredete und sie seiner Freundschaft versicherte, öffneten sie das Tor ein wenig mehr und ließen ihn ein.

Nachdem sie es dann wieder zuverlässig geschlossen hatten, kehrte ihr Selbstvertrauen zurück, so daß Tarzan auf dem Weg zur Häuptlingshütte von einer großen Schar neugieriger Männer, Frauen und Kinder begleitet wurde.

Der Häuptling erzählte ihm, daß Rokoff vor einer Woche flußaufwärts gekommen war, daß ihm Hörner auf der Stirn wuchsen, und daß er von tausend Teufeln begleitet wurde. Später sagte er noch, der sehr böse weiße Mann sei einen Monat im Dorf geblieben.

Daß nichts davon mit Kaviris Bericht übereinstimmte, wonach der Russe dessen Dorf gerade erst vor drei Tagen verlassen hatte und sein Gefolge viel kleiner war, als es jetzt dargestellt wurde, verwunderte Tarzan in keiner Weise. Er kannte sich in der Denkweise der Eingeborenen gut aus und wußte, welch seltsame Wege sie ging.

Entscheidend war für ihn zu wissen, daß er sich auf der richtigen Fährte befand, und daß sie ins Landesinnere führte. Unter diesen Umständen konnte Rokoff ihm niemals entkommen, das stand fest.

Nachdem er die Eingeborenen mehrere Stunden befragt und ins Kreuzverhör genommen hatte, wußte er, daß einige Tage vor dem Russen noch eine andere Gruppe vorbeigekommen war, bestehend aus drei Weißen – einem Mann, einer Frau und einem kleinen Jungen – sowie mehreren Mosulas.

Tarzan erklärte dem Häuptling, daß seine Leute ihm wahrscheinlich am nächsten Tag in einem Kanu nachfolgen würden, und obwohl er da bereits wieder weg sein würde, solle der Häuptling sie freundlich empfangen und keine Angst vor ihnen haben, denn Mugambi würde achtgeben, daß sie seinen Leuten nichts antaten, sofern man sie entgegenkommend behandelte.

„Und nun werde ich mich unter diesen Baum legen und schlafen. Ich bin sehr müde“, sagte er abschließend. „Sorge dafür, daß mich niemand stört.“

Der Häuptling bot ihm eine Hütte an, aber Tarzan zog es auf Grund gewisser Erfahrungen mit den Behausungen von Eingeborenen vor, im Freien zu schlafen. Darüberhinaus verfolgte er noch eigene Pläne, die er besser verwirklichen konnte, wenn er unter dem Baum blieb. Als Begründung gab er an, schnell bei der Hand zu sein, falls Sheeta zurückkehren sollte, und nach dieser Erklärung war der Häuptling nur zu bereit, ihn unter dem Baum schlafen zu lassen.

Tarzan hatte längst herausgefunden, daß es ihm gut anstand, die Eingeborenen in dem Glauben zu lassen, er verfüge in gewissem Maße über übernatürliche Kräfte. So hätte er ohne weiteres ins Dorf eindringen können, ohne sich das Tor öffnen zu lassen. Er sagte sich jedoch, daß ein plötzliches und unerklärliches Verschwinden, sobald er es für gut hielt, sie zu verlassen, auf ihre kindlichen Gemüter einen länger anhaltenden Eindruck machen würde. Deshalb erhob er sich, sobald das Dorf im Schlaf lag, schwang sich in die Zweige des Baumes über ihm und tauchte lautlos in das schwarze Geheimnis der Dschungelnacht.

Den Rest der Nacht bewegte er sich schnell durch die höheren und mittleren Zweige des Waldes vorwärts. Wenn möglich, bevorzugte er die oberen Äste der Baumriesen, weil der Mond seinen Weg hier besser beleuchtete; aber all seine Sinne waren so an die grimmige Umwelt seiner ersten Lebensjahre angepaßt, daß er sich selbst im dichten, schwarzen Schatten auf dem Boden schnell und behend fortbewegen konnte. Unsereiner könnte die Main Street, den Broadway oder State Street nicht sicherer und nicht halb so schnell entlangeilen, wie dieser flinke Affenmensch durch das dunkle Labyrinth.

Im Morgengrauen hielt er inne, um sich Nahrung zu beschaffen, dann schlief er einige Stunden und nahm die Verfolgung gegen Mittag wieder auf.

Er stieß mehrmals auf Eingeborene und hatte zwar stets beträchtliche Schwierigkeiten, sich ihnen zu nähern. Dennoch glückte es ihm jedesmal, sie von ihren Ängsten oder kriegerischen Absichten zu befreien, und so erfuhr er, daß er sich auf der richtigen Spur befand, die ihn zu dem Russen brachte.

Zwei Tage später kam er, noch immer dem Ugambi folgend, in ein großes Dorf. Der Häuptling, ein wenig vertrauenerweckender

Bursche mit spitzgefeilten Zähnen, die häufig den Kannibalen bezeichnen, empfing ihn anscheinend freundlich.

Der Affenmensch war hundemüde und hatte beschlossen, acht bis zehn Stunden zu ruhen, damit er ausgeruht und kräftig war, wenn er Rokoff einholte, und das würde seiner Überzeugung nach in Kürze der Fall sein.

Der Häuptling erzählte ihm, der bärtige Weiße habe sein Dorf am gestrigen Morgen verlassen, so daß er ihn zweifellos in kurzer Zeit einholen würde. Von der anderen Gruppe behauptete er, nichts gesehen und nichts gehört zu haben.

Dem Affenmenschen war das Äußere und das Auftreten dieses Burschen herzlich zuwider, der zwar freundlich tat, dem halbnackten weißen Mann, der keine Begleiter hatte und auch keine Geschenke mitbrachte, jedoch eine gewisse Verachtung entgegenzubringen schien. Indes bedurfte er dringend der Ruhe und Nahrung, die er in diesem Dorf wesentlich leichter erhalten konnte als im Dschungel. Und da er weder Mensch, noch Tier, noch den Teufel fürchtete, rollte er sich im Schatten einer Hütte zusammen und schlief bald sehr tief.

Kaum hatte er den Häuptling verlassen, ließ dieser zwei seiner Krieger kommen und erteilte ihnen leise ein paar Anweisungen. Einen Augenblick später rannten die geschmeidigen, schwarzen Gestalten den Uferpfad entlang stromauf Richtung Osten.

Im Dorf hielt der Häuptling auf absolute Ruhe. Niemand durfte sich dem schlafenden Besucher nähern oder singen oder laut reden. Er war in bemerkenswerter Weise darum besorgt, daß der Gast nicht gestört wurde.

Drei Stunden später kamen mehrere Kanus lautlos den Ugambi stromab gefahren. Die Mannschaften trieben sie mit kräftigen Paddelschlägen schnell voran. Der Häuptling stand am Ufer und hielt den Speer waagerecht über den Kopf – ein offensichtlich vereinbartes Zeichen für die Männer in den Booten.

So war es in der Tat. Es bedeutete, der weiße Fremde schlafe im Dorf noch fest und friedlich.

Am Bug von zwei der Kanus saßen die Läufer, die der Häuptling vor drei Stunden abgesandt hatte, und zwar offensichtlich zu dem Zweck, der Gruppe zu folgen und sie zurückzubringen. Das Signal vom Ufer war mit ihnen abgesprochen worden.

Binnen weniger Minuten legten die Einbäume am grünbewachsenen Ufer an. Die eingeborenen Krieger stiegen aus, mit ihnen ein halbes Dutzend Weiße. Es waren durchweg finstere, abstoßend wirkende Typen, vor allem jedoch der Schwarzbärtige mit der widerlichen Visage, der sie befehligte.

„Wo ist der weiße Mann, der nach Aussage deiner Boten bei dir sein soll?“ fragte er den Häuptling.

„Hier den Weg entlang, Herr“, erwiderte der Eingeborene. „Ich habe streng darauf geachtet, daß im Dorf Stille herrscht, damit er noch schläft, wenn ihr zurückkommt. Ich weiß nicht, ob er derjenige ist, der dir Schaden zufügen will, aber er hat sich eingehend erkundigt, wann ihr angekommen und wann abgefahren seid, und sein Äußeres ist auch so, wie du es mir beschrieben hast. Er ist gewiß der, von dem du glaubtest, er wäre in dem Land, das du Dschungelinsel genannt hast, und könnte dir nicht mehr schaden.

Hättest du mir nicht die ganze Geschichte erzählt, dann hätte ich ihn nicht erkannt, und dann wäre er dir vielleicht gefolgt und hätte dich erschlagen. Ist er jedoch ein Freund und kein Feind, dann ist das auch nicht weiter schlimm. Herr, wenn er aber dein Feind ist, dann hätte ich doch gern ein Gewehr und etwas Munition.“

„Das hast du gut gemacht“, erwiderte der weiße Mann. „Und du sollst das Gewehr und die Munition haben, ob er nun ein Freund oder ein Feind ist, Hauptsache, du hältst zu mir.“

„Das will ich tun, Herr“, sagte der Häuptling. „Und nun komm und sieh dir den Fremden an, der in meinem Dorf schläft.“

Mit diesen Worten wandte er sich um und führte sie zu der Hütte, in deren Schatten der arglose Tarzan friedlich schlief.

Den beiden Männern folgten die übrigen Weißen und eine Schar Krieger. Der Häuptling und sein Begleiter hielten warnend den Zeigefinger vor den Mund, damit alle völliges Stillschweigen bewahrten.

Als sie vorsichtig und auf Zehenspitzen um die Ecke der Hütte bogen, spielte ein widerliches Grinsen um die Lippen des Weißen, während er die hünenhafte Gestalt des Schlafenden musterte.

Der Häuptling blickte ihn fragend an. Der Weiße nickte, um ihm zu bedeuten, daß sein Verdacht berechtigt gewesen war. Dann wandte er sich an die hinter ihm Stehenden, wies auf den

Schläfer und gab ihnen ein Zeichen, daß sie ihn ergreifen und fesseln sollten.

Eine Sekunde später hockten ein Dutzend Untiere auf dem völlig überraschten Tarzan, und sie verrichteten ihr Werk so schnell, daß er zuverlässig gefesselt war, noch ehe er einen Fluchtversuch unternehmen konnte.

Dann rollten sie ihn auf den Rücken, und als er die dicht bei ihm Stehenden ansah, fiel sein Blick auf den boshaft grinsenden Nikolas Rokoff.

Der Russe lächelte höhnisch. Dann trat er zu ihm.

„Du Schwein!“ rief er. „Hast du noch immer nicht gelöffelt, daß es besser ist, Nikolas Rokoff aus dem Wege zu gehen?“

Damit trat er dem am Boden Liegenden voll ins Gesicht.

„Das nur zur Begrüßung!“ sagte er. „Bevor dich meine äthiopischen Freunde heute abend verspeisen, werde ich dir erzählen, was inzwischen deiner Frau und deinem Kind zugestoßen ist, und welche Pläne ich hinsichtlich ihrer Zukunft habe.“

Der Tanz des Todes

Ein großer, geschmeidiger Körper schlich in stockfinsterer Nacht sich krümmend und absolut lautlos auf weichen Pranken durch die üppig wuchernde, miteinander verwachsene Vegetation des Dschungels.

Dann und wann nur glühten zwei gelbgrüne Punkte auf, wenn sie das Licht des Äquatormondes reflektierten, das stellenweise das im Nachtwind leise raschelnde Blätterdach durchdrang.

Ab und zu blieb das Raubtier stehen und hielt witternd die Nase hoch. Manchmal unterbrachen schnelle, kurze Ausflüge ins Blattwerk über ihm zeitweilig sein stetes Vordringen nach Osten. Seine empfindsame Nase erfaßte immer wieder die feinen, unsichtbaren Spuren von so manchem zarten, vierbeinigen Geschöpf und ließ dem Raubtier vor Hunger das Wasser im Rachen zusammenlaufen.

Doch es setzte seinen Weg unbeirrt fort und ignorierte das nagende Bohren in seinem Bauch, das zu jeder anderen Zeit Anlaß gewesen wäre, dem nächstbesten schmackhaften Vierbeiner an die Kehle zu fahren.

Die Katze war die ganze Nacht einsam durch den Wald gestrichen und hatte am nächsten Tag nur kurz einmal innegehalten, um schnell ein Tier zu reißen und mit dumpfem, brummelnden Knurren zu verschlingen, als sei sie halb verhungert aus Mangel an Futter.

In der Dämmerung näherte sie sich einer Palisade, die ein großes Eingeborenendorf umgab. Sie umkreiste es wie der Schatten eines schnellen, lautlosen Todes, witterte dicht über dem Boden und blieb schließlich dicht am Zaun stehen, wo dieser fast an die Rückseite mehrere Hütten stieß. Das Tier witterte abermals kurz, wandte den Kopf nach einer Seite und lauschte mit aufgestellten Ohren.

Was es vernahm, waren keine Laute nach dem Standard menschlicher Ohren, doch die äußerst empfindlichen und feinen Organe des Tieres schienen seinem Gehirn eine bestimmte Botschaft zu übermitteln. Eine seltsame Transformation fand in der reglosen Masse von Knochen und Muskeln statt, die noch einen Augenblick zuvor statuenhaft dagestanden hatte wie aus Bronze gegossen.

Als hätten Stahlfedern es bis jetzt zurückgehalten, die plötzlich gelöst wurden, schnellte es lautlos auf die Palisade und verschwand leise und katzengleich im dunklen Raum zwischen Zaun und Rückwand der nächsten Hütte.

In der Dorfstraße dahinter hatten Frauen viele kleine Feuer entfacht und schleppten Kochtöpfe mit Wasser herbei, denn ein großes Festmahl sollte stattfinden, noch ehe die Nacht viele Stunden älter war. Bei einem soliden Pfahl nahe dem Mittelpunkt des Kreises lodernder Feuer stand eine kleine Gruppe schwarzer Krieger und unterhielt sich. Ihre Körper waren in grotesker Weise mit weißen, blauen und ockerfarbenen Streifen bemalt. Auch die Augen, Lippen, Brustwarzen und Bauchnabel waren von großen, bunten Kreisen umgeben, und aus der mit Lehm befestigten Haarpracht ragten bunte Federn und lange Drähte.

Das Dorf bereitete sich auf das Festmahl vor, während in einer Hütte auf der einen Seite des Schauplatzes der kommenden Orgie das gefesselte Opfer ihres bestialischen Appetits auf sein Ende wartete. Auf was für ein Ende!

Tarzan von den Affen spannte seine starken Muskeln und riß an den Fesseln, die ihn zur Unbeweglichkeit verdammten, aber sie waren auf Aufforderung des Russen mehrmals verstärkt worden, so daß nicht einmal die gigantische Kraft des Affenmenschen sie zerreißen konnte.

Der Tod!

Wie oft schon hatte er dem ‚Schrecklichen Jäger' ins Antlitz gesehen und gelächelt. Auch heute nacht würde er lächeln, wenn er sicher war, daß das Ende kurz bevorstand. Jetzt aber dachte er nicht an sich, sondern an andere – an seine Lieben, die am meisten darunter leiden würden, daß er nicht mehr da war.

Zwar würde Jane die Umstände seines Endes nie erfahren. Dafür dankte er dem Himmel, und auch dafür, daß zumindest sie im Herzen der größten Stadt der Welt in Sicherheit war. Sicher unter ihresgleichen und liebenden Freunden, die ihr Bestes tun würden, um ihr Schicksal zu erleichtern.

Aber der Junge!

Tarzan krümmte sich bei dem Gedanken daran. Sein Sohn! Und er – der mächtige Herr des Dschungels, er, Tarzan, König der Affen, der Einzige in der ganzen Welt, der imstande war, das Kind aufzuspüren und vor dem grauenvollen Schicksal zu retten, das Rokoffs krankhaftes Gehirn sich ausgedacht hatte – , er war gefangen wie ein dummes Tier. In wenigen Stunden sollte er sterben, und mit ihm würde die letzte Möglichkeit beseitigt, das Kind zu retten.

Rokoff war im Laufe des Nachmittags mehrmals hereingekommen, um ihn zu beschimpfen und zu verhöhnen, doch dem hünenhaften Gefangenen war kein einziges Wort des Protests oder ein Murmeln des Schmerzes über die Lippen gekommen.

Daraufhin hatte Rokoff es aufgegeben und sich jenes ganz besonders abgefeimte und erlesene Stück geistiger Tortur für den letzten Moment aufgehoben. Kurz bevor die Speere der wilden Kannibalen den Gegenstand seines Hasses für weiteres Leiden unempfindlich machen würden, wollte er seinem Feind den wahren Aufenthaltsort seiner Gattin enthüllen, die Tarzan sicher in England wähnte.

Die Abenddämmerung hatte sich auf das Dorf gesenkt, und der Affenmensch konnte die Vorbereitungen für die Folter und das Festmahl hören. Vor seinem geistigen Auge sah er den Tanz des Todes – hatte er ihn doch in der Vergangenheit oft genug gesehen. Diesmal sollte er die Hauptfigur sein, die an den Pfahl gebunden wurde.

Die Qualen des langsamen Todes, bei dem die ihn umkreisenden Krieger ihm mit teuflischem Geschick Fleischstücke vom Körper schneiden würden, so daß er verstümmelt wurde, ohne das Bewußtsein zu verlieren, schreckten ihn nicht. Er war unempfänglich für physisches Leiden, den Anblick von Blut und einen grausamen Tod, doch der Wunsch zu leben war bei ihm nicht weniger ausgeprägt, und ehe ihm nicht das letzte Lebensfünkchen ausgeblasen worden war, würde sein ganzes Wesen bis ins Mark von Hoffnung und Entschlossenheit erfüllt bleiben.

Sollten sie in ihrer Wachsamkeit auch nur einen kurzen Augenblick erlahmen, dann würden sein hellwacher Verstand und seine kraftvollen Muskeln eine Möglichkeit finden, zu fliehen – zu fliehen und sich zu rächen.

Während er dort lag und voller Ingrimm jede Möglichkeit eines Entkommens in Betracht zog, nahmen seine empfindlichen Geruchsnerven mit einemmal eine schwache und vertraute Witterung auf. Im Nu war sein Wahrnehmungsvermögen aufs äußerste gespannt und hellwach. Zugleich erfaßten seine Ohren das Geräusch lautloser Anwesenheit außerhalb der Hütte, in der er lag.

Er bewegte die Lippen, und obwohl er keinen Laut hervorbrachte, den menschliche Ohren außerhalb der Wände seines Gefängnisses hätten vernehmen können, war ihm völlig klar, daß das Wesen da draußen ihn hörte. Er wußte bereits, wer das war, denn sein Geruchssinn hatte ihm ebenso deutlich die charakteristischen Merkmale eines alten Freundes vermittelt, wie unsere Augen es tun, wenn wir einem solchen am hellichten Tag begegnen.

Kurze Zeit später hörte er das weiche Geräusch von Fell und dicken Pranken an der Außenwand hinter der Hütte, dann riß etwas an den Pfosten, aus denen die Hütte errichtet war. Da zwängte sich auch schon ein großes Tier durch die auf diese Weise entstandene Lücke und preßte seine kalte Schnauze an seinen Hals.

Es war Sheeta, der Panther.

Das Tier umkreiste den Daliegenden witternd und winselte ein wenig. Dem Gedankenaustausch zwischen beiden waren gewisse Grenzen gesetzt, und so war Tarzan nicht sicher, ob Sheeta alles verstanden hatte, was er ihm hatte begreiflich machen wollen. Daß dieser Mensch gefesselt und hilflos war, konnte Sheeta natürlich sehen. Aber ob er daraus schlußfolgern würde, seinem Herrn werde dadurch Schaden zugefügt, war höchst zweifelhaft.

Was hatte das Tier zu ihm geführt? Die Tatsache seines Auftauchens weckte Überlegungen, was es leisten könnte; aber als Tarzan ihm begreiflich machen wollte, daß es seine Fesseln durchbeißen sollte, schien es nicht zu erfassen, was man von ihm erwartete. Vielmehr leckte es stattdessen die Handgelenke und Arme des Gefangenen.

Dabei wurde es jählings gestört. Jemand näherte sich der Hütte. Sheeta knurrte leise und verkroch sich in einer dunklen Ecke. Offensichtlich hatte der Besucher das drohende Knurren nicht gehört, denn er trat kurz danach unbekümmert ein – ein großer, nackter, wilder Krieger.

Er blieb bei Tarzan stehen und stieß ihn mit einem Speer. Der Affenmensch gab einen seltsamen, unheimlichen Laut von sich; als Antwort darauf kam aus der äußersten dunklen Ecke der Hütte der in ein Fell gekleidete, langgestreckte Tod geschnellt. Das große Tier sprang dem angemalten Wilden voll auf die Brust, grub die scharfen Krallen in das schwarze Fleisch und schlug die langen, gelben Zähne in die ebenholzfarbene Kehle.

Man hörte den entsetzten Angstschrei des völlig überrumpelten Schwarzen, vermischt mit dem gräßlichen Kampfruf des ihn tötenden Panthers. Dann trat Stille ein – vernehmbar war nur noch das Reißen blutigen Fleisches und das Zermalmen von Knochen zwischen mächtigen Kiefern.

Der Lärm hatte im Dorf draußen jählings Stille eintreten lassen. Dann hörte man Stimmen, die beratschlagten.

Es waren schrille, angsterfüllte Stimmen und eine tiefe, machtgewohnte, wenn der Häuptling sprach. Tarzan und der Panther hörten sich nähernde Schritte von vielen Menschen, dann erhob sich die große Katze von dem Körper des Getöteten und glitt zu Tarzans Überraschung lautlos durch die Öffnung, durch die sie hereingekommen war, ins Freie.

Wieder vernahm er das weiche Schaben des Körpers, als sie die Palisade überwand, dann trat Stille ein. Auf der gegenüberliegenden Seite hörte er die Wilden herankommen, die nach dem Grund des Lärms forschen wollten.

Er hegte wenig Hoffnung, daß Sheeta zurückkehren würde, denn hätte sie beabsichtigt, ihn gegen die Ankömmlinge zu verteidigen, wäre sie an seiner Seite geblieben, als beide die Leute draußen hörten.

Tarzan wußte, wie seltsam das Gehirn der mächtigen Fleischfresser des Dschungels arbeitete – wie erstaunlich furchtlos sie sein konnten im Angesicht des Todes und wie furchtsam wiederum bei der geringsten Provokation. Er zog in Rechnung, daß die Anzeichen von Furcht bei den sich Nähernden eine entsprechende Reaktion im Nervensystem des Panthers hervorgerufen und ihn veranlaßt hatten, sich ängstlich mit eingeklemmten Schweif in den Dschungel zu trollen.

Er zuckte die Schultern. Was soll's! Er war darauf vorbereitet, zu sterben, und was hätte Sheeta für ihn anderes tun können, als ein paar seiner Feinde niederzustrecken, bis ein Gewehr in den Händen eines der Weißen ihn erledigt hätte!

Ja, wenn die Katze ihn befreit hätte, dann würden die Dinge jetzt anders stehen! Doch ging dies offensichtlich über den Verstand des Tieres. Nun war es verschwunden, und er mußte endgültig alle Hoffnung aufgeben.

Die Eingeborenen standen jetzt vorm Eingang und lugten ängstlich ins Innere. Die zwei vorderen hielten Fackeln in den Händen und die Speere wurfbereit in der Rechten. Sie stemmten sich furchtsam gegen die hinter ihnen, die sie vorwärts stoßen wollten.

Das Geschrei von Sheetas Opfer im Verein mit dem Gebrüll der großen Katze hatte den Nerven der Armen mächtig zugesetzt, nun erschien ihnen die unheildrohende Stille im dunklen Inneren der Hütte noch furchterregender als das entsetzliche Schreien.

Da schien einer derjenigen, die wider Willen von den anderen hereingedrängt wurden, auf die glückliche Idee zu kommen, zunächst den präzisen Charakter der Gefahr zu erkunden, die ihnen aus der Stille dort drinnen drohte. Mit einer raschen Bewegung schleuderte er seine brennende Fackel in die Mitte der Hütte. Im Nu war alles für kurze Zeit ausgeleuchtet, ehe die am Boden liegende Fackel erlosch.

Da lag der weiße Gefangene noch immer zuverlässig gefesselt, wie sie ihn verlassen hatten, und in der Mitte eine andere gleichermaßen reglose Gestalt, deren Hals und Brust jedoch gräßlich zerfleischt waren.

Der Anblick, der sich den vorn Stehenden bot, erfüllte ihre abergläubischen Gemüter mit weit größerem Schrecken, als wenn Sheeta noch dagewesen wäre, denn sie sahen nur das Ergebnis eines wilden Angriffs auf ihren Stammesgenossen.

Da sie die Ursache nicht kannten, schrieben sie dieses grauenvolle Werk in ihrer Angst übernatürlichen Kräften zu. Bei diesem Gedanken machten sie kehrt, stürmten schreiend aus der Hütte und rannten in maßloser Panik diejenigen über den Haufen, die direkt hinter ihnen standen.

Eine Stunde lang vernahm Tarzan nur das Murmeln aufgeregter Stimmen vom äußersten Ende des Dorfes. Offensichtlich versuchten die Wilden noch einmal, sich gegenseitig soweit Mut zu machen, daß sie sich durchringen konnten, die Hütte noch einmal zu betreten, denn ab und zu ertönte ein wilder, gellender Schrei, den Krieger ausstoßen, wenn sie sich auf dem Schlachtfeld zu gegenseitiger Tapferkeit ermahnen wollen.

Am Ende waren es jedoch zwei Weiße, die mit Fackeln und Gewehren eintraten. Tarzan war nicht überrascht, daß Rokoff nicht dabei war. Er hätte seine Seele darauf verwetten können, daß keine Macht der Welt den großen Feigling dazu gebracht hätte, der ungewissen Bedrohung aus der Hütte zu begegnen.

Als die Eingeborenen sahen, daß die Weißen nicht angegriffen wurden, drängten sie gleichfalls herein, redeten jedoch nur in gedämpftem Ton miteinander angesichts des zerfleischten Körpers ihres Stammesgenossen. Die Weißen versuchten vergeblich, Tarzan eine Erklärung zu entreißen. Auf all ihre Fragen schüttelte er nur den Kopf und lächelte dabei grimmig und wissend.

Schließlich kam Rokoff.

Er wurde kreidebleich, als sein Blick auf das blutige Etwas fiel, das ihn vom Boden angrinste und dessen Gesicht einer von maßlosem Schrecken geprägten Totenmaske glich.

„Komm!“ sagte er zu dem Häuptling. „Laß uns an die Arbeit gehen und diesen Dämonen erledigen, ehe er Gelegenheit hat, dergleichen noch bei anderen Leuten von dir anzurichten.“

Der Häuptling gab Befehl, Tarzan hochzuheben und zum Pfahl zu tragen, doch dauerte es geraume Zeit, ehe er einige seiner Männer dazu bringen konnte, den Gefangenen zu berühren.

Schließlich schleiften vier jüngere Krieger Tarzan brutal aus der Hütte. Einmal draußen, schien der Bann des Schreckens von ihnen zu weichen.

Eine Schar jaulender Schwarzer stieß und knuffte den Gefangenen die Dorfstraße hinunter und band ihn an den Pfosten im Zentrum des Kreises kleiner Feuer und brodelnder Kochtöpfe.

Als er schließlich festgebunden war, völlig hilflos zu sein schien und für ihn keinerlei Hoffnung auf Rettung bestand, schwoll Rokoffs verkümmerter Vorrat an Mut zu ungeahnten Ausmaßen, da keinerlei Gefahr drohte.

Er trat dicht an den Affenmenschen heran, entriß einem der Wilden einen Speer und stach das hilflose Opfer als erster. Aus der Wunde an der Seite des Hünen rann Blut über seine glatte Haut, aber keine Äußerung des Schmerzes kam über seine Lippen.

Das Lächeln der Verachtung in seinem Gesicht schien den Russen noch mehr in Wut zu versetzen. Mit einem Schwall von Flüchen fiel er über das hilflose Opfer her, schlug Tarzan mit geballten Fäusten ins Gesicht und stieß ihn erbarmungslos vor die Schienbeine.

Dann hob er den schweren Speer, um ihn Tarzan ins Herz zu stoßen, und noch immer lächelte der Affenmensch ihn nur verächtlich an.

Aber ehe Rokoff die Waffe einsetzen konnte, war der Häuptling bei ihm und zog ihn von seinem Opfer weg.

„Halte ein, weißer Mann!" rief er. „Beraubst du uns unseres Gefangenen und unseres Totentanzes, dann kannst du selbst seinen Platz einnehmen."

Die Drohung erwies sich als höchst wirkungsvoll, um den Russen von weiteren Angriffen auf den Gefangenen abzuhalten, wenngleich er weiter in der Nähe stehenblieb und ihn mit Beschimpfungen überhäufte. So versicherte er ihm, daß er persönlich sein Herz essen wolle. Dann verbreitete er sich über die Schrecken des künftigen Lebens von Tarzans Sohn und deutete an, daß seine Rache auch Jane Clayton erreichen werde.

„Du glaubst, sie sei sicher in England", sagte er. „Armer Trottel! Gerade jetzt befindet sie sich in den Händen eines Menschen von nicht einmal anständiger Geburt und weit entfernt von dem sicheren London und dem Schutz ihrer Freunde. Eigentlich wollte ich dir das erst sagen, wenn ich dir die Beweise dafür würde zur Dschungelinsel bringen können.

Da du nun aber einen Tod sterben wirst, wie man ihn sich grauenvoller nicht vorstellen kann, und wie er nie zuvor einem weißen Mann zuteil wurde, soll diese Nachricht über das gräßliche Schicksal deiner Frau die Qual noch erhöhen, die du erleiden mußt, ehe der letzte Speerstoß der Wilden dich von deinen Schmerzen erlöst."

Nun begann der Tanz, und das gellende Geschrei der Tarzan umkreisenden Krieger übertönte Rokoffs weitere Versuche, sein Opfer zu peinigen.

Die umherspringenden Wilden und der Widerschein des Feuers auf den angemalten Körpern bildeten einen engen Kreis um das Opfer am Pfahl.

Tarzan mußte an eine ähnliche Szene denken, als er d'Arnot einer solchen Behandlung gerade noch entrissen hatte, ehe der letzte Speerstoß seiner Folter ein Ende bereitete. Wer war jetzt da, ihn zu retten? In der ganzen Welt gab es niemanden, der es vermochte.

Der Gedanke, daß diese menschlichen Unholde ihn verspeisen würden, wenn der Tanz zu Ende war, erweckte bei ihm nicht die geringste Regung von Ekel oder Schrecken. Auch steigerte es sein Leiden nicht, wie es bei einem gewöhnlichen weißen Mann der Fall gewesen wäre, denn er hatte sein Leben lang beobachtet, wie die Tiere des Dschungels das Fleisch der getöteten Opfer verschlangen.

Hatte er nicht selbst um den behaarten Unterarm eines großen Affen bei jenem weit zurückliegenden Tam-Tam gekämpft, als er den furchtbaren Tublat erschlagen und sich einen Platz in der Achtung der Affen von Kerchak errungen hatte?

Die Tänzer rückten jetzt näher an ihn heran. Die Speere berührten allmählich seinen Körper mit den ersten, ihm Schmerzen bereitenden Stichen, die ernsthafteren Verwundungen vorangingen.

Nun würde es nicht mehr lange dauern. Er sehnte sich nach dem letzten, wilden Stoß, der sein Elend beenden würde.

Da ertönte weit draußen im Labyrinth des unheimlichen Dschungels ein schriller Schrei.

Die Tänzer hielten einen Augenblick inne, und in der entstandenen Stille entrang sich den Lippen des angebundenen weißen Mannes ein Antwortschrei, furchterregender und schrecklicher als der des Dschungelbewohners, der ihn hervorgerufen hatte.

Die Schwarzen zögerten einige Minuten. Auf Drängen von Rokoff und ihrem Häuptling sprangen sie jedoch wieder los, um den Tanz zu beenden und das Opfer zu erledigen, aber ehe ein weiterer Speer die braune Haut berührte, sprang ein gelbbrauner Schatten mit haßerfüllten grünen Augen und wildem Gebrüll aus der Tür der Hütte, in der Tarzan gefangengehalten worden war, und Sheeta, der Panther, stand knurrend neben seinem Herrn.

Die Schwarzen und die Weißen standen einen Augenblick wie erstarrt vor Schrecken, und ihre Blicke hafteten auf der die großen Zähne bleckenden Dschungelkatze.

Nur Tarzan von den Affen sah, was da noch aus dem dunklen Inneren der Hütte auftauchte.

Ritterlichkeit oder Schurkerei

Jane Clayton hatte durch das Bullauge ihrer Kabine auf der *Kincaid* beobachtet, wie ihr Gatte zu der in üppigem Grün versinkenden Küste der Dschungelinsel gerudert wurde. Danach hatte das Schiff seine Reise fortgesetzt.

Einige Tage lang sah sie niemanden außer Sven Andersson, den wortkargen und abstoßenden Koch der *Kincaid.* Sie hatte ihn nach dem Namen der Insel gefragt, auf der ihr Gatte ausgesetzt worden war.

„Ich denk mir, 's wird mächtich bald 'n mächtich harter Wind weh'n", hatte er geantwortet, und mehr konnte sie aus ihm nicht herausbekommen.

Sie schlußfolgerte daraus, daß er keine weiteren Worte Englisch sprach, und so hörte sie auf, ihn um Informationen anzugehen, jedoch unterließ sie nie, ihn freundlich zu grüßen und ihm für den üblen Fraß zu danken, den er ihr brachte.

Drei Tagesreisen von der Stelle entfernt, wo Tarzan an Land gesetzt worden war, warf die *Kincaid* in einer großen Flußmündung Anker. Zugleich kam Rokoff in Jane Claytons Kabine.

„Wir sind da, meine Liebe", verkündete er mit widerlichem Hohn. „Ich bin hier, um Ihnen Sicherheit, Freiheit und Bequemlichkeit zu bieten. Mein Herz ist doch weich geworden angesichts Ihrer Qualen, und ich möchte alles wiedergutmachen, soweit ich kann.

Ihr Mann war ein Tier – das wissen Sie am besten, da Sie ihn ja nackt in seinem heimatlichen Dschungel gefunden haben, wo er mit wilden Tieren umherstreifte, die seine Gefährten waren. Ich hingegen bin ein Gentleman und nicht nur adligen Geblüts, sondern ich wurde auch angemessen erzogen, wie es sich für einen Mann von Stand gehört.

Nun biete ich Ihnen die Liebe eines vornehmen Mannes und den Umgang mit jemandem, der kultiviert und gebildet ist, Eigenschaften, die Sie in ihrer Beziehung mit dem armen Affen gewiß schmerzlich vermißt haben, liebe Jane. In kindlichem Unverstand sind Sie in diese Ehe hineingestolpert. Ich liebe Sie, Jane, und Sie brauchen mir nur Ihr Jawort zu geben, und Sie werden jeglicher Sorgen ledig sein – selbst Ihr Kind wird Ihnen heil und unversehrt zurückgegeben werden."

Draußen vor der Tür stand Sven Anderssen mit dem Mittagessen, das er Lady Greystoke bringen wollte. Der kleine Kopf auf dem dünnen, sehnigen Hals war leicht zur Seite geneigt, die Augen waren halb geschlossen, selbst die Ohren schienen nach vorn gestülpt zu sein – kurzum, eine so vollkommene Verkörperung des Lauschers war selten zu sehen. Sogar sein langer, gelber, struppiger Schnurrbart schien schlau herabzuhängen.

Als Rokoff seine Rede beendet hatte und auf die ersehnte Antwort wartete, verwandelte sich der Ausdruck von Überraschung in Jane Claytons Gesicht in einen äußersten Abscheus. Sie schauderte förmlich vor seiner Nase.

„Es hätte mich nicht gewundert, wenn Sie mich mit Gewalt gezwungen hätten, Ihren üblen Wünschen zu willfahren, Monsieur Rokoff" sagte sie. „Aber daß Sie so dumm sein würden anzunehmen, ich, Gattin von John Clayton, würde mich freiwillig mit Ihnen verbinden, hätte ich nie gedacht. Ich weiß, daß Sie ein Schurke sind, Monsieur Rokoff. Soeben ist mir deutlich geworden, was für ein Dummkopf Sie zudem noch sind."

Rokoffs Augen verengten sich, und die Röte der Erniedrigung verdrängte die Blässe seines Gesichts. Er trat drohend auf die Frau zu.

„Wenn ich Sie mir gefügig gemacht habe und Ihre plebejische Yankee-Sturheit Sie alles gekostet hat, was Ihnen lieb und teuer ist, selbst das Leben Ihres Kindes, dann werden wir sehen, wer letzten Endes der Dummkopf ist", zischte er. „Bei den Gebeinen von St. Peter – ich werde alles durchführen, was ich mir für den Balg vorgenommen habe, und ihm vor Ihren Augen das Herz ausschneiden. Sie werden noch lernen, was es heißt, Nikolas Rokoff zu beleidigen."

Jane Clayton wandte sich müde ab.

„Warum sich so weitläufig über die Tiefen auslassen, in die Ihre rachsüchtige Natur sinken kann?" sagte sie. „Ich lasse mich weder durch Drohungen noch durch Taten dazu bewegen. Noch kann mein Kind nicht selbst urteilen, aber ich, seine Mutter, sehe ganz deutlich voraus, daß er bereitwillig sein Leben für die Ehre seiner Mutter opfern würde, sollte es ihm vergönnt sein, das Mannesalter zu erreichen. Wie sehr ich ihn liebe – nie würde ich sein Leben um diesen Preis erkaufen. Täte ich es, würde er mich bis ans Ende seiner Tage aus seiner Erinnerung tilgen."

Rokoff raste vor Wut, da sein Versuch fehlgeschlagen war, die junge Frau durch Terror gefügig zu machen. Er empfand nur noch Haß für sie, aber sein krankhaftes Hirn wollte den Gedanken nicht aufgeben, Jane Clayton um den Preis ihres Lebens und das ihres Kindes zu zwingen, auf seine Forderungen einzugehen. Wenn er die Gattin Lord Greystokes in den Hauptstädten Europas als seine Geliebte herumzeigen könnte, wäre der Kelch seiner Rache randvoll gefüllt.

Abermals trat er dicht an sie heran. Sein widerliches Gesicht war verzerrt von Wut und Verlangen. Wie ein wildes Tier sprang er sie an, packte sie mit starker Hand an der Kehle und warf sie rücklings auf die Koje.

Im selben Moment öffnete sich laut die Kabinentür. Rokoff sprang auf die Füße, drehte sich um und sah den schwedischen Koch vor sich.

Die sonst so schlauen Augen des Burschen drückten grenzenlose Blödheit aus. Der halboffene Mund unterstrich die geistige Leere. Geschäftig deckte er den winzigen Tisch von Lady Greystokes Kabine zur Mittagsmahlzeit.

Der Russe blickte ihn mit funkelnden Augen an.

„Was erlaubst du dir, hier ohne Erlaubnis einzutreten?" schrie er. „Scher dich 'raus!"

Der Koch blickte Rokoff mit seinen wasserblauen Augen an und grinste dämlich.

„Ich denk mir, 's wird mächtich bald 'n mächtich harter Wind weh'n", sagte er und rückte die wenigen Teller auf dem kleinen Tisch zurecht.

„Scher dich 'raus hier, oder ich schmeiß dich 'raus, du blöder Ochse!" brüllte Rokoff und trat drohend einen Schritt auf den Schweden zu.

Anderssen grinste ihn weiterhin einfältig an, aber die eine, bedrohlich aussehende Pranke glitt verstohlen zum Griff des langen, dünnen Messers, das in dem schmierigen Gürtel steckte, der die schmutzige Schürze hielt.

Rokoff sah es und blieb auf halbem Weg stehen. Dann wandte er sich zu Jane Clayton um.

„Sie haben bis morgen Zeit, sich Ihre Antwort auf mein Angebot zu überlegen. Außer Ihnen, dem Kind, Pawlowitsch und mir wird niemand an Bord sein, da alle anderen unter irgendeinem Vorwand an Land geschickt werden. So können Sie dann ungestört zusehen, wie Ihr Kind ums Leben gebracht wird."

Er sprach französisch, damit der Koch den ungeheuerlichen Inhalt seiner Worte nicht verstand. Danach stürmte er aus der Kabine, ohne den Mann, der ihn in seinem erbärmlichen Vorhaben gestört hatte, eines weiteren Blickes zu würdigen.

Als er draußen war, wandte sich Sven Anderssen an Lady Greystoke – der idiotische Gesichtsausdruck, hinter dem er seine wahren Gedanken verborgen hatte, war wie weggewischt, er wirkte mit einemmal sehr schlau und vernünftig.

„Der denkt, ich wär'n blöder Ochse", sagte er. „Der's selwer einer. Ich kann Französisch."

Sie blickte ihn überrascht an.

„Dann haben Sie alles verstanden, was er sagte?"

Anderssen grinste.

„Drauf könn'n Se wett'n", sagte er.

„Und Sie haben gehört, was hier drinnen vor sich ging, und sind hereingekommen, um mich zu schützen?"

„Sie sin' immer gut zu mir gewes'n", erklärte der Schwede. „Der hat mich stets nur wie'n räudig'n Hund behandelt. Ich helf Ihn'n, Lady. Wart'n Se nur – ich helf Ihn'n. Ich war schon zigmal ann'r Westküste."

„Aber wie wollen Sie mir helfen, wenn alle die Leute gegen uns sind, Sven?" fragte sie.

„Ich denk' mir, 's wird mächtich bald 'n mächtich hart'er Wind weh'n" sagte er, wandte sich um und verließ die Kabine.

Obwohl Jane Clayton bezeifelte, daß der Koch ihr wirklich behilflich sein könne, war sie ihm dennoch sehr dankbar für all das, was er bereits für sie getan hatte. Das Gefühl, unter all diesen Feinden einen Freund zu haben, brachte ihr doch gewissen Trost und half ihr, die Bürde ihres Schmerzes und die beklagenswerte Situation auf der langen Reise der *Kincaid* leichter zu ertragen.

Rokoff ließ sich an diesem Tag nicht mehr blicken, auch kein anderer außer Sven, der ihr die Abendmahlzeit brachte. Sie versuchte, ihn in ein Gespräch über seine Pläne zu ihrer Unterstützung zu verwickeln, aber das einzige, was sie aus ihm herausbrachte, war die übliche Prophezeiung hinsichtlich der künftigen Windentwicklung. Er schien wieder völlig in dumpfe Stupidität zurückgefallen zu sein.

Als er ihre Kabine jedoch wenig später mit den leeren Tellern verließ, raunte er ihr zu: „Behalten Se de Kleid'r an un' roll'n Se de Deck'n zusamm'. Ich komm' ziemlich bald un' hol' Sie."

Er wollte schon aus dem Raum huschen, aber Jane hielt ihn am Ärmel fest.

„Und mein Kind?" fragte sie. „Ich kann nicht ohne den Jungen gehen."

„Mach'n Se, was ich sache", erklärte er stirnrunzelnd. „Ich helf Se schon, also sin' Se nich drollich."

Als er draußen war, sank Jane Clayton völlig verstört auf ihre Koje. Was sollte sie tun? Argwohn hinsichtlich der Pläne des Schweden keimte bei ihr auf. War sie vielleicht unendlich schlimmer dran, wenn sie sich ihm auslieferte, als sie bereits war?

Nein, der Gesellschaft Rokoffs war selbst die des Teufels vorzuziehen, denn der stand wenigstens in dem Ruf, ein Gentleman zu sein.

Ein dutzendmal nahm sie sich vor, die *Kincaid* nicht ohne ihr kleines Kind zu verlassen, und dennoch blieb sie noch lange nach der üblichen Zeit, zu der sie sich schlafen legte, angekleidet und hatte ihre Decken schön zusammengerollt und mit einem dicken Faden verschnürt, als sie gegen Mitternacht ein leises Kratzen an ihrer Tür hörte.

Rasch durchquerte sie die Kabine und schob den Riegel zurück. Die Tür öffnete sich sachte, und die vermummte Gestalt des Schweden glitt herein. In einem Arm trug er ein Bündel, offensichtlich seine Decken. Mit der anderen Hand gebot er ihr, zu schweigen, indem er den Finger auf die Lippen legte.

Er trat dicht zu ihr.

„Trag'n Se das", sagte er. „Un'd mach'n Se kein'n Lärm, wenn Se's seh'n. S'is Ihr Kind."

Sie riß dem Koch schnell das Bündel aus den Händen und drückte das schlafende Kind an ihre Brust, während ihr heiße Tränen der Freude über die Wangen liefen und sie vor Rührung am ganzen Leib bebte.

„Komm'n Se!" sagte er. „Wir ham keine Zeit zu verlier'n."

Er nahm ihre Deckenrolle und seine, die er vor der Tür abgelegt hatte. Dann führte er sie zur Reling, hielt die Strickleiter fest, während sie hinunterstieg, und das Kind, bis sie sich in dem unten schaukelnden Boot befand. Einen Augenblick später hatte er das Tau durchschnitten, mit dem es an der Seite des Dampfers vertäut war. Dann beugte er sich schweigend über die umwickelten Ruder und steuerte auf die dunklen Schatten in der Mündung des Ugambiflusses zu.

Anderssen ruderte, als kenne er sich hier gut aus, und als nach einer halben Stunde der Mond durch die Wolkendecke brach, sah man links die Einmüdung eines Nebenflusses des Ugambi. Nun lenkte der Schwede das Boot auf diesen schmalen Wasserlauf zu.

Jane Clayton fragte sich, ob der Mann wirklich wußte, wohin er wollte. Sie hatte ja keine Ahnung, daß er in seiner Eigenschaft als Koch an diesem Tag schon einmal denselben Fluß hinauf gerudert war, um in einem kleinen Dorf mit den Eingeborenen um Lebensmittel zu feilschen, die sie zum Verkauf anboten, und daß er die Einzelheiten des abenteuerlichen Plans, zu dessen Ausführung sie jetzt aufgebrochen waren, mit ihnen abgesprochen hatte.

Trotz des Vollmonds war die Wasserfläche des kleinen Flusses in Dunkel gehüllt. Die Zweige riesiger Bäume ragten über die schmalen Uferstreifen und bildeten über dem Wasser ein großes, grünes Gewölbe. Spanisches Moos hing von den sich graziös neigenden Zweigen, und gewaltige Schlingpflanzen wucherten in einem wilden Gewirr vom Erdboden bis zu den höchsten Ästen, um dann in gewellten Schlingen fast bis zur Wasseroberfläche zurückzufallen.

Ab und zu wurde die glatte Fläche durch ein riesiges Krokodil durchbrochen, das durch das Patschen der Ruder aufgescheucht worden war, oder eine Familie Flußpferde tauchte schnaufend und grunzend von einer Sandbank in die kühle, sichere Tiefe.

Aus dem dichten Dschungel zu beiden Seiten hörte man die unheimlichen nächtlichen Schreie fleischfressender Tiere – die überspannten Stimmen der Hyäne, das hustende Grunzen des Panthers und das tiefe, durch Mark und Bein gehende Gebrüll des Löwen. Dazu kamen seltsame, unheimliche Geräusche, die Jane keinem bestimmten nächtlichen Getier zuschreiben konnte und die das Geheimnisvolle der ganzen Situation nur noch verstärkten.

Sie saß zusammengekrümmt im Bug des Bootes, hielt das kleine Kind fest an die Brust gepreßt und war doch dieses kleinen, zarten, hilflosen Geschöpfes wegen in dieser Nacht glücklicher als all die von Ängsten erfüllten Tage zuvor.

Obwohl sie nicht wußte, welchem Schicksal sie entgegenging, oder wie schnell das Unheil sie einholen würde, war sie glücklich und dankbar für diesen Moment, da sie ihr Kind in den Armen hielt, wie kurz er auch sein würde. Sie konnte den Tagesanbruch kaum erwarten, damit sie sich wieder am Anblick des freundlichen Gesichtchens ihres kleinen, schwarzäugigen Jack weiden konnte.

Immer wieder versuchte sie, mit den Augen die Schwärze der Dschungelnacht zu durchdringen, um wenigstens einen kurzen Blick auf die geliebten Gesichtszüge zu werfen, doch konnte sie nur die verschwommenen Umrisse seines Antlitzes erkennen. Dann drückte sie das warme, kleine Bündel wieder fest an ihr klopfendes Herz.

Es mußte kurz vor drei Uhr morgens sein, als Anderssen vor einer kleinen Lichtung, auf der sie im schwindenden Mondlicht undeutlich einige von einem Dornenzaun umgebene Eingeborenenhütten erkennen konnte, den Bug des Bootes dem Ufer zulenkte.

Der Schwede rief mehrmals, ehe aus dem Dorf eine Antwort ertönte, und das auch nur, weil man ihn erwartet hatte, so fürchten die Eingeborenen Stimmen aus nächtlicher Dunkelheit. Er half Jane Clayton mit dem Kind ans Ufer, band das Boot an einem kleinen Busch fest, nahm ihre Decken auf und führte sie zu dem Dornenzaun.

Eine Eingeborene, die Frau des Häuptlings, den Anderssen bezahlt hatte, damit er ihnen half, öffnete ihnen das Dorftor. Sie führte sie zur Hütte des Häuptlings, aber Anderssen erklärte, sie würden lieber im Freien schlafen; also überließ sie sie sich selbst, nachdem sie ihre Pflicht getan hatte.

Der Schwede erklärte Jane auf seine grobe Weise, die Hütten seien bestimmt schmutzig und voller Ungeziefer, breitete Janes Decke auf dem Boden aus, rollte etwas entfernt seine eigene auf und legte sich schlafen.

Es dauerte einige Zeit, ehe die junge Frau auf dem harten Erdboden einigermaßen bequem lag, aber schließlich sank sie, das kleine Kind in der Armbeuge, von den Aufregungen des Tages ermattet in tiefen Schlaf.

Als sie erwachte, war es heller Tag.

Um sie herum stand eine große Schar neugieriger Eingeborener, zumeist Männer, denn unter den Ureinwohnern sind sie es, bei denen diese Eigenschaft in übertriebener Form entwickelt ist. Instinktiv drückte Jane das kleine Kind fest an sich, obwohl sie bald erkannte, daß die Schwarzen nicht die geringste Absicht hegten, ihr ein Leid zuzufügen.

In der Tat bot einer von ihnen ihr eine Kürbisflasche voll Milch an – eine schmutzige Flasche mit rußgeschwärztem Rand und mehreren Rändern angetrockneter dicker Milch um die Öffnung, aber die Freundlichkeit des Spenders berührte sie tief, und ihr Gesicht erhellte sich kurz in jenem fast vergessenen strahlenden Lächeln, das so sehr zu ihrer Schönheit beitrug und für das sie in Baltimore und auch in London bekannt war.

Sie nahm die Kürbisflasche in eine Hand und hob sie an die Lippen, da sie den Spender nicht beleidigen wollte, obwohl sie nur unter großen Mühen die aufsteigende Übelkeit überwinden konnte, als sie das übelriechende Ding ihrer Nase näherte.

Anderssen kam ihr zu Hilfe, nahm ihr die Flasche ab, trank selbst davon und gab sie dem Eingeborenen mit einigen blauen Glasperlen als Geschenk zurück.

Die Sonne schien nun hell, und obwohl das Kind noch schlief, konnte Jane ihr ungeduldiges Verlangen kaum zurückhalten, zumindest einen kurzen Blick auf das geliebte Gesicht zu werfen. Die Eingeborenen hatten sich auf Anweisung ihres Häuptlings zurückgezogen, der nun etwas abseits stand und sich mit Anderssen unterhielt.

Während sie noch überlegte, ob es klug war, den Schlaf des Kindes zu stören, indem sie die Decke hob, die sein Gesicht vor den Sonnenstrahlen schützte, fiel ihr auf, daß der Koch sich mit dem Häuptling in der Negersprache unterhielt.

Was war er doch für ein erstaunlicher Mensch! Noch vor kurzem hatte sie ihn für unwissend und stupid gehalten, nun hatte sie binnen vierundzwanzig Stunden erfahren, daß er nicht nur

Englisch und Französisch sprach, sondern auch den primitiven Dialekt der Westküste beherrschte.

Sie hatte ihn für durchtrieben, grausam und wenig vertrauenswürdig gehalten, doch nach dem zu urteilen, was sie bis jetzt erlebt hatte, war er in jeder Weise das genaue Gegenteil von der Person, die er noch am gestrigen Tag dargestellt hatte. Dennoch erschien es kaum glaubhaft, daß er ihr aus rein ritterlichen Motiven behilflich war. Hinter seinen Plänen und Absichten, die er ihr noch nicht enthüllt hatte, mußte noch etwas anderes stecken.

Sie fragte sich was, und als sie ihn jetzt ansah, in seine engstehenden, durchtriebenen Augen und das abstoßende Gesicht blickte, schauderte sie, denn sie war überzeugt, daß sich hinter solch einem widerwärtigen Äußeren keine edlen Motive verbergen konnten.

Während sie sich das überlegte, noch immer unschlüssig, ob es klug war, das Gesicht des Kindes aufzudecken, ertönte ein kleines Grunzen aus dem winzigen Bündel in ihrem Schoß, dann folgte ein gurgelndes Girren, das ihr Herz entzückte.

Das Kind war wach! Nun konnte sie sich an seinem Anblick weiden.

Schnell zog sie die Decke vom Kopf des Kindes. Anderssen beobachtete sie, als sie dies tat.

Er sah sie schwankend aufstehen und das Kind auf Armeslänge von sich halten, während sie mit weit aufgerissenen Augen voller Entsetzen auf das kleine, pausbäckige Gesicht starrte.

Dann hörte er sie kläglich aufschreien. Ihre Beine versagten ihr den Dienst, und sie sank ohnmächtig zu Boden.

Der Schwede

Als die dicht um Tarzan und Sheeta stehenden Krieger sahen, daß es ein Panther aus Fleisch und Blut war, der ihren Tanz des Todes unterbrochen hatte, faßten sie wieder etwas Mut, denn angesichts der zahlreichen Speere ringsum war selbst der mächtige Sheeta zum Tode verurteilt.

Rokoff drängte den Häuptling, er solle seine Männer werfen lassen, und der Schwarze war drauf und dran, den Befehl zu erteilen, als sein Blick über Tarzan hinauswanderte und er sah, was dieser sah.

Mit einem Schrei des Entsetzens wandte er sich um und floh Richtung Tor, und als seine Leute die Ursache seiner Angst erkannten, gaben sie gleichfalls Fersengeld, denn dort kamen die gräßlichen Affen von Akut auf sie zugetorkelt, wobei ihre riesigen Gestalten durch das Spiel des Mondscheins und Lagerfeuers noch übernatürlich groß erschienen.

In dem Moment, als die Eingeborenen sich zur Flucht wandten, übertönte der wilde Ruf des Affenmenschen deren Angstgeheul, und als Antwort darauf setzten Sheeta und die Affen den Flüchtigen knurrend in großen Sätzen nach. Einige Krieger wandten sich um und wollten den Kampf mit den schrecklichen Tieren aufnehmen, doch diese bereitete ihnen in ihrer bösartigen Wildheit bald ein blutiges Ende.

Andere wurden bei der Flucht zu Boden geworfen, und erst als das Dorf völlig leer und der letzte Schwarze im Busch verschwunden war, konnte Tarzan seine wilde Schar an seine Seite rufen. Nun mußte er zu seinem Ärger erkennen, daß er keinem von ihnen, nicht einmal dem vergleichsweise intelligenten Akut, begreiflich machen konnte, daß er von den Fesseln befreit werden wollte, mit denen er an den Pfahl gebunden war.

Nach einiger Zeit würde dieser Gedanke natürlich ihre dicken Schädel durchdringen, doch inzwischen konnte vielerlei geschehen. Die Eingeborenen konnten in großer Zahl wiederkehren, um ihr Dorf zurückzuerobern; die Weißen konnten sie mit ihren Gewehren von den umstehenden Bäumen aus leicht abschießen;

unter Umständen konnte er sogar Hungers sterben, bevor die schwachköpfigen Affen endlich begriffen, daß sie seine Fesseln durchbeißen sollten.

Und was Sheeta betraf – die große Katze begriff sogar noch weniger als die Affen, wenngleich Tarzan über die bemerkenswerten Eigenschaften, die das Tier gezeigt hatte, nur staunen konnte.

Auch war kaum zu bezweifeln, daß der Panther echte Sympathie für ihn empfand, denn jetzt, wo die Schwarzen verschwunden waren, spazierte er gemächlich vor dem Pfahl auf und ab, rieb seine Flanken an den Beinen des Affenmenschen und schnurrte wie eine zufriedene Hauskatze. Daß er aus eigenem Antrieb losgegangen war, um den Rest der Schar zu Tarzans Rettung herzuführen, war ebenfalls nicht zu bezweifeln. Sein Sheeta war in der Tat ein Juwel unter den Tieren.

Dagegen wunderte sich der Affenmensch sehr, daß Mugambi nicht dabei war. Er versuchte, von Akut zu erfahren, was mit dem Häuptling geschehen war, und befürchtete, die Tiere wären womöglich über ihn hergefallen und hätten ihn verschlungen, als Tarzans Abwesenheit ihnen keine Zurückhaltung mehr auferlegte. Aber auf all seine Fragen wies der große Affe nur immer in die Richtung, aus der sie aus dem Dschungel gekommen waren.

Tarzan verbrachte die Nacht noch immer fest an den Pfahl gebunden, und kurz nach Anbruch der Dämmerung wurden seine Befürchtungen bestätigt, denn er sah am Rand des Dschungels rings um das Dorf nackte, schwarze Gestalten auftauchen. Die Eingeborenen kehrten zurück.

Bei Tageslicht würden sie genug Mut aufbringen, auch die Handvoll Tiere anzugreifen, von denen sie abends zuvor aus ihren angestammten Wohnsitzen vertrieben worden waren. Das Ergebnis des Zusammentreffens war absehbar, sofern die Wilden ihre abergläubische Angst verdrängen konnten, denn angesichts der überwältigenden Anzahl ihrer Speere und Giftpfeile war nicht zu erwarten, daß der Panther und die Affen einen wirklich mit Entschlossenheit vorgetragenen Angriff überleben würden.

Und daß sich die Schwarzen tatsächlich darauf vorbereiteten, wurde kurz danach offensichtlich, als sie begannen, sich in Vielzahl am Rand der Lichtung zu zeigen, zu tanzen und ihre Speere schwingend umherzuspringen, und als Spottreden und wildes Kriegsgeschrei ins Dorf scholl.

Tarzan wußte, daß dieses Gebaren weitergehen würde, bis sie sich in einen Zustand hysterischer Kampflust hineingesteigert hatten, die durchaus für einen kurzen Angriff auf das Dorf genügen würde, und wenn er auch bezweifelte, daß sie es schon beim ersten Versuch erreichen würden, war doch damit zu rechnen, daß sie beim zweiten oder dritten Versuch durchs Tor strömen würden, wobei das Endergebnis dann nichts anderes sein konnte als die Vernichtung seiner tapferen, jedoch unbewaffneten und undisziplinierten Verteidiger.

Wie er vermutet hatte, brachte der erste Angriff die heulenden Krieger nur ein kurzes Stück über freies Gelände, dann genügte der schrille, unheimliche Kampfruf des Affenmenschen vollauf, um sie eilends in den Busch zurückzutreiben. Eine halbe Stunde lang paradierten und schrien sie wieder herum, bis sie sich gegenseitig genug Mut gemacht hatten, um abermals einen Angriff zu wagen.

Diesmal gelangten sie bis zum Tor, aber als Sheeta und die gräßlichen Affen mitten unter sie sprangen, wandten sie sich mit angstvollem Geschrei um und flohen wieder in den Dschungel.

Abermals wurde getanzt und gebrüllt. Diesmal zweifelte Tarzan nicht, daß sie ins Dorf eindringen und das Werk vollenden würden, das eine Handvoll entschlossener Weißer gleich beim ersten Versuch zu einem erfolgreichen Ende geführt hätte.

Daß die Rettung so nahe gewesen war und nur zunichte gemacht wurde, weil er seinen armen, wilden Freunden nicht begreiflich machen konnte, was er wollte, verdroß ihn in höchstem Maße, dennoch machte er ihnen innerlich keinen Vorwurf. Sie hatten ihr Bestes getan und würden zweifellos bleiben, um im fruchtlosen Bemühen, ihn zu schützen, gemeinsam mit ihm unterzugehen.

Die Schwarzen bereiteten sich schon auf den Angriff vor. Einzelne Krieger hatten bereits ein kurzes Stück zum Dorf zurückgelegt und forderten die anderen auf, ihnen zu folgen.

In Kürze würde die ganze wilde Horde über die Lichtung strömen.

Tarzan dachte nur an das kleine Kind irgendwo in dieser grausamen, mitleidlosen Wildnis. Er empfand tiefen Schmerz um seinen Sohn, dessen Rettung er nun nicht länger betreiben konnte – diese Tatsache und die Erkenntnis, was Jane jetzt wohl leiden mußte, waren das einzige, was den mutigen Mann in diesen Minuten bewegte, von denen er annahm, daß es die letzten seines Lebens sein würden. In allerhöchster Not war ihm zwar Rettung zuteil geworden – und doch fehlgeschlagen. Nun gab es nichts mehr, worauf er noch hoffen konnte.

Die Schwarzen hatten die Lichtung zur Hälfte überquert, als Tarzan auf das auffällige Verhalten eines der Affen aufmerksam wurde. Das Tier schaute zu einer der Hütten. Tarzan folgte seinem Blick und entdeckte zu seiner unendlichen Freude und Erleichterung die stämmige Gestalt von Mugambi, der schnell zu ihm gerannt kam.

Der riesige Schwarze keuchte schwer wie nach einer großen körperlichen Anstrengung und vor nervöser Erregung. Mit einem Satz war er bei Tarzan, und als der erste Wilde das Tor erreichte, hatte Mugambis Messer die letzten Fesseln durchtrennt, die Tarzan an dem Pfahl hielten.

Auf der Straße lagen noch die Leichen der Wilden, die Tarzans Meute am gestrigen Abend zum Opfer gefallen waren. Er nahm einer davon den Speer und einen soliden Stock ab, und mit Mugambi an seiner Seite und umringt von der knurrenden Schar der Tiere trat er den Eingeborenen entgegen, als sie durchs Tor strömten.

Grauenvoll und schrecklich war der nun folgende Kampf, doch zum Schluß wurden die Wilden vernichtend geschlagen, vielleicht mehr, weil ihnen vor dem schwarzen und dem weißen Mann grauste, die Schulter an Schulter mit einem Panther und den riesigen, gräßlichen Affen von Akut kämpften, als infolge ihres Unvermögens, die relativ kleine Schar zu überwältigen, mit der sie es zu tun hatten.

Dem Affenmenschen fiel ein Gefangener in die Hände, und er fragte ihn aus, um in Erfahrung zu bringen, was aus Rokoff und seiner Gruppe geworden war. Nachdem er dem Schwarzen als Gegenleistung für die entsprechende Information die Freiheit versprochen hatte, erzählte ihm der Mann alles, was er über die Aktionen des Russen wußte.

Danach hatte ihr Häuptling wohl früh am Morgen versucht, die Weißen zu überreden, daß sie mit ihm ins Dorf zurückgingen und dem wilden Gesindel, das sich dort eingenistet hatte, mit ihren Gewehren den Garaus machten, doch Rokoff schien sich vor dem hünenhaften Weißen und seinen seltsamen Begleitern noch mehr zu fürchten als die Schwarzen.

Unter keinen Umständen war er zu bewegen, auch nur in Sichtweite des Dorfes zurückzukehren. Stattdessen führte er seine Gruppe schleunigst zum Fluß, wo sie eine Anzahl Kanus stahlen, die die Eingeborenen dort verborgen hatten. Das letzte, was man von ihnen sah, war, daß sie zügig stromauf fuhren, wobei die Träger aus Kaviris Dorf die Paddel handhabten.

Also nahm Tarzan von den Affen mit seiner greulichen Schar abermals die Suche nach seinem Sohn und die Verfolgung seines Entführers auf.

Anstrengende Tage folgten, während sie ein fast unbewohntes Land durchquerten, um schließlich zu erkennen, daß sie sich auf der falschen Spur befanden. Die kleine Schar war um drei Mitglieder ärmer, denn drei von Akuts Affen waren im Kampf um das Dorf getötet worden. Akut mitgerechnet waren sie nunmehr fünf große Affen, ferner Sheeta sowie Mugambi und Tarzan.

Der Affenmensch hörte auch nichts mehr von den drei Personen, die Rokoff vorausgeeilt waren – dem Weißen, der Frau und dem Kind.

Er hatte nicht die geringste Ahnung, wer der Mann und die Frau waren, aber daß das Kind sein Junge war, genügte, um der Spur begierig zu folgen. Er war fest überzeugt, daß Rokoff dem Trio nachsetzen werde, und so zweifelte er nicht, daß er, wenn er sich nur an seine Fersen heftete, dem Zeitpunkt näherkommen würde, an dem er seinen Sohn den Gefahren und Schrecknissen entreißen konnte, die ihm drohten.

Als sie ihren Weg zurückverfolgten, nachdem sie Rokoffs Spur verloren hatten, traf Tarzan auf eine Stelle, wo der Russe den Fluß verlassen und sich in nördlicher Richtung in die Büsche geschlagen hatte. Die einzige Erklärung dafür glaubte er in der Tatsache zu sehen, daß die zwei, die das Kind jetzt bei sich hatten, es vom Fluß weggebracht hatten.

Indes konnte er unterwegs nirgends genaue Informationen erhalten, die ihn darin bestärkt hätten, daß das Kind ein Stück Wegs vor ihm war. Kein einziger Eingeborener, den sie befragten, hatte von dieser anderen Gruppe gehört oder sie gesehen, obwohl fast alle gewisse Erfahrungen mit dem Russen gemacht oder mit anderen geredet hatten, die ihnen begegnet waren.

Immer wieder bereitete es Tarzan größte Schwierigkeiten, mit Eingeborenen in Kontakt zu kommen, da sie in dem Augenblick, in dem sie seine Begleiter entdeckten, Hals über Kopf in den Busch flüchteten. Die einzige Möglichkeit, die ihm blieb, bestand darin, seiner Schar vorauszueilen und einzelnen Kriegern aufzulauern, die allein im Dschungel jagten.

Als er eines Tages wieder dabei war, einem ahnungslosen Wilden zu folgen, holte er ihn genau in dem Moment ein, als er einen Speer nach einem verwundeten Weißen werfen wollte, der abseits vom Weg in einem dichten Busch kauerte. Tarzan hatte den Mann sofort erkannt.

Die widerwärtige Visage mit den engstehenden Augen, dem verschlagenen Gesichtsausdruck und dem herabhängenden gelben Schnurrbart hatte sich ihm tief eingeprägt.

Er erinnerte sich, daß dieser Bursche nicht unter den Leuten war, die Rokoff in das Dorf begleitet hatten, wo Tarzan gefangengenommen worden war. Er hatte alle gesehen, aber dieser Kerl war nicht darunter gewesen. Dafür gab es nur eine Erklärung – er war derjenige, der mit der Frau und dem Kind vor dem Russen flüchtete – und die Frau war Jane Clayton. Jetzt wurde ihm die Bedeutung von Rokoffs Worten klar.

Das Gesicht des Affenmenschen wurde kreideweiß, als er die teigige, vom Laster gezeichnete Visage des Schweden sah. Auf seiner Stirn trat wieder der breite, scharlachrote Streifen jener Narbe hervor, die Terkoz vor Jahren verursacht hatte, als er dem Affenmenschen einen großen Streifen der Kopfhaut vom Schädel gerissen hatte. Tarzan hatte in diesem Kampf seinen Anspruch auf die Königswürde unter den Affen von Kerchak durchgesetzt.

Der Mann gehörte ihm, der Schwarze sollte ihn nicht haben. Er sprang den Krieger an und schlug den Speer zu Boden, noch ehe er sein Ziel erreichte. Der Schwarze zückte sein Messer und wandte sich um, um gegen den neuen Feind zu kämpfen, während der im Busch liegende Schwede nun einen Zweikampf zu sehen bekam, wie er ihn sich nie hätte träumen lassen: Ein halbnackter Weißer kämpfte mit einem halbnackten Schwarzen Mann gegen Mann, zuerst mit den primitiven Waffen des vorzeitlichen Menschen, dann mit Händen und Zähnen wie jene Tiere der Urzeit, deren Lenden ihrer beider Vorfahren entsprossen waren.

Im ersten Moment erkannte er den Weißen nicht, und als ihm schließlich bewußt wurde, daß er diesen Hünen zuvor schon gesehen hatte, weiteten sich seine Augen vor Staunen und Überraschung, denn dieses knurrende, den Gegner zerreißende Tier war jener wohlerzogene englische Gentleman, der an Bord der *Kincaid* gefangengehalten worden war.

Ein englischer Adliger! Wer die Gefangenen der *Kincaid* gewesen waren, hatte er bei ihrer Flucht den Ugambi stromauf von Lady Greystoke erfahren. Bis dahin hatte er wie alle anderen Mitglieder der Mannschaft des Dampfers keine Ahnung gehabt, wer die zwei sein mochten.

Der Kampf war vorüber. Tarzan war gezwungen gewesen, seinen Gegner zu töten, da dieser sich nicht ergeben wollte.

Nun sah der Schwede, wie der Weiße neben dem Körper des Getöteten aufsprang, einen Fuß auf dessen gebrochenes Genick setzte und seine Stimme zu dem gräßlichen Triumphschrei des siegreichen Affenmännchens erhob.

Anderssen erschauerte. Dann wandte sich Tarzan ihm zu. Er blickte kalt und grausam, und aus seinen grauen Augen sprach Mordlust.

„Wo ist meine Frau?“ knurrte er. „Wo ist das Kind?“

Anderssen versuchte zu antworten, aber ein plötzlicher Hustenanfall hinderte ihn daran. Ein Pfeil hatte seine Brust durchbohrt, und als er hustete, schoß das Blut aus der zerrissenen Lunge ihm plötzlich aus Mund und Nase.

Tarzan wartete, bis der Anfall vorüber war. Wie eine Bronzestatue stand er vor dem hilflosen Mann – kalt, hart, erbarmungslos –, fest entschlossen, ihm die Information zu entreißen, die er haben wollte, und ihn dann zu töten.

Da hörte der Husten und der Blutsturz auf, und der Verwundete versuchte wieder, zu sprechen. Tarzan kniete sich hin und hielt sein Ohr an die sich schwach bewegenden Lippen.

„Die Frau und das Kind, wo sind sie?“ wiederholte er.

Anderssen wies auf den Weg.

„Der Russe – er hat sie“, wisperte er.

„Wie bist du hierher gekommen?“ fragte Tarzan weiter. „Warum bist du nicht bei Rokoff?“

„Sie ham uns gefang'n“, sagte Anderssen so leise, daß Tarzan ihn kaum verstehen konnte. „Sie ham uns gefang'n. Ich kämf'te, awwer meine Leute sin' alle auf un'davon. Dann kriegt'n se mich, als ich verwundet wurde. Rokoff befahl, mich hier zu lass'n für die Hyänen. Das war schlimmer als töt'n. Er hat deine Frau un' das Kind."

„Was hast du mit ihnen gemacht – wohin hast du sie gebracht?" fragte Tarzan, dann sprang er auf und blickte ihn wild an, und in seinen Augen funkelte eine wilde Leidenschaft von Haß und Rachedurst, die er nur mit Mühe unterdrücken konnte. „Was hast du meiner Frau oder dem Kind angetan? Rede schnell, bevor ich dich töte! Mach deinen Frieden mit Gott! Sag mir auch das Schlimmste, oder ich werde dich mit diesen Händen und Zähnen in Stücke reißen. Du hast gesehen, daß ich das kann!"

Anderssen sah ihn mit großen Augen an, aus denen Überraschung sprach.

„Awer wieso?" wisperte er. „Ich hab ihn'n nichts getan. Hab nur versucht, sie vor dem Russen da zu rett'n. Deine Frau war freundlich zu mir auf der *Kincaid*, un' ich hörte das kleine Kind manchmal schrei'n. Hab ja selbst 'ne Frau un' 'n Kind zu Hause in Christiania, konnt's einfach nich mehr mit anseh'n, wie sie so getrennt war'n un' in Rokoffs Händ'n. Das war alles. Seh ich so aus als wär' ich hier, um ihn'n was anzutun?" fuhr er nach einer Pause fort und wies auf den Pfeil, der ihm aus der Brust ragte.

Im Ton des Mannes und in seinem Gesichtsausdruck lag etwas, das Tarzan von der Wahrhaftigkeit seiner Angaben überzeugte. Mehr als alles andere wog jedoch die Tatsache, daß Anderssen offensichtlich schwerer verwundet als erschrocken war. Er wußte, daß er sterben mußte, so übten Tarzans Drohungen keine große Wirkung auf ihn aus. Ihm war jedoch offensichtlich daran gelegen, daß der Engländer die Wahrheit erfuhr und ihm gegenüber nicht ungerechterweise auf solch falschen Ansichten beharrte, wie sie in seinen Worten und seinem Auftreten zum Ausdruck kamen.

Sofort kniete der Affenmensch neben dem Schweden nieder.

„Es tut mir leid", sagte er. „Aber ich habe in Rokoffs Gesellschaft nur Schurken gesehen. Nun erkenne ich, daß das falsch war. Aber das ist jetzt Vergangenheit, und wir wollen nicht mehr davon reden, sondern uns wichtigeren Dingen zuwenden, nämlich, wie wir dich an einen Ort bringen, wo du es bequem hast, und wo deine Wunden versorgt werden. Du mußt so schnell wie möglich wieder auf die Beine kommen."

Der Schwede lächelte und schüttelte den Kopf.

„Du kümm're dich um deine Frau un' das Kind", sagte er. „Ich bin schon so gut wie tot. Aber..." Er zögerte. „Ich hasse's, an die Hyänen zu denk'n. Kannst du die Sache nich' erledig'n?"

Tarzan fuhr entsetzt zurück. Noch vor kurzem war er drauf und dran gewesen, diesen Mann zu töten. Jetzt war er ebenso wenig dazu imstande, als hätte es sich um das Leben seines besten Freundes gehandelt.

Er nahm den Kopf des Schweden in seine Arme, um ihn zurechtzurücken und bequemer zu legen.

Wieder erfolgte ein Hustenanfall und ein schwerer Blutsturz. Als beides vorüber war, lag Anderssen mit geschlossenen Augen.

Tarzan glaubte schon, der Seemann sei tot, da schlug er plötzlich die Augen auf, sah ihn an, seufzte und flüsterte ganz leise und schwach:

„Ich denk' mir, 's wird mächtich bald 'n mächtich hart'r Wind weh'n!" Sprach's und starb.

Tamudza

Tarzan hob für den Koch der *Kincaid*, unter dessen abstoßender äußerer Schale ein ritterliches Herz geschlagen hatte, ein flaches Grab aus. Das war alles, was er in diesem grausamen Dschungel für den Mann tun konnte, der im Dienst an seinem Sohn und seiner Frau sein Leben geopfert hatte.

Dann nahm er die Verfolgung von Rokoff wieder auf. Da er nun sicher sein konnte, daß die Frau vor ihm Jane war, und daß sie Rokoff wieder in die Hände gefallen war, schien ihm, als komme er trotz der unglaublichen Geschwindigkeit, die seine geschmeidigen und beweglichen Muskeln entwickelten, nur im Schneckentempo voran.

Mit Mühe nur konnte er die Spur immer wiederfinden, denn in dieser Gegend liefen viele Pfade durch den Dschungel, kreuzten sich mehrfach, gabelten sich und verzweigten sich in alle Richtungen, zudem waren sie von zahllosen Eingeborenen benutzt worden, die kamen und gingen. Die Fährte der Weißen wurde durch die ihrer eingeborenen Träger verwischt, die hinter ihnen gegangen waren, und alles wurde von den Spuren anderer Eingeborener und wilder Tiere überlagert.

Es war im höchsten Maße verwirrend, aber Tarzan ließ sich nicht entmutigen und stellte sein Sehvermögen zugunsten der Aufnahme von Witterungen zurück, damit er sicher sein konnte, der richtigen Fährte zu folgen. Bei all seiner Sorgfalt befand er sich eines Abends dennoch an einem Punkt, wo er sich sagen mußte, daß er die Spur verloren hatte.

Da er wußte, daß seine Meute ihm folgte, war er darauf bedacht, die seinige so deutlich wie möglich zu machen. Also streifte er häufig an Schlingpflanzen und kriechendes Gewächs, die den Dschungelpfad links und rechts säumten, und bemühte sich auch auf andere Weise, seine Duftnote gut erkennbar zu machen.

Bei Einbruch der Dunkelheit setzte starker Regen ein, der all seine Pläne durchkreuzte. Blieb ihm nur, im kümmerlichen Schutz eines großen Baumes bis zum Morgen auszuharren. Aber auch die Morgendämmerung setzte dem sintflutartigen Regen kein Ende.

Eine ganze Woche lang versteckte sich die Sonne hinter schweren Wolken, während heftiger Regen und Wind die letzten Reste der Spur beseitigten, die Tarzan so beharrlich und doch vergebens suchte.

Während der ganzen Zeit sah er keine Anzeichen von Eingeborenen, auch nicht die seiner eigenen Schar, von der er annehmen mußte, daß sie seine Fährte bei dem heftigen Unwetter verloren hatte. Da die Gegend ihm fremd war, wußte er auch nicht genau, in welche Richtung er ging, denn tagsüber konnte er sich nicht nach der Sonne orientieren und nachts nicht nach den Sternen.

Als die Wolkendecke am Vormittag des siebenten Tages endlich aufriß, schaute die Sonne auf einen fast verzweifelten Affenmenschen nieder.

Zum ersten Mal im Leben hatte er sich im Dschungel verirrt. Daß er diese Erfahrung ausgerechnet jetzt machen mußte, erschien ihm ganz besonders grausam. Irgendwo in diesem wilden Land befanden sich seine Frau und sein Sohn in den Klauen des Erzschurken Rokoff.

Welchen grauenvollen Schicksalsprüfungen waren sie in diesen sieben Tagen wohl ausgesetzt, während die Natur all seine Bemühungen zunichtemachte, ihren Aufenthaltsort zu ergründen? Er kannte den Russen, in dessen Gewalt sie sich befanden, nur zu gut, um nicht überzeugt zu sein, daß dieser Mann, rasend vor Wut, weil Jane ihm schon einmal entkommen war, und eingedenk der Tatsache, daß Tarzan ihm dicht auf den Fersen war, seinen Rachegelüsten freien Lauf lassen und ohne weiteren Zeitverlust all die Pläne verwirklichen würde, die sein krankhaftes Hirn sich ausgedacht hatte.

Jetzt schien die Sonne wieder, aber Tarzan war ratlos, welche Richtung er einschlagen solle. Er wußte, daß Rokoff vom Fluß abgebogen war, um Anderssen zu verfolgen, aber ob er weiter ins Inland marschieren oder zum Ugambi zurückkehren würde, war die Frage.

Ihm war jedoch aufgefallen, daß der Fluß an der Stelle, wo Rokoff ihn verlassen hatte, schmaler wurde und schneller floß, so daß er seiner Ansicht nach selbst für Kanus nur noch eine kurze Strecke stromauf schiffbar war. War Rokoff jedoch nicht zum Fluß zurückgekehrt, welche Richtung hatte er dann eingeschlagen?

Anhand des Weges, den Anderssen mit Jane und dem Kind bei seiner Flucht eingeschlagen hatte, war Tarzan zu der Überzeugung gelangt, daß der Koch den ungeheuerlichen Versuch unternommen hatte, den Kontinent in Richtung Sansibar zu durchqueren. Aber ob Rokoff sich zu einem derart gefährlichen Unternehmen durchringen würde, war mehr als fraglich.

Möglicherweise würde die Angst ihn dazu treiben, da er inzwischen gesehen hatte, wie die gräßliche Meute auftrat, die ihm auf den Fersen war, und da Tarzan ihm mit der Absicht folgte, in der Form Rache zu üben, die er verdiente.

Schließlich entschied der Affenmensch, seinen Marsch nach Nordosten etwa in Richtung Deutsch-Ostafrika fortzusetzen, bis er auf Eingeborene stieß, von denen er etwas über Rokoffs Aufenthaltsort erfahren konnte.

Am zweiten Tag nach Ende des Regens gelangte er in ein Eingeborenendorf, dessen Bewohner bei seinem Aufauchen augenblicklich in den Busch flohen. Tarzan ließ sich durch dieses Verhalten nicht aus der Fassung bringen, sondern verfolgte sie und hatte binnen kurzem einen jungen Krieger eingeholt. Der Bursche war dermaßen verängstigt, daß er sich überhaupt nicht verteidigte, vielmehr seine Waffen fallen ließ, auf die Knie sank, schrie und seinen Verfolger mit angstgeweiteten Augen ansah. Nur unter großer Mühe konnte der Affenmensch ihn soweit beruhigen, daß er zu einem zusammenhängenden Bericht über den Grund seiner maßlosen Furcht fähig war, die Tarzan in keiner Weise herausgefordert hatte.

Nach langem guten Zureden erfuhr er, daß ein Trupp Weißer vor einigen Tagen durch ihr Dorf gezogen war. Die Männer hatten ihnen von einem schrecklichen weißen Teufel erzählt, der sie verfolgte, und sie vor ihm und der gräßlichen Meute gewarnt, die ihn begleitete.

Anhand der Beschreibung, die die Weißen und ihre schwarzen Diener von Tarzan gegeben hatten, hatten sie ihn wiedererkannt.

Nun erwarteten sie, daß eine Horde als Affen und Panther verkleideter Dämonen jeden Moment auftauchen würde.

Tarzan erkannte darin Rokoffs schlaue Vorgehensweise. Dem Russen war daran gelegen, Tarzans Marsch möglichst zu erschweren, indem er die Eingeborenen in ihrer abergläubischen Furcht gegen ihn aufhetzte.

Der Mann berichtete weiter, der Weiße, der jene Expedition anführte, habe ihne eine märchenhafte Belohnung versprochen, wenn sie den weißen Teufel töteten. Dazu waren sie auch bereit gewesen, hätte sich eine Gelegenheit ergeben, doch bei seinem Anblick habe sich ihr Blut in Wasser verwandelt, wie die Träger des weißen Mannes es auch vorhergesagt hatten.

Als der Affenmensch keinen Versuch unternahm, ihm etwas anzutun, faßte der Mann schließlich wieder Mut und begleitete ihn auf dessen Vorschlag ins Dorf zurück. Unterwegs rief er seinen Leuten zu, sie sollten ebenfalls zurückkehren, denn „der weiße Teufel hat versprochen, euch kein Haar zu krümmen, wenn ihr spornstreichs zurückkommt und seine Fragen beantwortet."

Nach und nach kehrten die Leute ins Dorf zurück, doch daß ihre Ängste nicht völlig beseitigt waren, konnte man daraus ersehen, daß die meisten den Affenmenschen immer wieder mit weitaufgerissenen Augen von der Seite anstarrten.

Der Häuptling kehrte gleich mit den ersten zurück, und da Tarzan ganz besonders an einem Gespräch mit ihm gelegen war, kam er gar nicht dazu, sich mit den Schwarzen in ein großes Palaver einzulassen.

Der Bursche war kurz und stämmig, hatte eine ungewöhnlich niedrige Stirn, abstoßende Gesichtszüge und affenartige Arme. Sein ganzes Wesen bekundete Heimtücke.

Die Geschichten, die die Weißen und Schwarzen aus Rokoffs Truppe ihm aufgetischt hatten, hatten ihn in abergläubische Schrecken versetzt. Nur das war wohl der Grund, daß er sich nicht sofort mit seinen Kriegern auf Tarzan gestürzt und ihn erschlagen hatte, denn er und seine Leute waren fanatische Menschenfresser. Doch die Furcht, er könne wirklich ein Teufel sein, und hinter ihm im Dschungel warteten vielleicht seine grauenvollen Dämonen auf seinen Befehl, hinderte M'ganwazam, seine Absichten in die Tat umzusetzen.

Tarzan befragte den Burschen nach allen Regeln der Kunst, und durch Vergleich seiner Aussagen mit denen des jungen Kriegers, den er zuerst getroffen hatte, erfuhr er, daß Rokoff und seine Safari sich, von Ängsten angetrieben, in fluchtartigem Rückzug auf die ferne Ostküste befanden.

Viele Träger hatten den Russen bereits verlassen. In eben diesem Dorf hatte er fünf wegen Diebstahl und Fluchtversuch hängen lassen. Aus dem, was M'ganwazam von den eingeborenen Helfern des Russen erfahren hatte, die dessen brutales Verhalten noch nicht so weit eingeschüchtert hatte, daß sie sich scheuten, von ihren Plänen zu sprechen, war klar zu erkennen, daß es gar nicht mehr lange dauern würde, bis der letzte seiner Träger, Köche, Zeltboys, Gewehrträger und Askaris und selbst sein Vorarbeiter im Busch verschwunden waren. Und dann war er dem erbarmungslosen Dschungel ausgeliefert.

M'ganwazam bestritt, daß eine weiße Frau oder ein Kind mit bei den Weißen waren, doch Tarzan war überzeugt, daß er log. Er berührte das Thema mehrmals aus einem anderen Gesichtswinkel, dennoch gelang es ihm nie, den listigen Kannibalen hinters Licht zu führen, so daß er sich in Widersprüche verstrickt hätte. Er beharrte auf seiner ersten Aussage, bei der Gruppe sei keine Frau und kein Kind gewesen.

Tarzan verlangte von ihm zu essen, und nach einigem Feilschen seitens des Monarchen konnte er ihm auch eine Mahlzeit abringen. Anschließend versuchte er, auch die anderen Stammesmitglieder auszuhorchen, besonders den jungen Mann, den er im Busch gefangengenommen hatte, aber M'ganwazams Gegenwart verschloß allen den Mund.

Überzeugt, daß diese Leute weit mehr über den Aufenthalt des Russen und das Schicksal von Jane und dem Kind wußten, als sie ihm erzählt hatten, entschied er schließlich, bei ihnen zu übernachten, in der Hoffnung, weitere wichtige Fakten zu erfahren.

Als er seinen Entschluß dem Häuptling mitteilte, mußte er sich über dessen plötzlichen Sinneswandel wundern. Verschwunden waren M'ganwazams anfänglicher Argwohn und Widerwille. Auf einmal war er ein umgänglicher und fürsorglicher Gastgeber.

So bestand er darauf, daß der Affenmensch unbedingt die beste Hütte des Dorfes bezog, aus der M'ganwazams älteste Frau auf der Stelle hinausexpediert wurde, während der Häuptling in der Hütte einer seiner jüngeren Gemahlinnen ein zeitweiliges Unterkommen fand.

Hätte sich Tarzan der Tatsache erinnert, daß den Eingeborenen eine fürstliche Belohnung versprochen worden war, sofern sie ihn töteten, so hätte er sich M'ganwazams plötzlichen Sinneswandel vielleicht schneller erklären können.

Wenn dieser weiße Hüne friedlich in einem seiner Zelte schlief, würde dies die Erlangung der Belohnung wesentlich erleichtern. Deshalb drängte der Häuptling auch darauf, daß Tarzan, der nach dem langem Marsch gewiß sehr müde sein müsse, sich frühzeitig in den alles andere als einladenden Palast zurückzog.

Wie sehr Tarzan den Gedanken, in einer Eingeborenenhütte zu schlafen, auch verabscheute – diese Nacht war er doch dazu entschlossen, weil er dadurch vielleicht einen der jüngeren Männer veranlassen konnte, sich zu ihm ans Feuer zu setzen, das in dem verräucherten Inneren der Behausung brannte, und mit ihm zu schwatzen, wobei er ihm vielleicht die Wahrheit entreißen konnte, an der ihm so sehr gelegen war. Deshalb nahm er die Einladung M'ganwazams an, betonte jedoch, daß er es vorziehen würde, die Hütte mit einigen der jüngeren Leute zu teilen, statt die alte Häuptlingsfrau daraus zu vertreiben.

Das zahnlose alte Weib grinste beifällig bei diesen Worten, und da dieser Vorschlag dem Häuptling noch mehr zusagte, weil er es ihm ermöglichte, bei Tarzan eine Bande ausgesuchter Meuchelmörder einzuquartieren, stimmte er bereitwillig zu, so daß für diesen nunmehr eine Hütte dicht am Dorftor eingerichtet wurde.

Zu Ehren einer Gruppe kürzlich heimgekehrter Jäger sollte am Abend ein Tanz veranstaltet werden. Tarzan wurde mit der Begründung in der Hütte allein gelassen, die jungen Männer müßten an den Festlichkeiten teilnehmen.

Kaum saß der Affenmensch sicher in der Falle, versammelte M'ganwazam die jungen Krieger um sich, die er ausgewählt hatte, die Nacht bei dem weißen Teufel zu verbringen.

Keiner war sonderlich begeistert von dem Vorhaben, denn tief in ihrem Inneren hegten sie eine übertriebene abergläubische Furcht vor dem fremden, weißen Hünen; M'ganwazams Wort war in ihrem Volk jedoch Gesetz, so wagte keiner, den Auftrag zurückzuweisen, zu dem er auserwählt worden war.

Während der Häuptling den um ihn hockenden Wilden seinen Plan flüsternd erläuterte, hielt sich die zahnlose alte Frau, die es Tarzan zu verdanken hatte, daß sie in ihrer Hütte bleiben konnte, in ihrer Nähe auf, scheinbar, um immer wieder Holz fürs Feuer nachzulegen, um das die Männer saßen, in Wirklichkeit jedoch, um so viel wie möglich von dem Gespräch mitzuhören.

Tarzan hatte trotz des Lärms, den die Feiernden erzeugten, vielleicht ein oder zwei Stunden geschlafen, als seine scharfen Sinne ihm plötzlich eine verdächtige Bewegung in der Hütte kundtaten. Das Feuer war bis auf ein kleines Häufchen Glut niedergebrannt, die die im Inneren der übelriechenden Behausung herrschende Finsternis nur noch verstärkte, statt sie zu mindern. Seine geübten Sinne sagten ihm jedoch, daß jemand fast lautlos durchs Dunkel zu ihm gekrochen kam.

Er bezweifelte, daß es einer seiner Mitinsassen war, der vom Fest zurückkehrte, denn er vernahm noch immer die wilden Schreie der Tänzer und den Klang der Tamtams auf der Dorfstraße. Wer konnte das sein, der sich solche Mühe gab, seine Annäherung zu verbergen?

Als der Betreffende in Reichweite kam, sprang Tarzan behend auf die andere Seite der Hütte und hielt den Speer stoßbereit.

„Wer ist das, der da wie ein hungriger Löwe aus der Dunkelheit auf Tarzan von den Affen zukriecht?“ fragte er.

„Leise, Herr!“ antwortete eine alte, brüchige Stimme. „Ich bin Tambudza, die, der du die Hütte nicht wegnehmen wolltest, so daß ich alte Frau nicht in die kalte Nacht hinausgetrieben wurde.“

„Und was will Tambudza von Tarzan von den Affen?“ fragte er.

„Du warst freundlich zu mir, wo niemand freundlich zu mir ist, deshalb bin ich gekommen, dich zu warnen, um dir deine Freundlichkeit zu entgelten“, antwortete das alte Weib.

„Warnen wovor?“

„M’ganwazam hat die jungen Männer ausgewählt, die in der Hütte bei dir schlafen sollen“, erwiderte Tambudza. „Ich war in der Nähe, als er mit ihnen sprach, und hörte, wie er ihnen Anweisungen erteilte. Wenn der Tanz auf den Morgen zugeht, sollen sie in die Hütte kommen.

Bist du schon wach, dann sollen sie so tun, als seien sie gekommen, um zu schlafen. Solltest du jedoch schlafen, so sollen sie dich auf M’ganwazams Befehl töten. Wenn du noch nicht schläfst, werden sie ganz still neben dir warten, bis du eingeschlafen bist, dann werden alle über dich herfallen und dich erschlagen. M’ganwazam will unbedingt die Belohnung haben, die der weiße Mann ausgesetzt hat.“

„Die hatte ich ganz vergessen“, sagte Tarzan halb zu sich. Dann fügte er hinzu: „Wie kann M’ganwazam darauf hoffen, die Belohnung zu bekommen, da die weißen Männer, die meine Feinde sind, sein Land verlassen haben und er nicht weiß, wo sie jetzt sind.“

„Oh, sie sind gar nicht weit weg, und M’ganwazam weiß, wo ihr Lager ist“, antwortete Tambudza. „Seine Läufer könnten sie leicht einholen – sie marschieren langsam.“

„Wo sind sie?“ fragte Tarzan.

„Willst du zu ihnen?“ fragte Tambudza statt einer Antwort.

Er nickte.

„Ich kann dir nicht beschreiben, wo sie lagern, so daß du selbst dorthin gehen könntest, aber ich kann dich zu ihnen führen, Herr!“

Sie waren so in die Unterhaltung vertieft, daß keiner von beiden die kleine Gestalt bemerkte, die hinter ihnen in die dunkle Hütte kroch, und sie entdeckten sie auch nicht, als sie lautlos wieder hinausschlüpfte.

Es war der kleine Buulaoo, der Sohn des Häuptlings und einer seiner jüngeren Frauen – ein rachsüchtiger, verderbter, kleiner Schurke, der Tambudza haßte und sich keine Gelegenheit entgehenließ, ihr nachzuspionieren und den geringsten ihrer Verstöße gegen die hiesigen Bräuche seinem Vater zu melden.

„Dann wollen wir uns auf den Weg machen“, sagte Tarzan schnell.

Das konnte Buulaoo nicht mehr hören, denn er wieselte bereits die Dorfstraße entlang dorthin, wo sein widerlicher Erzeuger selbstgebrautes Bier kübelte und die Darbietungen der wild umherhüpfenden Tänzer beobachtete, die wahre Freudensprünge vollführten und hysterisch umherwirbelten.

So geschah es, daß zur gleichen Zeit, als Tarzan und Tambudza sich leise aus dem Dorf stahlen und in die pechschwarze Finsternis des Dschungels tauchten, zwei geschmeidige junge Läufer sich in gleicher Richtung auf den Weg machten, nur einem anderen Pfad folgten.

Als Tarzan und Tambudza sich weit genug vom Dorf entfernt hatten, daß sie miteinander reden konnten, ohne flüstern zu müssen, fragte er die alte Frau, ob sie nicht auch eine Weiße und ein kleines Kind gesehen hätte.

„Ja, Herr“, antwortete Tambudza. „Sie hatten eine Frau und ein kleines Kind bei sich – ein kleines weißes Dingelchen. Es ist hier in unserem Dorf an Fieber gestorben, und sie haben es begraben!“

Ein schwarzer Schurke

Als Jane Clayton das Bewußtsein wiedererlangte, stand Anderssen bei ihr, das kleine Kind im Arm. Bei Anblick des Kleinen trat ein Ausdruck des Schmerzens und Schreckens in ihre Augen.

„Was is los?“ fragte er. „War’n Sie krank?“

„Wo ist mein Kind?“ fragte sie, seine Fragen überhörend.

Anderssen hielt ihr das pausbäckige Wesen hin, aber sie schüttelte den Kopf.

„Das ist nicht meines“, sagte sie. „Sie haben gewußt, daß es nicht meines ist. Sie sind genau so ein Teufel wie der Russe.“

Anderssens blaue Augen weiteten sich in grenzenlosem Staunen.

„Nich Ihr’s?“ rief er. „Sie ham mir gesacht, das Kind an Bord der *Kincaid* is Ihr’s.“

„Nicht das“, erwiderte Jane niedergeschlagen. „Das andere. Wo ist das andere? Es müssen zwei gewesen sein. Von dem hier hatte ich keine Ahnung.“

„Da war kein annres. Ich dachte, das hier’s Ihr’s. Tut mir sehr leid.“

Anderssen war äußerst erregt und trat von einem Bein aufs andere. Jane konnte deutlich sehen, daß er die Wahrheit sagte. Er hatte wirklich keine Ahnung von der echten Identität des Kleinen.

Da fing dieser an zu schreien und auf den Armen des Schweden auf und nieder zu hüpfen, gleichzeitig beugte er sich nach vorn und streckte die Arme nach der jungen Frau aus.

Sie konnte der Bitte nicht widerstehen, sprang mit einem unterdrückten Schrei auf die Füße und drückte das Kind an ihre Brust.

Einige Minuten weinte sie lautlos, das Gesicht in der schmutzigen Kleidung des Kindes vergraben. Der erste Schock der Enttäuschung, weil das kleine Ding nicht ihr geliebter Jack war, wich einer großen Hoffnung, daß ihr richtiges Baby durch irgendein Wunder in allerletzter Minute Rokoffs Händen entrissen worden war, bevor die *Kincaid* England verlassen hatte.

Und nun dieser stumme Appell des heimatlosen Winzlings, allein und ungeliebt inmitten der Schrecken dieses wilden Dschungels! In erster Linie war es dieser Gedanke, der bewirkte, daß sich ihr Mutterherz dem Kind öffnete, während sie noch unter der Enttäuschung litt, über seine Identität getäuscht worden zu sein.

„Haben Sie keine Vorstellung, wessen Kind das ist?“ fragte sie Anderssen.

Der Mann schüttelte den Kopf.

„Keine Ahnung“, sagte er. „Wenn's nich Ihr Kind is', weiß ich auch nich', wem's gehört. Rokoff sagte, 's wäre Ihr's. Un' ich glauwe, er glaubte's auch.

Was soll'n wir jetzt mit ihm mach'n? Ich kann schließlich nich' zur *Kincaid* zurückgeh'n. Der erschießt mich glatt. Awer Sie könnt'n. Ich bring' Se zum Meer, un' dann kann ein'r von den Schwarz'n da Sie zum Schiff … was is'?“

„Nein, nein!“ rief Jane. „Nicht um alles in der Welt. Lieber würde ich sterben, als dem Mann wieder in die Hände zu fallen. Nein, wir wollen weiterziehen und das arme kleine Ding mitnehmen. Wenn Gott will, werden wir doch auf die eine oder andere Weise gerettet werden.“

So setzten sie ihre Flucht durch die Wildnis fort, wobei sie ein halbes Dutzend Mosulas mitnahmen, die ihre Vorräte und die Zelte trugen, die Anderssen bei der Vorbereitung ihrer Flucht an Bord des kleinen Bootes geschmuggelt hatte.

Die Tage und Nächte voller Strapazen, die die junge Frau zu ertragen hatte, verschmolzen in ihrem Bewußtsein zu einem einzigen langen, grauenvollen Alptraum, so daß sie bald jegliches Zeitgefühl verlor. Sie konnte nicht sagen, wieviel Tage oder Wochen sie unterwegs waren. Der einzige Lichtblick in dieser Ewigkeit von Furcht und Leiden war das kleine Kind, das sie inzwischen fest ins Herz geschlossen hatte.

In gewisser Weise füllte es die schmerzende Leere, die die Entführung ihres eigenen Kindes hinterlassen hatte, und nahm dessen Platz ein. Natürlich konnte es nie dasselbe sein, dennoch umgab sie das kleine Ding jeden Tag mehr mit ihrer Mutterliebe, so daß sie manchmal mit geschlossenen Augen dasaß und sich ausmalte, dieses kleine Bündel Mensch sei wirklich ihr eigen Fleisch und Blut.

Eine Zeitlang kamen sie auf ihrem Marsch ins Landesinnere außerordentlich langsam voran. Ab und zu erreichte sie durch Eingeborene, die von der Küste zum Jagen landeinwärts streiften, die Kunde, daß Rokoff noch keine Kenntnis von ihrer Fluchtrichtung hatte. Diese Tatsache im Verein mit dem Wunsch, der zarten, schwachen Frau die Reise nach Kräften zu erleichtern, veranlaßte Anderssen zu einem langsameren Tempo in kurzen Etappen und mit vielen Ruhepausen.

Er bestand darauf, das Kind während des Marsches zu tragen, und achtete auch sonst in jeder Weise darauf, daß das ganze Unternehmen nicht allzu sehr über Janes Kräfte ging. Nach der Entdeckung, daß das Kind nicht ihres war, hatte er sich schwere Vorwürfe gemacht und sich allein die Schuld gegeben, aber da Jane sehr bald zu der Einsicht gelangte, daß seine Motive wirklich ehrenhaft gewesen waren, duldete sie nicht, daß er sich weiterhin grämte und unter dem Fehlgriff litt, den er beim besten Willen nicht hätte vermeiden können.

Am Ende eines jeden Tagesmarsches achtete er darauf, daß für sie und das Kind ein bequemer Unterschlupf errichtet wurde. Stets wählte er den günstigsten Platz für ihr Zelt aus. Die aus Dornengestrüpp errichtete Umzäunung war bei ihr stets am stärksten und so undurchdringlich, wie die Mosula sie nur zuwegebrachten.

Ihr Essen war das beste, was sich aus den begrenzten Vorräten und dank des Jagdglücks von Anderssen zubereiten ließ, doch was sie am meisten berührte, war die zuvorkommende Rücksichtnahme und Höflichkeit, die er ihr entgegenbrachte.

Sie wunderte sich immer wieder, wie sich hinter einem so abstoßenden Äußeren ein so gütiger und anständiger Charakter verbergen konnte, bis seine angeborene Rücksichtnahme, seine unermüdliche Fürsorge und sein Mitgefühl das äußere Erscheinungsbild dieses Mannes in ihren Augen soweit veränderten, daß sie bei ihm nur noch den ehrenhaften Charakter sah.

Sie kamen allmählich etwas schneller voran, als sie die Nachricht erreichte, daß Rokoff nur wenige Tagesmärsche hinter ihnen war und nun genau wußte, in welche Richtung sie flüchteten. Da wandte sich Anderssen zum Fluß und kaufte dem Häuptling eines Dorfes, das am Ufer eines Nebenflusses des Ugambi und nicht weit von diesem entfernt lag, ein Kanu ab.

Von nun an floh die kleine Gruppe den breiten Ugambi stromauf, und bald so schnell, daß sie nichts mehr von ihren Verfolgern hörten. Als sie die Stelle erreichten, wo der Strom nicht mehr schiffbar war, ließen sie ihr Kanu liegen und drangen in den Dschungel. Hier kamen sie wieder nur sehr mühsam und langsam vorwärts und waren mancherlei Gefahren ausgesetzt.

Am zweiten Tag nach Verlassen des Ugambi bekam das Kind Fieber. Anderssen war sich im klaren, was das bedeutete, hatte jedoch nicht den Mut, Jane Clayton die Wahrheit zu sagen, denn er hatte beobachtet, daß die junge Frau das Kind fast ebenso leidenschaftlich liebte wie ihr eigen Fleisch und Blut.

Der Zustand des Kleinen schloß einen Weitermarsch aus, deshalb bog Anderssen von dem Hauptweg ab, dem sie bis jetzt gefolgt waren, und errichtete auf einer natürlichen Lichtung am Ufer eines kleinen Flusses ein Lager.

Hier widmete Jane jede Minute der Fürsorge für den kleinen Kranken, doch als hätte sie nicht schon Sorgen und Ängste genug, erfolgte ein weiterer Schicksalsschlag in Gestalt der Meldung eines der Mosulaträger, der auf der Suche nach Eßbarem den umliegenden Dschungel durchstreift hatte. Danach lagerte Rokoff und seine Gruppe ganz in ihrer Nähe und hatte offensichtlich ihre Spur bis zu diesem Schlupfwinkel verfolgt, von dem alle geglaubt hatten, daß er ein so gutes Versteck sei.

Die Meldung bedeutete nur eins: Sie mußten unverzüglich ihr Lager abbrechen und ungeachtet des Zustands des Kindes weiterfliehen. Jane Clayton kannte den Charakter des Russen zur Genüge, um nicht zu wissen, daß er sie sofort von dem Kleinen trennen würde, falls sie wieder in seine Hände fielen. Sie wußte auch, daß eine Trennung von ihr den sicheren Tod des Kleinen bedeuten würde.

Während sie sich auf alten und fast überwachsenen Wildpfaden einen Weg durch das Pflanzengewirr bahnten, verließen die Mosulaträger sie nach und nach.

Die Leute waren ihnen gegenüber stets loyal und zuverlässig gewesen, solange keine Gefahr bestand, von dem Russen und seiner Gruppe eingeholt zu werden. Jedoch war ihnen soviel über die menschenverachtende Natur von Rokoff zu Ohren gekommen, daß sie entsetzliche Angst vor ihm hatten, und jetzt, da sie wußten, wie dicht er ihnen auf den Fersen war, verloren sie jeden Mut und verließen die drei Weißen so schnell wie möglich.

Doch Anderssen und die junge Frau marschierten weiter. Der Schwede ging voran, um eine Bahn durch das Buschwerk zu hauen, wo der Weg völlig zugewachsen war, so daß Jane den Kleinen nun tragen mußte.

Sie marschierten den ganzen Tag. Am späten Nachmittag erkannten sie, daß sie fehlgegangen waren. Dicht hinter sich hörten sie den Lärm einer großen Safari, die der Bahn folgte, die sie nun für ihre Verfolger freigehauen hatten.

Als offensichtlich war, daß diese sie jeden Moment einholen würden, versteckte Anderssen Jane hinter einem großen Baum und deckte sie und das Kind mit Laub zu.

„Etwa eine Meile weiter liegt ein Dorf", sagte er zu ihr. „Die Mosula erzählt'n mir davon, ehe sie uns verließ'n. Ich versuch', den Russ'n von der Spur abzulenk'n, dann könn'n Se zu dem Dorf laufen. Ich denk mir, der Häuptling is' ganz freundlich zu Weißen, jed'nfalls sacht'n mir das die Mosula. Aw'r das is' alles, was wir tun könn'n.

Bißch'n später bitt'n Se den Häuptling, er soll Se wied'r zu dem Mosuladorf am Meer bring'n. Un' nach 'ner Weile kommt bestimmt 'n Schiff in die Ugambimündung. Dann sin' Se gerettet. Leb'n Se wohl, un' alles Gute, Lady!"

„Aber wo wollen Sie denn hin, Sven?" fragte sie. „Warum könnten Sie sich nicht auch hier verstecken und mit uns dann zum Meer zurückgehen?"

„Ich muß dem Russ'n sach'n, daß Se tot sin', damit er Ihn'n nich' länger auf'n Fersen is'", antwortete Anderssen und grinste.

„Und warum können Sie sich mir nicht wieder anschließen, nachdem Sie ihm das gesagt haben?" fragte die junge Frau beharrlich.

Anderssen schüttelte den Kopf.

„Kann mir nich' denk'n, daß ich mich noch jemand'm anschließ'n kann, nachdem ich ihm gesacht habe, Se sin' tot", erklärte er.

„Sie wollen damit doch nicht sagen, daß er Sie töten wird?" fragte sie, doch innerlich wußte sie genau, daß dieser abgefeimte Halunke Rokoff genau das tun würde als Rache dafür, daß der Schwede ihn hintergangen hatte. Anderssen antwortete nicht, sondern gebot ihr zu schweigen und wies auf den Pfad, den sie gerade entlanggekommen waren.

„Das kümmert mich nicht“, wisperte Jane Clayton. „Sofern ich es verhindern kann, werde ich nicht zulassen, daß Sie sterben, um mich zu retten. Geben Sie mir Ihren Revolver, ich weiß damit umzugehen, und gemeinsam können wir sie vielleicht abwehren, bis wir eine Möglichkeit zur Flucht gefunden haben.“

„Das klappt nich', Lady“, erwiderte Anderssen. „Die würd'n uns nur alle beide erwisch'n, un' dann kann ich gar nichts mehr für Se tun. Denk'n Se an das Kind, Lady, un' was es für Se beide bedeut'n würde, Rokoff wied'r in de Hände zu fall'n. Schon weg'n dem Klein'n müss'n Se tun, was ich sage. Hier, nehm'n Se mein Gewehr un' Munition. Se wer'n se brauch'n.“

Er schob ihr beides in das Versteck, in dem sie hockten, und war auch schon verschwunden.

Sie sah ihn den Weg zurückgehen, der vorrückenden Safari des Russen entgegen. Bald entzog eine Wegbiegung ihn ihrem Blick.

Ihre erste Regung war, ihm zu folgen. Mit dem Gewehr war sie ihm vielleicht eine Hilfe, außerdem war ihr die Vorstellung entsetzlich, ohne einen Freund an ihrer Seite dem gnadenlosen Dschungel mutterseelenallein ausgesetzt zu sein.

Sie wollte ihr Versteck schon verlassen, um Anderssen nachzurennen, so schnell sie konnte. Als sie das Kind an sich zog, warf sie einen Blick auf sein Gesicht.

Wie rot es war! Wie entstellt das kleine Wesen aussah! Sie preßte seine Wange an die ihre. Sie war heiß vom Fieber!

Mit einem unterdrückten Schreckensruf stand sie auf und trat auf den Dschungelpfad. Gewehr und Revolver lagen vergessen im Unterschlupf. Alles war vergessen – Anderssen, Rokoff und ihre eigene große Gefahr.

Das einzige, was ihr jetzt durch den Kopf ging, war die grauenvolle Erkenntnis, daß dieses kleine, hilflose Kind von dem schrecklichen Dschungelfieber gepackt worden war, und daß sie außerstande war, sein Leiden in irgendeiner Weise zu mindern – und das würde bestimmt in den bald folgenden Phasen einsetzen, in denen es aus der Bewußtlosigkeit erwachte.

Ihr einziger Gedanke war jetzt, jemanden zu finden, der ihr helfen konnte – etwa eine Frau, die selbst Kinder hatte –, und bei diesen Überlegungen erinnerte sie sich an das freundliche Dorf, von dem Andersson gesprochen hatte. Wenn sie es nur rechtzeitig erreichen könnte!

Es war keine Zeit zu verlieren. Wie eine aufgeschreckte Antilope wandte sie sich um und folgte dem Pfad in der Richtung, die Anderssen ihr gewiesen hatte.

Von weit hinten hörte sie plötzlich Gebrüll von Männern, Schüsse krachten, dann herrschte Stille. Sie ahnte, daß Anderssen auf den Russen gestoßen war.

Eine halbe Stunde später stolperte sie erschöpft in ein kleines, strohgedecktes Dorf. Im Nu war sie von Männern, Frauen und Kindern umringt. Die aufgeregten und neugierigen Eingeborenen überschütteten sie begierig mit vielen Fragen, von denen sie keine einzige verstand.

Ihr blieb nichts anderes übrig, als unter Tränen auf das Kind zu zeigen, das in ihren Armen nun kläglich weinte, und immer wieder „Fieber! – Fieber! – Fieber!" zu sagen.

Die Schwarzen verstanden ihre Worte nicht, erkannten jedoch den Grund ihrer Besorgnis, und bald zog eine junge Frau sie in ihre Hütte und bemühte sich mit mehreren anderen nach Kräften, das Kind zu beruhigen und seine Qual zu lindern.

Der Medizinmann kam und entzündete vor ihm ein kleines Feuer, auf dem er in einem irdenen Gefäß ein seltsames Gebräu zusammenkochte, unheimliche Zauberworte darüber murmelte und seltsame, monotone Gesänge anstimmte. Dann tauchte er einen Zebraschwanz in die Brühe und spritzte, weiterhin Beschwörungen murmelnd und singend, dem Kind einige Tropfen ins Gesicht.

Als er gegangen war, saßen die Frauen noch lange und stöhnten und klagten, bis Jane glaubte, davon wahnsinnig zu werden. Da sie aber wußte, daß sie das in bester Absicht und aus Herzensgüte taten, ertrug sie den schrecklichen Alptraum dieser grauenvollen Stunden in stumpfem, geduldigen Schmerz.

Es mußte kurz vor Mitternacht sein, als sie plötzlich Betriebsamkeit im Dorf bemerkte. Sie hörte die Eingeborenen laut aufeinander einreden, konnte jedoch nichts verstehen.

Dann näherten sich Schritte der Hütte, in der sie, das Kind im Schoß, vor dem hellen Feuer hockte. Das kleine Ding lag sehr still, die Lider waren halbgeöffnet, die Pupillen erschreckend nach oben verdreht.

Jane blickte angsterfüllt in das kleine Gesicht. Es war nicht ihr Kind – nicht ihr Fleisch und Blut –, aber wie lieb war ihr dieses winzige, hilflose Ding geworden, wie sehr hatte sie es ins Herz geschlossen! Da man ihr das eigene Kind genommen hatte, wandte sich all ihre Mutterliebe diesem armen, heimatlosen kleinen Wesen zu. Sie umgab es mit aller Zuneigung, die ihm während der langen, bitteren Wochen seiner Gefangenschaft an Bord der *Kincaid* versagt geblieben war.

Sie erkannte, daß das Ende nahe war, und obwohl die Aussicht auf diesen Verlust sie schreckte, hoffte sie doch, daß es schnell eintreten und diesem kleinen Wesen einen langen Opfergang ersparen würde.

Die Schritte, die sie draußen gehört hatte, verstummten vor ihrer Tür. Stimmen wisperten, und kurze Zeit später trat M'ganwazam ein, Häuptling des Stammes. Sie hatte bislang wenig von ihm gesehen, da die Frauen sie, kaum, daß sie ins Dorf gekommen war, unter ihre Fittiche genommen hatten.

Wie sie erkannte, war M'ganwazam eine üble Erscheinung, dessen tierischer Gesichtsausdruck alle Merkmale brutaler Entartung trug. Er kam Jane Clayton eher wie ein Gorilla vor denn wie ein Mensch. Als seine Versuche, mit ihr zu reden, fehlschlugen, rief er jemanden, der draußen stand.

Daraufhin trat ein anderer Neger ein – er sah völlig anders aus als M'ganwazam, so daß Jane Clayton sich sagte, daß er einem anderen Stamm angehören müsse. Dieser Mann übernahm die Aufgabe eines Dolmetschers, und Jane spürte rein gefühlsmäßig gleich bei der ersten Frage, die M'ganwazam ihr stellte, daß er sie mit einer ganz bestimmten Absicht ins Verhör nahm.

Sie fand es seltsam, daß dieser Bursche sich für ihre Pläne interessierte; insbesondere wollte er wissen, was ihr eigentliches Ziel gewesen sei, ehe sie die Reise in diesem Dorf unterbrechen mußte.

Da sie keine Veranlassung sah, ihm die Auskunft zu verweigern, sagte sie ihm die Wahrheit. Aber als er sie fragte, ob sie damit rechne, am Ende des Marsches mit ihrem Gatten zusammenzutreffen, schüttelte sie verneinend den Kopf.

Dann erläuterte er ihr mit Hilfe des Dolmetschers den Grund seines Erscheinens.

„Ich habe gerade von einigen Leuten, die am Rand des großen Wassers wohnen, erfahren, daß dein Mann dir mehrere Tagesmärsche lang den Ugambi hinauf folgte und schließlich von Eingeborenen festgehalten und getötet wurde. Ich sage dir das, damit du nicht länger Zeit auf eine weite Reise verschwendest, falls du am Ende deinen Mann doch treffen wolltest. Stattdessen wäre es besser, du gingst den Weg zurück zur Küste."

Sie dankte ihm für seine Freundlichkeit, obwohl sie wie benommen war von diesem neuen Schicksalsschlag. Da sie so viel durchgemacht hatte, war sie für weiteres Leid letztendlich jedoch unempfindlich geworden.

Gesenkten Hauptes saß sie da und starrte mit leeren Augen auf das kleine Kindergesicht in ihrem Schoß. M'ganwazam hatte die Hütte verlassen. Etwas später vernahm sie ein Geräusch am Eingang – jemand anders war gekommen. Eine der Frauen saß ihr gegenüber und warf ein Bündel Reisig auf das ausbrennende Feuer zwischen ihnen.

Plötzlich loderte die Flamme erneut auf und erhellte das Innere der Hütte wie durch Magie.

In ihrem Lichtschein erkannte Jane Clayton voll Entsetzen, daß das Kind tot war. Wie lange schon, konnte sie nicht feststellen.

In ihrer Kehle würgte etwas, sie beugte den Kopf in tiefem Schmerz über das kleine Bündel, das sie jetzt spontan an die Brust gedrückt hielt.

Einen Augenblick herrschte völlige Stille in der Hütte. Dann brach die Eingeborene in häßliches Wehklagen aus.

Ein Mann hustete dicht vor ihr und nannte Jane beim Namen.

Erschrocken blickte sie auf und sah Nikolas Rokoff hämisch grinsend vor ihr stehen.

Die Flucht

Rokoff blickte einen Augenblick höhnisch auf Jane Clayton herab, dann entdeckte er das kleine Bündel in ihrem Schoß. Sie hatte eine Ecke der Decke über das Gesicht des Kindes gezogen, so daß jeder, der die Wahrheit nicht kannte, glaubte, es schlafe.

„Da haben Sie sich allerdings einen Haufen unnötige Scherereien aufgehalst, nur um den Balg in dieses Dorf zu bringen", sagte er. „Hätten Sie sich nur um Ihren Kram gekümmert und die Sache mir überlassen, so wären Ihnen all die Mühen und Gefahren des Marsches erspart geblieben. Aber ich glaube, ich sollte Ihnen danken, da es für mich doch eine gewisse Belastung gewesen wäre, mich unterwegs um ein kleines Kind kümmern zu müssen.

Ich wollte es nämlich von Anfang an hierher bringen. M'ganwazam wird es sorgsam aufziehen und einen guten Kannibalen aus ihm machen, und sollten Sie je in zivilisierte Gefilde zurückkehren, werden Sie zweifellos viel darüber nachdenken können, wenn Sie den Luxus und die Bequemlichkeiten Ihres Lebens mit denen Ihres Sohnes vergleichen, der hier in dem Dorf der Waganwazam wohnt.

Ich danke Ihnen nochmals, daß Sie ihn für mich hergebracht haben, aber nun muß ich Sie bitten, ihn mir zu übergeben, damit ich ihn seinen künftigen Stiefeltern überantworten kann." Er streckte die Hände nach dem Kind aus und grinste widerlich, seine Rache genießend.

Zu seiner Überraschung stand Jane Clayton auf und legte das kleine Bündel ohne ein Wort des Protests in seine Arme.

„Hier haben Sie ihn", sagte sie. „Gott sei Dank können Sie ihm kein Leid mehr antun."

Rokoff begriff sofort, was sie meinte, und riß die Decke vom Gesicht des Kleinen, um seine Befürchtungen bestätigt zu finden. Jane Clayton beobachtete ihn scharf.

Die ganzen Tage hatte sie gerätselt, ob Rokoff über die Identität des Kindes Bescheid wußte. Wenn bei ihr auch nur eine Spur von Ungewißheit noch vorhanden war, so war sie wie weggewischt, als sie sah, mit welch maßlosem Zorn der Russe das Gesicht des toten Kindes betrachtete und nun erkennen mußte, daß höhere Mächte ihn um die Früchte seiner Rache gebracht hatten.

Er schleuderte es nachgerade wieder in Janes Arme, stampfte wutentbrannt in der Hütte auf und ab, zerkeilte die Luft mit geballten Fäusten und fluchte wüst. Schließlich blieb er vor der jungen Frau stehen, trat ganz dicht an sie heran und schrie:

„Sie lachen mich aus, ja? Sie glauben, daß Sie mir eins ausgewischt haben, ja? Ich werde Ihnen zeigen, wie ich es auch schon diesem elenden Affen, den Sie Ihren ‚Gatten' nennen, gezeigt habe, was es heißt, Nikolas Rokoffs Pläne zu durchkreuzen.

Sie haben mir das Kind weggenommen. Ich kann ihn nicht zum Sohn eines Kannibalenhäuptlings machen, aber...", er hielt inne, damit ihr die volle Bedeutung seiner Worte deutlich bewußt wurde, „ich kann die Mutter zur Frau eines Kannibalen machen, und genau das werde ich tun – nachdem ich selbst mit ihr fertig bin."

Wenn er geglaubt hatte, bei Jane Clayton das geringste Zeichen des Schreckens zu entdecken, hatte er sich gründlich geirrt. Sie war darüber hinaus. Ihr Gehirn und ihre Nerven waren für weiteres Leid und plötzliche Schicksalsschläge zu abgestumpft.

Zu seiner Überraschung lächelte sie schwach, fast glücklich. Voller Dankbarkeit dachte sie daran, daß dieser arme, kleine Tote nicht ihr lieber Jack war und daß Rokoff die Wahrheit offensichtlich nicht kannte – und das war das beste von allem.

Gern hätte sie ihm diese Wahrheit ins Gesicht geschleudert, aber sie unterließ es. Es war besser, ihn in dem Glauben zu belassen, das Kind sei ihres gewesen, um so sicherer würde der echte Jack sein, wo immer er sich befinden mochte. Natürlich hatte sie keine Ahnung vom Verbleib ihres kleinen Sohnes – er aber schien nicht einmal zu wissen, daß er noch lebte, jedoch war nicht auszuschließen, daß er es wußte.

Es war durchaus möglich, daß irgendein Kumpan des Russen die Kinder ohne Wissen von Rokoff vertauscht hatte, und daß ihr Sohn jetzt bei Freunden in London in Sicherheit war. Und sie hatten viele Freunde dort, die in der Lage und willens waren, das Lösegeld zu zahlen, das der verräterische Kumpan vielleicht für die unversehrte Auslieferung von Lord Greystokes Sohn forderte.

Dies alles war ihr hundertmal durch den Kopf gegangen, seit sie entdeckt hatte, daß das Kind, das Anderssen ihr in jener Nacht auf der *Kincaid* übergeben hatte, nicht ihres war, und diese Überlegungen waren ihr Anlaß zur Freude gewesen, so daß sie sich die Möglichkeit immer wieder ausmalte.

Nein, der Russe mußte wissen, daß das nicht ihr Kind war. Sie sah ein, daß ihre Lage aussichtslos war – nachdem Anderssen und ihr Gatte tot waren, gab es in der ganzen Welt niemanden, der bereit war, ihr zu helfen, und wußte, wo sie sich befand.

Ihr war klar, daß Rokoffs Drohung kein leeres Geschwätz war. Was er gesagt hatte, würde er auch tun, zumindest würde er es versuchen, dessen war sie sicher; aber schlimmstenfalls bedeutete es nur eine etwas frühere Erlösung von den gräßlichen Qualen, die sie hatte erdulden müssen. Sie mußte einfach einen Weg finden, sich das Leben zu nehmen, ehe der Russe ihr weiteres Leid zufügen konnte.

Was sie jetzt brauchte, war Zeit, – Zeit, um nachzudenken und sich aufs Ende vorzubereiten. Sie fühlte, daß sie diesen letzten grauenvollen Schritt erst tun konnte, wenn alle anderen Möglichkeiten einer Rettung erschöpft waren. Wozu sollte sie weiterleben, wenn sie nie mehr zu ihrem Kind zurückkehren konnte? Doch so gering die Aussichten auch waren, sie konnte die Möglichkeit nicht ausschließen, solange ihre letzte Stunde nicht gekommen war, und so sah sie sich mit der furchtbaren Realität konfrontiert, zwischen zwei Alternativen wählen zu müssen – Nikolas Rokoff auf der einen Seite und Selbstmord auf der anderen.

„Gehen Sie weg!“ sagte sie zu dem Russen. „Gehen Sie und lassen Sie mich und meinen kleinen Toten in Frieden. Haben Sie nicht schon genug Elend und Leid über mich gebracht? Warum müssen Sie mich unbedingt weiter peinigen? Was habe ich Ihnen getan, daß Sie nicht ablassen, mir zuzusetzen?“

„Sie müssen die Sünden dieses Affen ausbaden, den Sie erwählt haben, als Sie die Möglichkeit hatten, die Liebe eines Gentleman – eines Nikolas Rokoff zu erwidern“, entgegnete er. „Aber wozu weiter auf dieser Sache herumreiten? Das Kind wird hier begraben, und Sie kommen auf der Stelle mit in mein Lager zurück. Morgen werde ich Sie hinbringen und Ihrem neuen Gatten zuführen – dem reizenden M'ganwazam. Geben Sie es mir!“

Er langte nach dem Kind. Jane stand jetzt und wandte sich von ihm ab.

„Ich werde es begraben“, sagte sie. „Schicken Sie ein paar Leute, die außerhalb des Dorfes ein Grab ausheben.“

Rokoff wollte die Sache schnell hinter sich bringen und mit seinem Opfer in sein Lager zurückkehren. Er glaubte, ihre Gleichgültigkeit als Schicksalsergebenheit deuten zu können. Außerhalb der Hütte gebot er ihr, ihm zu folgen, und bald darauf geleitete er sie mit seinen Leuten aus dem Dorf. Unter einem großen Baum huben die Schwarzen ein flaches Grab aus.

Jane wickelte den winzigen Körper in eine Decke, legte ihn sanft in das dunkle Loch und wandte den Kopf ab, um nicht mit ansehen zu müssen, wie die modrige Erde auf das armselige kleine Bündel fiel. Sie flüsterte ein Gebet am Grab des namenlosen Findelkinds, das sie so sehr ins Herz geschlossen hatte.

Dann erhob sie sich mit tränenlosen, doch leiderfüllten Augen und folgte dem Russen durch die pechschwarze Finsternis des Dschungels, immer den gewundenen, mit Laub bedeckten Pfad entlang, der vom Dorf des schwarzen Kannibalen M’ganwazam zum Lager Nikolas Rokoffs, des weißen Unholds, führte.

Im undurchdringlichen Dickicht neben ihnen, das den Weg säumte und sich über ihnen zu einem hohen Bogengang zusammenschloß, konnte sie immer wieder die leisen, gedämpften Schritte großer Tiere vernehmen. Ab und zu erscholl rings um sie herum das ohrenbetäubende Gebrüll jagender Löwen, daß die Erde unter ihnen bebte.

Die Träger entzündeten Fackeln und schwangen sie über ihren Köpfen, um die Raubtiere abzuschrecken. Rokoff drängte zu beschleunigtem Tempo, und an seiner zitternden Stimme erkannte sie, daß ihm vor Angst das Herz in die Hosen gerutscht war.

Die Geräusche der Dschungelnacht erinnerten sie lebhaft an die Tage und Nächte, die sie mit ihrem Waldgott, dem furchtlosen und unbesiegbaren Tarzan von den Affen, in einem ähnlichen Dschungel verbracht hatte. Damals war ihr jegliche Angst fremd gewesen, obwohl die Dschungelgeräusche für sie neu waren und Löwengebrüll ihr als der Laut erschien, der auf der ganzen Erde am meisten Ehrfurcht hervorrief.

Wie anders wäre alles jetzt, wüßte sie, daß er irgendwo in

dieser Wildnis nach ihr suchte! Dann würde es sich lohnen, weiterzuleben, da sie Grund zu der Annahme hätte, daß Rettung nahe war – aber er war tot! Es war unglaublich, daß das so sein sollte.

Dieser mächtige Körper und die kraftvollen Muskeln schienen einfach nicht geschaffen für den Tod. Wäre Rokoff es gewesen, der ihr die Nachricht vom Tod ihres Gebieters überbrachte, so hätte sie gewußt, daß es eine Lüge war. Aber welchen Grund sollte M'ganwazam haben, sie zu täuschen, fragte sie sich. Sie wußte nicht, daß Rokoff wenige Minuten, bevor der Häuptling zu ihr kam, um ihr sein Märchen aufzutischen, mit ihm gesprochen hatte.

Schließlich erreichten sie die primitive Umzäunung aus Dorngestrüpp, die Rokoffs Träger um das Lager errichtet hatten.

Hier war alles in Aufruhr. Sie wußte nicht, was los war, sah jedoch, daß Rokoff fuchsteufelswild wurde, und erfuhr aus Gesprächsfetzen, die sie übersetzen konnte, daß in seiner Abwesenheit weitere Leute desertiert waren und sehr viel Lebensmittel und Munition mitgenommen hatten.

Als er seine Wut an den Dagebliebenen ausgelassen hatte, kam er wieder zu Jane, die von zwei weißen Seeleuten bewacht wurde. Er packte sie grob am Arm und wollte sie zu seinem Zelt ziehen. Sie wehrte sich und versuchte, sich zu befreien. Die beiden Seeleute sahen es und lachten amüsiert über das seltene Schauspiel.

Rokoff zögerte nicht, grobe Methoden anzuwenden, wenn sich ihm bei der Durchführung seiner Pläne Schwierigkeiten entgegenstellten. So schlug er Jane mehrfach ins Gesicht, bis sie schließlich halb bewußtlos in sein Zelt geschleift wurde.

Rokoffs Boy hatte die Lampe angezündet und verzog sich auf ein Wort seines Herrn. Jane war in der Mitte des Raumes zu Boden gesunken. Langsam kehrten ihre Lebensgeister zurück, und sie begann, blitzschnell zu überlegen. Sie ließ den Blick durchs Innere des Zeltes schweifen und erfaßte jede Einzelheit und jeden Gegenstand.

Der Russe stellte sie auf die Füße und versuchte, sie zum Feldbett zu schleppen, das an einer Seite des Zeltes stand. An seinem Gürtel hing ein schwerer Revolver. Ihre Augen hafteten einen Moment darauf. Es juckte sie, ihn an sich zu reißen. Sie stellte sich abermals ohnmächtig, wartete jedoch mit halbgeschlossenen Lidern auf ihre Gelegenheit.

Die kam, als Rokoff sie aufs Bett hob. Ein Geräusch am Zelteingang veranlaßte ihn, sich umzudrehen und ihr den Rükken zuzuwenden. Der Kolben des Revolvers war nur einen Zoll von ihrer Hand entfernt. Mit einer blitzartigen Bewegung zog sie die Waffe aus dem Halfter. Im gleichen Moment wandte sich Rokoff ihr wieder zu und erkannte die Gefahr, in der er sich befand.

Sie wagte nicht zu schießen aus Angst, der Knall könnte seine Leute herbeirufen, und wenn er tot war, würde sie Kerlen in die Hände fallen, die nicht viel besser waren als er selbst und ihr ein Schicksal bereiten würden, wie sogar sein krankhaftes Hirn sich nicht ausdenken konnte. Die Erinnerung an die beiden Untiere, die zugesehen und gelacht hatten, als Rokoff sie schlug, war noch frisch.

Als das von Angst und Wut entstellte Gesicht des Russen ihr zugewandt war, hob sie den schweren Revolver über seine teigige Fratze und versetzte ihm mit aller Macht einen furchtbaren Schlag zwischen die Augen.

Ohne einen Laut sank er schlaff und besinnungslos zu Boden. Einen Moment später stand sie neben ihm – diesen einen Moment zumindest außer Gefahr, seiner Wollust zum Opfer zu fallen.

Von draußen vernahm sie wieder das Geräusch, das Rokoffs Aufmerksamkeit abgelenkt hatte. Was es war, wußte sie nicht, aber da sie fürchten mußte, daß der Boy oder jemand anders hereinkam und ihre Tat entdeckte, trat sie schnell zum Feldtisch und löschte die darauf stehende Petroleumlampe. Ein übelriechender Dunst durchzog das Zelt.

In der absoluten Dunkelheit überlegte sie kurz, was sie unternehmen, auf welche Weise sie ihre Flucht bewerkstelligen könnte.

Im Lager war sie ringsum von Feinden umgeben. Dahinter lag der wilde Dschungel, der von gräßlichen Raubtieren und noch gräßlicheren menschlichen Untieren bevölkert war.

Es gab für sie nur eine geringe Chance, unter den Gefahren, denen sie dort ausgesetzt war, mehr als ein, zwei Tage zu überleben. Die Erkenntnis, daß sie jedoch schon so mancher Fährnis mit heiler Haut entronnen war, und daß irgendwo dort draußen in einer fernen Welt ein kleines Kind womöglich gerade jetzt nach ihr rief, gab ihr die nötige Entschlossenheit, zu versuchen, das scheinbar Unmögliche zu vollbringen, dieses Land voller Schrecknisse Richtung Küste zu durchqueren und die geringe Chance auszuloten, daß ihr vielleicht dort jemand zu Hilfe kam.

Rokoffs Zelt stand fast genau in der Mitte der Umzäunung. Ringsum befanden sich die Zelte und Unterkünfte seiner weißen Begleiter und der Eingeborenen dieser Safari. Dort vorbeizukommen und einen Durchschlupf durch die Umzäunung zu finden erschien ihr viel zu aussichtslos, so daß sie dieser Aufgabe keine weitere Beachtung geschenkt hätte, wäre ihr nicht jede andere Möglichkeit verwehrt worden.

Im Zelt zu bleiben, bis sie entdeckt wurde, hätte alles zunichte gemacht, was sie schon riskiert hatte, um ihre Freiheit zu erlangen. So stahl sie sich, die Sinne hellwach, zur Rückwand des Zeltes, um die erste Phase ihres Abenteuers einzuleiten.

Beim Abtasten der rückwärtigen Zeltwand mußte sie feststellen, daß dort keine Öffnung war. Schnell kehrte sie zu dem noch immer bewußtlosen Russen zurück. Sie tastete ihn nach dem langen Jagdmesser ab, das in seinem Gürtel steckte, nahm es an sich und schnitt die Zeltbahn auf.

Lautlos glitt sie hinaus. Zu ihrer unendlichen Erleichterung stellte sie fest, daß im Lager alle offensichtlich schon schliefen. Im trüben, flackernden Schein der niederbrennenden Feuer konnte sie nur eine Wache erkennen, sie hockte an der gegenüberliegenden Seite der Umzäunung.

Sie war wohl darauf bedacht, das Zelt zwischen sich und dem Posten zu halten, und stahl sich zwischen den kleinen Unterkünften der eingeborenen Träger zur Umzäunung auf der anderen Seite.

Dahinter konnte sie in der Dunkelheit des Dickichts Löwengebrüll, das Lachen der Hyänen und die zahllosen, undefinierbaren Geräusche des mitternächtlichen Dschungels hören.

Einen Moment zögerte sie angstbebend. Der Gedanke an die dort herumstreichenden Raubtiere war entsetzlich. Dann warf sie plötzlich mutig den Kopf zurück und packte das Dornengestüpp der Umzäunung mit ihren zarten Händen. Wenn sie sie auch blutig riß, sie mühte sich atemlos weiter, bis die Öffnung groß genug war, daß sie sich durchzwängen konnte. Schließlich stand sie draußen.

Hinter ihr lauerte ein Schicksal, das schlimmer war als der Tod, und das sie von Menschenhand erleiden sollte.

Vor ihr lag ein anderes, nicht minder gewisses – doch es war nur der Tod, ein plötzlicher, gnädiger und ehrenhafter Tod.

Ohne Zittern und ohne Bedauern lief sie vom Lager weg, und einen Moment später hatte sich der geheimnisvolle Dschungel hinter ihr geschlossen.

Allein im Dschungel

Tambudza führte Tarzan von den Affen auf dem Weg zum Lager des Russen sehr langsam den gewundenen Dschungelpfad entlang, denn sie war alt und ihre Beine waren steif vom Rheumatismus.

Dadurch erreichten die von M'ganwazam ausgesandten Läufer, die Rokoff informieren sollten, daß der weiße Hüne sich in seinem Dorf befand und noch diese Nacht erschlagen würde, dessen Lager, noch ehe Tarzan und seine betagte Führerin die Hälfte der Strecke zurückgelegt hatten.

Die Läufer fanden das Lager des Russen im Aufruhr vor. Man hatte Rokoff am Morgen besinnungslos und blutend in seinem Zelt entdeckt. Als er seine fünf Sinne wieder beisammen hatte und erkannt hatte, daß Jane Clayton geflohen war, kannte seine Wut keine Grenzen.

Er stürmte mit dem Gewehr im Lager umher und wollte die eingeborenen Wachen erschießen, die zugelassen hatte, daß die junge Frau sich seiner Gewalt entziehen konnte, doch die anderen Weißen sahen, daß ihre Lage bereits prekär genug war, nachdem Rokoffs Grausamkeit schon viele Eingeborene zur Flucht veranlaßt hatten, und so ergriffen und entwaffneten sie ihn.

Dann trafen M'ganwazams Boten ein, aber kaum hatten sie ihre Nachricht an den Mann gebracht und bereitete sich Rokoff vor, mit ihnen in ihr Dorf zurückzukehren, stürzten andere Läufer nach Atem ringend in den Lichtschein des Feuers und schrien, der große, weiße Hüne sei M'ganwazam entkommen und bereits auf dem Weg hierher, um an seinen Feinden blutige Rache zu nehmen.

Im Nu herrschte innerhalb der Umzäunung ein heilloses Durcheinander. Die zu Rokoffs Safari gehörenden Schwarzen wurden bei dem Gedanken von Entsetzen gepackt, daß der weiße Hüne, der mit einer Horde wilder Affen und einem Panther durch den Dschungel stürmte, ganz in ihrer Nähe war.

Ehe die Weißen erkannten, was vor sich ging, waren die von abergläubischen Ängsten gepeinigten Eingeborenen Hals über

Kopf in den Dschungel gerannt – ihre eigenen Träger ebenso wie die Boten von M'ganwazam. Doch selbst bei ihrer überhasteten Flucht hatten sie nicht vergessen, jeden Gegenstand von Wert mitzunehmen, der ihnen in die Hände fiel.

So saßen Rokoff und die sieben weißen Seeleute allein und ausgeraubt mitten in der Wildnis.

Der Russe goß wie gewöhnlich Unflat über seine Gefährten und gab ihnen alle Schuld an den Ereignissen, die zu dieser fast aussichtslosen Lage geführt hatten, in der sie sich jetzt befanden. Die Seeleute waren jedoch nicht in der Stimmung, sich seine Schimpfkanonaden und Beleidigungen länger mit anzuhören.

Als Rokoff noch mitten darin war, zog einer von ihnen den Revolver und schoß auf ihn. Er zielte so ungenau, daß er ihn verfehlte, doch allein diese Handlungsweise jagte Rokoff einen derartigen Schrecken in die Glieder, daß er auf der Stelle kehrt machte und zu seinem Zelt floh.

Im Laufen blickte er zufällig über die Dornenumzäunung zum Waldrand, und dort sah er etwas, das sein Herz mit eiskalter Furcht erfüllte. Sie übertraf seine Angst vor den Männern hinter ihm bei weitem, obwohl diese inzwischen alle voller Wut und Rachegelüste auf den Flüchtenden schossen.

Er sah die riesige Gestalt eines fast nackten weißen Mannes aus dem Busch auftauchen.

Deshalb hielt er in seinem Lauf nicht inne, sondern glitt durch die Rückwand in sein Zelt, wobei er den langen Schlitz nutzte, den Jane Clayton die Nacht zuvor für sich geschnitten hatte.

Von Entsetzen gepackt, huschte der Moskowiter wie ein gehetztes Kaninchen auch genau an dem Punkt durch das Loch in der Umzäunung, wo sein eigenes Opfer ihm entschlüpft war, und als Tarzan sich dem Lager auf der gegenüberliegenden Seite näherte, verschwand Rokoff auf der Spur von Jane Clayton im Dschungel.

Als Tarzan mit der alten Tambudza an seiner Seite in die Umzäunung trat, erkannten ihn die sieben Seeleute, drehten sich um und stoben in der entgegengesetzten Richtung davon. Tarzan sah, daß Rokoff nicht bei ihnen war, so ließ er sie laufen – er wollte sich mit dem Russen befassen und hoffte, ihn in dessen Zelt zu finden. Was die Seeleute anbetraf, so war er überzeugt, daß der Dschungel ihnen schon die Sühne für ihre Schurkerein abverlangen würde, und darin irrte er keineswegs, denn er war der letzte Weiße, der sie zu Gesicht bekam.

Er fand Rokoffs Zelt leer vor und wollte sich auf die Suche nach ihm machen, da verwies Tambudza auf die Möglichkeit, daß der Russe vielleicht deshalb verschwinden konnte, weil M'ganwazam ihn noch rechtzeitig von Tarzans Auftauchen in seinem Dorf in Kenntnis setzen konnte.

„Er ist bestimmt auf dem Weg dorthin," argumentierte die alte Frau. „Wenn du ihn fangen willst, müssen wir sofort zurück."

Tarzan leuchtete diese Darstellung ein, so verschwendete er weiter keine Zeit, nach dem Russen zu fahnden, sondern machte sich sofort auf den Weg zu M'ganwazams Dorf und überließ es Tambudza, ihm in wesentlich langsamerem Tempo zu folgen.

Er hoffte, daß Jane noch in Sicherheit und bei Rokoff war. Wenn dem so war, würde es höchstens noch eine Stunde dauern, und er würde sie den Händen Rokoffs entreißen.

Er wußte nun, daß M'ganwazam hinterhältig war und er vielleicht um seine Frau würde kämpfen müssen. Wie schön, wenn jetzt Mugambi, Sheeta, Akut und der Rest seiner Meute bei ihm wären, denn er war sich im klaren, daß es auch für ihn allein kein Kinderspiel sein würde, Jane unversehrt den Klauen zwei solcher ausgemachter Schurken wie Rokoff und M'ganwazam zu entreißen.

Zu seiner Überraschung fand er im Dorf weder von Rokoff noch von Jane eine Spur, und da er den Worten des Häuptlings nicht trauen konnte, verschwendete er weiter keine Zeit auf fruchtlose Nachforschungen. Er war so plötzlich und unerwartet zurückgekehrt und so schnell wieder im Dschungel verschwunden, nachdem er erfahren hatte, daß sich die Gesuchten nicht unter den Waganwazam befanden, daß der alte M'ganwazam gar keine Zeit hatte, ihn am Weggang zu hindern.

Sich durch die Bäume schwingend, eilte er in das soeben verlassene Lager zurück, weil er völlig zu Recht annahm, daß dies logischerweise der Ort sein mußte, wo er die Spur von Rokoff und Jane aufnehmen konnte.

Bei der Umzäunung angekommen, überprüfte er sorgsam die Außenseite, bis er gegenüber einer Lücke in der Dornenwand auf Anzeichen stieß, daß hier jemand vor kurzem in den Dschungel eingedrungen war. Sein scharfer Geruchssinn sagte ihm, daß die zwei, die er suchte, aus dem Lager in dieser Richtung geflohen waren, und einen Moment später hatte er ihre Spur aufgenommen und folgte ihr.

Weit vor ihm schlich sich eine von Angst gepackte junge Frau einen schmalen Wildpfad entlang, jederzeit darauf gefaßt, einem wilden Tier oder nicht minder wilden Menschen gegenüberzustehen. Sie hatte es eilig und hoffte, rein gefühlsmäßig die richtige Richtung eingeschlagen zu haben, die sie letzten Endes zu dem großen Fluß bringen würde. Da kam sie plötzlich an eine ihr vertraute Stelle.

Auf einer Seite des Weges lag unter einem Baumriesen ein kleiner Haufen lockeres Buschwerk – ihr Lebtag würde sie diesen kleinen Fleck im Dschungel nicht vergessen. Hier hatte Anderssen sie versteckt – und anschließend sein Leben geopfert im vergeblichen Bemühen, sie vor Rokoff zu retten.

Bei seinem Anblick erinnerte sie sich des Gewehres und der Munition. Er hatte ihr beides im letzten Moment zugeschoben. Inzwischen hatte sie es völlig vergessen. Allerdings hielt sie noch den Revolver in der Hand, den sie aus Rokoffs Halfter gerissen hatte, aber der enthielt höchstens sechs Kugeln – nicht genug, sie mit Nahrung zu versorgen und ihr bei dem langen Marsch zum Meer Schutz zu bieten.

Mit angehaltenem Atem stöberte sie in dem Buschwerk herum und wagte kaum zu hoffen, daß diese Schätze noch dort waren, wo sie sie gelassen hatte. Zu ihrer unendlichen Erleichterung und Freude berührte ihre Hand jedoch sehr bald den Lauf der schweren Büchse und dann auch den Gurt mit den Patronen.

Sie warf letzteren über die Schulter. Das Gewicht des großkalibrigen Jagdgewehrs verlieh ihr ein Empfinden der Sicherheit. Mit neuer Hoffnung und einem Gefühl, daß ihr Unternehmen von Erfolg gekrönt sein werde, setzte sie ihren Marsch fort.

Die Nacht verbrachte sie in einer großen Astgabel, wie Tarzan es nach seinen Worten auch immer tat, und früh am Morgen war sie bereits wieder unterwegs. Am späten Nachmittag war sie gerade im Begriff, eine kleine Lichtung zu überqueren, als sie voller Schreck einen großen Affen auf der gegenüberliegenden Seite aus dem Dschungel treten sah.

Der Wind wehte über die Lichtung, und sie stellte sich unverzüglich so, daß das Tier ihre Witterung nicht aufnehmen konnte.

Mit schußbereitem Gewehr hockte sie in dichtem Gebüsch und beobachtete.

Das Ungeheuer überquerte die Lichtung und witterte ab und zu am Boden, als folge es einer bestimmten Fährte. Kaum war der große Menschenaffe ein paar Schritte gegangen, tauchte ein Artgenosse aus dem Dschungel auf, dann noch einer, und noch einer, bis fünf dieser wilden Tiere in voller Größe zu sehen waren, während die Frau noch immer mit schußbereitem Gewehr in ihrem Versteck hockte.

Zu ihrer Verwirrung bemerkte sie, daß die Affen in der Mitte der Lichtung verweilten. Sie standen dicht beieinander und blickten fortwährend zurück, als erwarteten sie noch weitere Stammesgenossen.

Jane wünschte, sie würden weiterziehen, denn jeden Augenblick konnte eine kleine, streunende Windböe ihre Witterung zu ihnen tragen, und was wäre das Gewehr dann für ein Schutz angesichts dieser gigantischen Muskeln und Eckzähne?

Sie blickte abwechselnd auf die Affen und zum Waldrand, wo auch diese hinsahen, bis sie schließlich entdeckte, warum sie warteten und worauf. Jemand folgte ihnen.

Daran bestand kein Zweifel, denn sie sah auch bald die geschmeidige Gestalt eines Panthers lautlos an derselben Stelle aus dem Dschungel tauchen, an der die Affen herausgekommen waren.

Rasch trottete die Raubkatze über die Lichtung zu ihnen. Jane wunderte sich, wie gelassen die Affen blieben, und war baß vor Staunen, als der Panther sich in ihre Mitte hockte und jener Beschäftigung nachging, der jedes Mitglied der Katzenfamilie die meiste Zeit seines Lebens widmet – sich zu putzen -, während die Affen sich überhaupt nicht aus der Ruhe bringen ließen.

War die junge Frau schon überrascht genug gewesen, als sie diese natürlichen Feinde friedlich beeinanderhocken sah, so zweifelte sie nachgerade an ihrem klaren Verstand, als sie einen großen, muskulösen Krieger auf die Lichtung treten sah, der sich seinerseits der Gruppe wilder Tiere anschloß.

Beim Anblick des Menschen war sie überzeugt gewesen, die Tiere würden ihn in Stücke reißen, und hatte sich daraufhin halb aufgerichtet und das Gewehr angelegt, um dem Mann dieses furchtbare Schicksal zu ersparen, soweit sie es vermochte.

Jetzt sah sie, wie er sich wahrhaftig mit den Tieren verständigte und offenbar Anweisungen erteilte.

Kurz darauf verschwand die ganze Gesellschaft einer hinter dem anderen auf der entgegengesetzten Seite wieder im Dschungel.

Mit einem Seufzer der Erleichterung erhob sich Jane Clayton. Sie glaubte noch immer nicht, was sie gesehen hatte, und lief in der entgegengesetzten Richtung davon, weg von der unheimlichen Meute, während eine halbe Meile hinter ihr eine andere Person, die derselben Spur folgte, wie gelähmt vor Angst hinter einem Ameisenhügel verborgen lag, als die gräßliche Bande ganz in ihrer Nähe vorbeizog.

Das war Rokoff. Er hatte in den Mitgliedern dieser furchterregenden Horde Tarzans Verbündete erkannt. Kaum waren die Tiere vorübergezogen, sprang er auf und rannte, so schnell er konnte, durch den Dschungel, um eine möglichst große Entfernung zwischen sich und sie zu bringen.

So kam es, daß er sich nur ein kurzes Stück hinter Jane Clayton befand, als sie das Ufer des Flusses erreichte, auf dem sie hoffte, zum Meer zu gelangen und letztendlich gerettet zu werden.

Halb aus dem Wasser gezogen lag dort ein großer Einbaum, den jemand zuverlässig an einem nahen Baumstamm vertäut hatte.

Dies würde das Problem lösen, wie sie ans Meer kam, vorausgesetzt, sie vermochte das große, plumpe Fahrzeug zu Wasser zu bringen. Sie löste die Leine, mit der es festgebunden war, und stemmte sich verzweifelt gegen den Bug, aber ebenso hätte sie versuchen können, die Erde aus ihrer Bahn zu schieben, so fruchtlos waren ihre Bemühungen.

Sie war völlig außer Atem, da kam ihr der Gedanke, das Heck mit Ballast zu beschweren und den Bug ruckweise hin und her zu bewegen, bis das Boot ins Wasser glitt und von der Strömung erfaßt wurde.

Steine oder Felsbrocken waren nicht zur Hand, doch lag genug Treibholz am Ufer herum, das der Fluß bei höherem Wasserstand abgelegt hatte. Sie sammelte es auf und stapelte es im Heck, bis sie zu ihrer unendlichen Erleichterung bemerkte, wie sich der Bug sanft aus dem Uferschlamm hob und das Heck langsam von der Strömung mitgenommen wurde, bis es einige Fuß stromab wieder festhing.

Jane lief mehrfach zwischen Bug und Heck hin und her und konnte so das jeweilige andere Ende des Kanus anheben und das mit ihrem Gewicht belastete senken, mit dem Ergebnis, daß das Fahrzeug jedesmal einige Zoll weiter ins Wasser glitt, wenn sie zum Heck sprang.

Als sich allmählich immer deutlicher ein greifbares Ergebnis ihrer Bemühungen abzeichnete, war sie dermaßen davon in Anspruch genommen, daß sie den Mann überhaupt nicht sah, der soeben aus dem Dschungel aufgetaucht war und nun unter einem großen Baum stand.

Er verfolgte ihre Bemühungen mit einem boshaften, haßerfüllten Grinsen auf dem dunklen Gesicht.

Das Boot hatte sich nun fast vom zähhaftenden Uferschlamm gelöst und war nahe daran, zu schwimmen, so daß Jane zuversichtlich war, es mit einem der auf dem Boden des grobbehauenen Fahrzeugs liegenden Paddel in tieferes Wasser lenken zu können. Sie nahm eines davon und stemmte es gegen den Grund, denn hier am Ufer war das Wasser noch flach. Dabei blickte sie flüchtig zum Saum des Dschungels.

Als sie den Mann sah, entfuhr ihr ein Schrei des Entsetzens. Es war Rokoff.

Er kam auf sie zu und brüllte, sie solle warten, oder er werde schießen – angesichts der Tatsache, daß er völlig unbewaffnet war, eine höchst rätselhafte Drohung.

Sie hatte keine Ahnung von den Mißhelligkeiten, die dem Russen zuteil geworden waren, seit sie aus seinem Zelt geflohen war, und glaubte, seine Begleiter würden sogleich ebenfalls auftauchen.

Dennoch gedachte sie nicht, sich freiwillig wieder in seine Hände zu begeben. Lieber wollte sie auf der Stelle sterben. In einer Minute würde das Boot frei sein.

Einmal in der Strömung, wäre sie dem Zugriff des Russen entzogen, denn es gab kein anderes Boot am Ufer, und kein Mensch, am wenigsten dieser Feigling von Rokoff, würde es wagen, sich in das von Krokodilen wimmelnde Wasser zu stürzen, um das Boot schwimmend zu erreichen.

Rokoff wiederum hatte nichts anderes im Sinn, als, koste es, was es wolle, von diesem Ufer wegzukommen. Gern wollte er jeglicher Absichten in bezug auf Jane Clayton entsagen, würde sie ihm nur die Mitbenutzung dieses Fahrzeugs gestatten, das sie entdeckt hatte. Er würde ihr alles versprechen, wenn sie ihn nur mit in den Einbaum ließ, aber er glaubte nicht, dies tun zu müssen.

Er sah nämlich, daß er den Bug des Bootes mühelos erreichen konnte, bevor es abgelegt hatte, und dann waren irgendwelche Versprechungen nicht mehr vonnöten. Nicht daß er die geringsten Skrupel gehabt hätte, abgegebene Zusagen später nicht einzuhalten. Er haßte einfach die Idee, jemanden um einen Gefallen bitten zu müssen, der ihm vor kurzem noch übel mitgespielt hatte und ihm entwischt war.

Schon frohlockte er angesichts bevorstehender Tage und Nächte der Rache, während der ungefüge Einbaum dem Meer zutrieb.

Jane Clayton mühte sich fieberhaft, das Boot aus seiner Reichweite zu bringen, und war vom Erfolg überzeugt, als der Einbaum gerade in dem Moment mit einem kleinen Ruck rasch in die Strömung glitt, als der Russe die Hand nach der Bugspitze ausstreckte.

Um wenige Zoll nur verfehlten seine Finger ihr Ziel. Die junge Frau wäre fast zusammengebrochen nach der ungeheueren geistigen, physischen und nervlichen Beanspruchung, der sie in den letzten wenigen Minuten ausgesetzt gewesen war. Aber Gott sei Dank war sie jetzt in Sicherheit!

Doch während sie ein stilles Dankgebet gen Himmel sandte, bemerkte sie plötzlich, wie der Russe aufhörte zu fluchen und ein triumphierender Ausdruck in sein Gesicht trat. Er ließ sich zu Boden fallen und packte etwas, das durch den Schlamm zum Wasser gezogen wurde.

Jane Clayton kauerte sich entsetzt und mit angstgeweiteten Augen tief ins Boot, als sie erkennen mußte, daß all ihre Bemühungen mit einemmal zunichte gemacht wurden und sie sich in der Tat wieder in der Macht des gehässigen Rokoff befand.

Denn was der Mann gesehen und im letzten Moment gepackt hatte, war das Ende der Leine, mit dem das Kanu an dem Baum vertäut gewesen war.

Den Ugambi stromabwärts

Auf halbem Weg zwischen dem Ugambi und dem Dorf der Waganwazam stieß Tarzan auf seine Meute, die gemächlich seiner alten Spur folgte. Mugambi wollte kaum glauben, daß die Spur des Russen und die der Gefährtin seines wilden Herrn so nahe an der seiner Schar vorbeiführten.

Es erschien ihm unglaublich, daß die zwei menschlichen Wesen ihnen so nahe gewesen waren, ohne von einem dieser doch erstaunlich wachsamen und scharfsichtigen Tiere entdeckt zu werden, aber Tarzan verwies auf die Spur der beiden, die er verfolgt hatte, und anhand einiger Merkmale konnte Mugambi sehen, daß der Mann und die Frau sich versteckt haben mußten, als die Meute an ihnen vorüberzog, und jede Bewegung der gefährlichen Kreaturen beobachtet hatten.

Tarzan sah vom ersten Moment an, daß Jane und Rokoff nicht gemeinsam marschiert waren. Der Spur war zu entnehmen, daß die junge Frau dem Russen zunächst ein beträchtliches Stück voraus war, doch je weiter der Affenmensch kam, desto offensichtlicher wurde, daß der Russe sein Opfer schnell einholte.

Jane Claytons Fußabdrücke wurden zuerst von der Spur wilder Tiere überlagert und diese wiederum von Rokoffs Fußspuren. Also mußte er den Weg entlanggegangen sein, nachdem die Tiere ihre Abdrücke im Boden hinterlassen hatten. Später wurden die Tierspuren zwischen den beiden Menschen jedoch immer spärlicher, und als sich der Affenmensch dem Fluß näherte, erkannte er, daß Rokoff höchstens einige Hundert Yards hinter der jungen Frau zurücklag.

Sie mußten also dicht vor ihm sein, und in erwartungsvoller Erregung eilte er seiner Schar geschwind voraus. Er schwang sich wieder rasch durch die Bäume und erreichte das Ufer an genau derselben Stelle, wo Rokoff Jane bei ihrem Versuch, den schweren Einbaum zu Wasser zu bringen, eingeholt hatte.

Im Uferschlamm erkannte er deutlich die Fußabdrücke der

zwei, die er suchte, indes waren weit und breit weder ein Boot noch Menschen zu sehen, als er ankam, und nichts deutete beim ersten Blick auf ihren Verbleib.

Klar war, daß sie ein Eingeborenenkanu vom Ufer geschoben und in einer Bucht des Flusses bestiegen hatten, und als der Affenmensch schnell den Flußlauf stromab blickte, sah er ganz weit entfernt im Schatten überhängender Bäume einen Einbaum treiben, kurz bevor eine Flußbiegung ihn seinen Blicken entzog, und am Heck saß ein Mann.

Als die Meute den Fluß vor Augen hatte, sahen sie ihren gewandten Führer schnell das Ufer entlangrennen, wobei er in dem sumpfigen Gelände, das zwischen ihnen und einem kleinen Vorgebirge lag, von Erdhügel zu Erdhügel sprang. Hinter eben dieser Hügelkette entzog sich der Fluß ihren Blicken.

Wollten die schweren, auf dem Boden ungeschickten Affen ihm folgen, so mußten sie einen weiten Umweg machen. Sheeta wiederum war wasserscheu. Mugambi folgte ihnen, so schnell er konnte, hin zu ihrem großen, weißen Herren.

Eine halbe Stunde schnellen Vordringens über die sumpfige Landzunge und das ansteigende Vorgebirge brachte Tarzan auf kürzestem Weg zu der Flußbiegung, und mitten im Strom sah er den Einbaum mit Nikolas Rokoff am Heck.

Jane war nicht bei ihm.

Als der Affenmensch seinen Feind erblickte, färbte sich die breite Narbe auf seiner Stirn scharlachrot, und der furchterregende, bestialische Schrei des Affenmännchens stieg in ihm auf.

Rokoff schauderte beim Klang dieses unheimlichen und markerschütternden Rufes. Er duckte sich tief ins Boot, klapperte mit den Zähnen und beobachtete, wie der Mann, den er mehr als alle anderen Geschöpfe auf Erden fürchtete, schnell zum Wasser gerannt kam.

Obwohl er sich sagen mußte, daß er vor Tarzan einigermaßen sicher war, versetzte sein bloßer Anblick ihn in einen fiebrigen Zustand angstbebender Feigheit, die sich zu wahnwitziger Hysterie steigerte, als er sah, wie der weiße Hüne furchtlos in die gefährlichen Fluten des Tropenflusses tauchte.

Mit gleichmäßigen, kräftigen Schwimmzügen durchfurchte er den Strom in Richtung des treibenden Einbaums. Nun ergriff Rokoff eines der Paddel, die am Boden lagen, starrte mit noch immer angstgeweiteten Augen auf den lebendigen Tod, der ihn verfolgte, und versuchte, mit wilden Ruderschlägen die Geschwindigkeit seines ungefügen Kanus zu vergrößern.

Keiner der beiden Männer gewahrte, daß sich ein unheilvolles Kräuseln vom gegenüberliegenden Ufer löste und auf den halbnackten Schwimmer zusteuerte.

Tarzan hatte endlich das Heck erreicht. Er streckte die Hand aus und packte den Bootsrand. Rokoff war wie gelähmt vor Angst und starrte dem nahenden Rachegott ins Gesicht.

Eine plötzliche Bewegung im Wasser hinter dem Schwimmer lenkte ihn ab. Er sah, wie es sich kräuselte, und ahnte, was das war.

Im gleichen Augenblick spürte Tarzan, wie sein rechtes Bein von mächtigen Kiefern gepackt wurde. Er versuchte, sich zu befreien und sich über den Bootsrand zu ziehen. Seine Bemühungen wären gewiß von Erfolg gekrönt worden, hätte nicht diese unerwartete Entwicklung das stets auf Bosheit sinnende Gehirn des Russen zu sofortiger Aktion angestachelt, da sie ihm mit einem Schlag Befreiung und Rache verhieß.

Wie eine Giftschlange sprang er zum Heck und versetzte Tarzan mit dem schweren Paddel einen einzigen, kraftvollen Schlag auf den Kopf. Die Hand des Affenmenschen glitt vom Bootsrand.

Ein kurzer Kampf an der Oberfläche folgte, dann bezeichneten ein Strudel, ein Wirbel im Wasser und einige Luftblasen, die von der Strömung sogleich weggetragen und geglättet wurden, die Stelle, wo Tarzan von den Affen, Herr des Dschungels, in den düsteren Wassern des dunklen, gefährlichen Ugambi den Blicken der Menschen entschwand.

Noch ganz kraftlos vor Schreck, sank Rokoff schaudernd im Boot zusammen. Eine Zeitlang konnte er das große Glück gar nicht fassen, das ihm zuteil geworden war – das einzige, was er hatte sehen können, war die Gestalt eines schweigenden, kämpfenden Weißen, die zu einem unvorstellbaren Tod im schlammigen Modder des Flußbetts hinabsank.

Allmählich wurde er sich der ganzen Bedeutung dieses Vorfalls bewußt, und nun spielte ein grausames Lächeln der Erleichterung und des Triumphes um seine Lippen: aber es war von kurzer Dauer, denn als er sich beglückwünschte, daß er seine Reise zur Küste nun vergleichsweise ungefährdet und sicher würde fortsetzen können, hub am Flußufer ganz in der Nähe ein Höllenlärm an.

Als er nach den Urhebern dieses gräßlichen Konzerts Ausschau hielt, sah er am Ufer einen ihn teuflisch anfunkelnden Panther stehen, der ihn haßerfüllt anstarrte, umgeben von den gräßlichen Affen Akuts, und im Vordergrund stand ein riesiger schwarzer Krieger, der ihm mit der Faust drohte und einen furchtbaren Tod verhieß.

Dieser Alptraum von Flucht den Ugambi stromabwärts, mit der gräßlichen Horde Tag und Nacht auf seinen Fersen, manchmal ihm vorauseilend, dann wieder für einige Stunden oder auch einen ganzen Tag im Labyrinth des Dschungels weit hinter ihm verschwindend, nur um ihm unerwartet wieder zu folgen, gnadenlos und schrecklich, verwandelte den Russen aus einem kräftigen und robusten Mann in ein abgezehrtes, weißhaariges, vor Angst schlotterndes Wesen, noch ehe er die Bucht oder den Ozean vor Augen hatte.

Er floh an bewohnten Dörfern vorbei. Ab und zu versuchten Krieger, ihn mit ihren Kanus abzufangen, aber jedesmal tauchte die gräßliche Horde auf und scheuchte die zu Tode erschrockenen Eingeborenen schreiend ans andere Ufer zurück, wo sie spornstreichs im Dschungel verschwanden.

Nirgendswo auf dem Fluchtweg entdeckte er eine Spur von Jane Clayton. Seit dem Augenblick, als seine Hand dort am Ufer die Leine gepackt hatte, die am Bug des Einbaums befestigt war, und er geglaubt hatte, die Frau wieder in seiner Gewalt zu haben, hatte er sie nie wieder gesehen. Denn seine Bemühungen waren einen Augenblick später zunichte gemacht worden, weil die junge Frau ein schweres Gewehr vom Boden des Bootes hochriß und auf seine Brust richtete.

Schleunigst hatte er die Leine losgelassen und zugesehen, wie die Strömung sie ihm entführte, doch einen Augenblick später war er stromauf zu dem kleinen Nebenfluß gelaufen, an dessen Einmündung das Kanu verborgen lag, mit dem er und seine Leute bei der Verfolgung der Frau und Anderssens den Fluß hochgekommen waren.

Was war aus Jane Clayton geworden?

Er hegte keinen Zweifel, daß sie von Kriegern eines der vielen Dörfer abgefangen worden war, an denen sie auf ihrem Weg zum Meer hatte vorbeifahren müssen. In Ordnung, die meisten seiner menschlichen Feinde war er nun wenigstens los.

Zum gegenwärtigen Zeitpunkt hätte er sich jedoch gewünscht, daß alle noch unter den Lebenden weilten, wäre er dadurch nur der Bedrohung durch die grauenvollen Kreaturen ledig gewesen, die ihn mit beeindruckender Beharrlichkeit verfolgten und jedesmal fauchten und schrien, wenn sie seiner ansichtig wurden. Am meisten Angst hatte er vor dem Panther, dieser grünäugigen Katze mit dem teuflischen Gesicht, die tagsüber jedesmal den Rachen aufriß, wenn sie ihn sah, und deren glühende Augen in der pechschwarzen Finsternis der Dschungelnacht tückisch über dem Wasser funkelten.

Der Anblick der Mündung des Ugambi flößte Rokoff neue Hoffnung ein, denn auf dem gelben Wasser der Bucht lag die *Kincaid* vor Anker. Er hatte den kleinen Dampfer zum Kohlebunkern weggeschickt, während er flußauf gegangen war, und ihn der Obhut von Pawlowitsch anvertraut, und nun hätte er vor Freude laut schreien mögen, weil er sah, daß dieser rechtzeitig zurückgekehrt war, um ihn zu retten.

Er paddelte wie von Sinnen, sprang zwischendurch immer wieder auf, winkte mit dem Paddel und rief laut, um die Aufmerksamkeit der an Bord Befindlichen auf sich zu lenken. Doch wie er auch schrie, keine Antwort ertönte vom Deck des Dampfers.

Ein hastiger Blick hinter sich zum Ufer offenbarte ihm die Anwesenheit der knurrenden Meute. Er glaubte, diese menschengleichen Teufel könnten selbst jetzt noch einen Weg finden, ihn auch an Deck des Dampfers zu erreichen, es sei denn, dort waren Leute, die die Bestien durch Gewehrfeuer vertreiben konnten.

Was mochte mit denen geschehen sein, die er an Bord der *Kincaid* zurückgelassen hatte? Wo war Pawlowitsch? War es möglich, daß das Schiff von der Mannschaft verlassen und er nach allem von einem schrecklichen Schicksal eingeholt worden war, dem er all die gräßlichen Tage und Nächte zu entrinnen versucht hatte? Er erschauderte wie jemand, dem der Tod schon seine eisige Hand auf die Stirn gelegt hat.

Dennoch hörte er nicht auf, aus Leibeskräften auf das Schiff zu zu paddeln, und nach einiger Zeit, die ihm wie eine Ewigkeit vorkam, stieß der Bug des Einbaums gegen die Planken der *Kincaid.*

An der Bordwand des Schiffes hing eine Strickleiter, aber als er sie ergriff, um an Deck zu klettern, hörte er eine warnende

Stimme von oben, und als er hinaufsah, schaute er in die kalte, gnadenlose Mündung eines Gewehres.

Nachdem Jane Clayton, das Gewehr auf Rokoffs Brust gerichtet, ihn mit Erfolg solange zurückhalten konnte, bis der Einbaum, in dem sie Zuflucht gefunden hatte, in Flußmitte und außer Reichweite des Mannes getrieben war, verlor sie keine Zeit, um dorthin zu paddeln, wo die Strömung am stärksten war. Außerdem hielt sie ihr kleines Fahrzeug in den nun folgenden Tagen und Nächten unbeirrt in jenen Flußabschnitten, wo das Wasser sie am schnellsten dahintrug, außer an den heißesten Stunden des Tages. Da pflegte sie sich treiben zu lassen, wohin der Fluß sie trug, und lag auf dem Boden des Kanus, das Gesicht mit einem großen Palmenblatt vor der Sonne schützend.

Nur so gönnte sie sich Ruhe auf ihrer Fahrt. Sonst trachtete sie ständig, die Geschwindigkeit des Fahrzeugs durch Einsatz des schweren Paddels zu erhöhen.

Rokoff hingegen hatte bei seiner Flucht den Ugambi stromab kaum seinen Verstand gebraucht, so daß sein Kanu häufig in langsame Strömungswirbel geriet, denn er bevorzugte für seine Fahrt stets das Ufer, das dem der ihn verfolgenden gräßlichen Horde gegenüber lag.

So kam es, daß Jane Clayton die Bucht volle zwei Stunden vor ihm erreichte, obwohl er nur wenig später auf den Fluß hinausgefahren war. Als die junge Frau auf dem ruhigen Wasser das Schiff vor Anker liegen sah, hüpfte ihr Herz vor Freude und dankte sie ihrem Gott, aber als sie beim Näherkommen entdeckte, daß es die *Kincaid* war, wich diese Freude düsteren Vorahnungen.

Indes war es zu spät zum Umkehren, denn die Strömung, die sie auf das Schiff zutrug, war viel zu stark für ihre Muskeln. Nie hätte sie den schweren Einbaum stromauf vorwärtsgebracht, und so blieb ihr nichts anderes übrig, als zu versuchen, die Küste zu erreichen, ohne von denen an Deck der *Kincaid* bemerkt zu werden, oder sich ihnen auf Gnade oder Ungnade auszuliefern. Sonst wurde sie auf die offene See hinausgetrieben.

Sie wußte, daß ihre Überlebenschancen an Land ziemlich gering war, da sie keine Kenntnis besaß, wo das Dorf der freundlichen Mosula lag, zu denen Anderssen sie bei ihrer Flucht von Bord der *Kincaid* in finsterer Nacht geführt hatte.

Da Rokoff nicht an Bord war, würde es ihr vielleicht gelingen, diejenigen, die das Schiff jetzt befehligten, durch das Angebot einer hohen Belohnung zu veranlassen, daß sie sie zum nächsten zivilisierten Hafen brachten. Es war das Wagnis wert – sofern sie überhaupt an Bord gelangte.

Die Strömung trug sie geschwind flußabwärts, und sie bemerkte, daß sie ihr plumpes Fahrzeug nur mit äußerster Kraftanstrengung in die Nähe der *Kincaid* manövrieren konnte. Nachdem sie einmal den Entschluß gefaßt hatte, an Bord zu gehen, hielt sie nach Hilfe Ausschau, doch zu ihrer Überraschung schienen die Decks leer zu sein, sie konnte kein Lebenszeichen an Bord entdecken.

Der Einbaum trieb immer näher zum Bug des Schiffes, doch kein Anruf des Ausgucks erfolgte. Einen Augenblick später wurde ihr klar, daß sie am Dampfer vorbeigetrieben würde, und falls dann kein Boot abgefiert wurde, um sie zu retten, würden die Strömung und das ablaufende Niedrigwasser sie aufs offne Meer hinaustragen.

Sie rief laut um Hilfe, doch keine Antwort war zu hören außer dem schrillen Geschrei eines wilden Tieres aus dem Dschungel an Land. Aus Leibeskräften handhabte sie das Paddel im Bemühen, mit ihrem Einbaum beim Schiff längsseits zu gehen.

Einen Augenblick schien es, als würde sie ihr Ziel nur um wenige Fuß verfehlen, doch im letzten Augenblick schwang das Kanu dicht am Schiff um den Bug, und Jane konnte gerade noch die Ankerkette ergreifen.

Mit heldenhafter Anstrengung klammerte sie sich an die schweren Kettenglieder, wobei die Strömung ihr beinahe das Kanu unter den Füßen wegriß. Über sich sah sie eine Strickleiter an der Bordwand baumeln. Die Kette loszulassen und zu versuchen, die Strickleiter hinaufzuklettern, während das Kanu unter ihr davongetragen wurde, schien ihr außerhalb ihrer Möglichkeiten zu liegen. Doch sich weiterhin an die Ankerkette zu klammern war gleichermaßen nutzlos.

Da fiel ihr Blick auf die Leine am Bug des Einbaums. Sie machte sie an der Ankerkette fest und manövrierte das Kanu sodann langsam soweit heran, bis es genau unter der Strickleiter lag. Einen Augenblick später kletterte sie, das Gewehr auf dem Rücken, wohlbehalten an Deck.

Ihre erste Aufgabe war jetzt, das Schiff zu durchsuchen, und genau das tat sie, das Gewehr schußbereit haltend für den Fall, daß ihr Gefahr von Menschenhand drohte. Es dauerte nicht lange, da hatte sie die Ursache für den scheinbar verlassenen Zustand des Schiffes herausgefunden, denn im Vorschiff fand sie die Seeleute, die offensichtlich zur Bewachung des Schiffes an Bord geblieben waren, tief schlafend als Folge einer ausgedehnten Zecherei.

Angeekelt kletterte sie wieder nach oben, schloß die Luke über den Köpfen der schlafenden Wache und befestigte sie, so gut sie konnte. Als nächstes suchte sie die Kombüse auf, um ihren Hunger zu stillen. Nachdem dies geschehen war, bezog sie an Deck Posten, entschlossen, niemanden an Bord zu lassen, der nicht vorher eingewilligt hatte, ihre Forderungen zu erfüllen.

Etwa eine Stunde war nichts auf der Wasserfläche zu erkennen, das zur Beunruhigung Anlaß gab, aber dann bog ein Kanu um die Flußbiegung weiter stromauf, in der eine einzelne Gestalt saß. Schon kurze Zeit später erkannte Jane in dieser Gestalt Rokoff, und als der Halunke dann versuchte, an Bord zu kommen, starrte er in eine Gewehrmündung.

Er wurde fuchsteufelswild, als er sah, wer ihm den Zutritt verwehrte, und fluchte und drohte in unverschämter Weise. Aber als er entdeckte, daß dieses Verhalten nichts fruchtete und er die junge Frau weder einschüchtern noch umstimmen konnte, verlegte er sich aufs Bitten und auf Versprechungen.

Doch Jane hatte auf jeden seiner Vorschläge nur eine Entgegnung, und die lautete, daß nichts sie bewegen könne, Rokoff auf dasselbe Schiff zu lassen, auf dem sie sich befand. Und daß sie ihre Drohungen wahr machen und ihn erschießen würde, sollte er weiter versuchen, an Bord zu kommen, davon war er überzeugt.

Da diesem großen Feigling keine andere Möglichkeit blieb, ließ er sich wieder in seinen Einbaum fallen und gelangte, ständig Gefahr laufend, auf die offene See hinausgetragen zu werden, weit unten in der Bucht und gegenüber dem Ufer, an dem die Horde der Tiere knurrend und brüllend auf ihn wartete, glücklich an Land.

Jane wußte, daß der Halunke den schweren Einbaum nicht allein, ohne fremde Hilfe, stromauf zurück zur *Kincaid* steuern konnte, also brauchte sie keinen weiteren Angriff von ihm zu fürchten. In der gräßlichen Meute an Land glaubte sie dieselbe wiederzuerkennen, die vor einigen Tagen im Dschungel weit am Oberlauf des Ugambi an ihr vorbeigezogen war, denn der gesunde Menschenverstand sagte ihr, daß es schwerlich noch mehr so seltsam zusammengesetzte Horden gab. Aber was diese stromabwärts zur Flußmündung geführt hatte, war ihr ein Buch mit sieben Siegeln.

Als der Tag zur Neige ging, wurde sie plötzlich durch Geschrei des Russen vom gegenüberliegenden Flußufer aufgeschreckt. Sie folgte der Richtung seines Blickes und entdeckte wenig später voll Entsetzen, daß sich ein Boot des Schiffes aus stromaufwärtiger Richtung näherte, in dem sich nur die fehlenden Angehörigen der Schiffsmannschaft befinden konnten, davon war sie überzeugt – durch die Bank Schurken und feindselige Halunken.

In der Dunkelheit der Nacht

Als Tarzan von den Affen erkannte, daß ein riesiges Krokodil ihn gepackt hielt, ließ er dennoch nicht alle Hoffnung fahren und fügte sich nicht in sein Schicksal, wie es vielleicht ein gewöhnlicher Mensch getan hätte.

Vielmehr pumpte er Luft in die Lungen, ehe das gewaltige Reptil ihn unter Wasser zog. Dann kämpfte er unter ganzem Einsatz seiner starken Muskeln um seine Freiheit. Doch außerhalb seines eigentlichen Elements war er zu sehr benachteiligt, um mehr auszurichten, als das Ungeheuer nur zu größerer Geschwindigkeit anzuspornen, während es seine Beute schnell durchs Wasser schleifte.

Seine Lungen verlangten gierig nach frischer Luft. Er wußte, daß er höchstens noch einen Moment zu leben hatte, und im letzten qualvollen Krampf tat er, was er konnte, um seinen Tod zu rächen.

Seitlich am glitschigen Körper seines Entführers hängend, versuchte er, sein Steinmesser durch den dicken Panzer zu stoßen, während er zur greulichen Behausung des Tieres geschleppt wurde.

Seine Bemühungen führten nur dazu, die Geschwindigkeit der Echse zu erhöhen, und gerade, als er sich bewußt wurde, daß er die Grenze seiner physischen Widerstandskraft erreicht hatte, spürte er, wie er auf ein schlammiges Lager geschleift wurde und seine Nase aus dem Wasser tauchte. Ringsum herrschte eine Finsternis wie in einem Bergwerk – und die Stille eines Grabes.

Einen Moment lag er nach Atem ringend auf dem glitschigen, übelriechenden Bett, zu dem das Reptil ihn geschleift hatte. Dicht neben sich spürte er die kalten, harten Platten seines Panzers, die sich in seinem krampfhaften Bemühen, Atem zu holen, hoben und senkten.

Einige Minuten lagen die zwei nebeneinander, dann fühlte Tarzan, wie der riesige Leib neben ihm mit einemmal krampfhaft zuckte, zitterte und steif wurde. Er kniete sich neben die Echse. Zu seinem größten Erstaunen stellte er fest, daß sie tot war. Das dünne Messer hatte demnach doch eine durchlässige Stelle in dem Schuppenpanzer gefunden.

Er erhob sich taumelnd und tastete in der übelriechenden, schlammigen Höhle umher. Die unterirdische Kammer, in der er gefangen war, schien groß genug zu sein, um ein Dutzend oder noch mehr solcher riesigen Reptilien zu beherbergen wie das, welches ihn hierhergeschleift hatte.

Er befand sich ganz offensichtlich in dem verborgenen Nest dieser Kreatur, weit unter dem Flußufer, und die einzige Möglichkeit, herein oder hinaus zu kommen, bestand zweifellos in der unter Wasser liegenden Öffnung, durch die das Krokodil ihn hergebracht hatte.

Sein erster Gedanke war natürlich, zu fliehen, aber daß er zur Wasseroberfläche gelangen und dort ans Ufer schwimmen konnte, war höchst unwahrscheinlich. Der unter Wasser befindliche Gang wand und krümmte sich wahrscheinlich, doch was er am meisten fürchtete, war die Begegnung mit einem weiteren glitschigen Bewohner dieses Unterschlupfs, während er hinausstrebte.

Selbst wenn er den Fluß wohlbehalten erreichte, bestand noch immer die Gefahr, ein weiteres Mal angegriffen zu werden, ehe er sicher an Land gelangte. Aber er hatte einfach keine andere Wahl. Also pumpte er seine Lungen mit der stickigen, übelriechenden Luft der Höhle voll und tauchte in das dunkle Wasserloch, das er nicht einmal sehen, nur ertasten konnte.

Das Bein, das im Rachen des Krokodils gesteckt hatte, war zwar arg zerschunden, aber der Knochen war heil geblieben. Muskeln und Sehnen waren auch nicht in dem Maße verletzt, daß er sie nicht einsetzen konnte. Das Bein schmerzte ungeheuer, das war alles.

Aber Tarzan von den Affen war an Schmerzen gewöhnt, deshalb beachtete er sie nicht weiter, nachdem er festgestellt hatte, daß er seine Beine trotz der erheblichen Verletzungen durch die scharfen Zähne des Reptils noch gebrauchen konnte.

Schnell kroch und schwamm er durch den Gang, der sich zunächst abwärts neigte, dann anstieg und schließlich nur einige Fuß von der Uferkante entfernt ins Flußbett mündete. Als er an die Oberfläche kam, sah er gar nicht weit weg die Köpfe zweier großer Krokodile aus dem Wasser ragen. Prompt kamen sie auf ihn zugeschossen, doch mit übermenschlicher Anstrengung schwamm er blitzschnell zu den überhängenden Zweige eines am Ufer stehenden Baumes.

Keine Minute zu früh, denn kaum hatte er sich auf einem Ast in Sicherheit gebracht, schnappten die zwei Rachen unter ihm tückisch zu. Einige Minuten ruhte er sich auf dem Baum aus, der ihn im letzten Moment gerettet hatte. Er suchte das stromabwärtige Ufer ab, soweit der gewundene Kanal es ermöglichte, konnte jedoch nirgends eine Spur von dem Russen oder seinem Einbaum entdecken.

Nachdem er sich ausgeruht und das verwundete Bein verbunden hatte, machte er sich an die Verfolgung des treibenden Kanus. Er befand sich jetzt am anderen Ufer, gegenüber der Stelle, wo er ins Wasser gestiegen war, aber da sein Opfer sich in Flußmitte befand, spielte es für ihn keine Rolle, auf welcher Seite er die Suche aufnahm.

Zu seinem nicht geringen Verdruß mußte er jedoch feststellen, daß sein Bein schwerer verletzt war, als er geglaubt hatte, und daß dieser Zustand seine Fortbewegung erheblich erschwerte. Nur mit größter Mühe kam er etwas schneller vorwärts als ein Spaziergänger, und in den Bäumen mußte er erkennen, daß die Verletzung seine Fortbewegung nicht nur behinderte, sondern eindeutig gefährdete.

Tambudza, die alte Negerin, hatte ihm gegenüber eine Bemerkung fallen lassen, die ihn jetzt mit Zweifeln und bösen Ahnungen erfüllte. Als die Frau ihm vom Tod des Kindes berichtet hatte, fügte sie hinzu, die weiße Frau sei zwar sehr niedergeschlagen gewesen, habe ihr jedoch anvertraut, daß das Kind gar nicht ihres sei.

Tarzan sah keinen Grund zu der Annahme, Jane könne es für ratsam gehalten haben, ihre Identität oder die ihres Kindes zu leugnen. Die einzige plausible Erklärung schien zu sein, daß die weiße Frau, die seinen Sohn und den Schweden ins Dschungeldickicht des Landesinneren begleitet hatte, überhaupt nicht Jane war.

Je mehr er über dieses Problem nachdachte, desto mehr war er überzeugt, daß sein Sohn tot, seine Frau jedoch sicher in London sei und keine Ahnung von dem grauenvollen Schicksal habe, das ihrem Erstgeborenen zuteil geworden war.

Demnach war seine Deutung von Rokoffs hämischem Spott falsch, und er hatte sich grundlos mit der Bürde einer doppelten Sorge geplagt, jedenfalls erschien es ihm so. Aus dieser Ansicht schöpfte er einen gewisse Linderung des Schmerzes, den der Tod seines kleinen Sohnes bei ihm hervorgerufen hatte.

Und was für ein Tod! Selbst das wilde Tier, das Tarzan in Wirklichkeit war, unempfänglich für die Leiden und Schrecken des grimmigen Dschungels, schauderte bei dem Gedanken an das gräßliche Schicksal, das dem unschuldigen Kind zuteil geworden war.

Während er sich unter Schmerzen zur Küste hinbewegte, verweilte er in Gedanken ständig bei den grauenvollen Verbrechen, die der Russe an seinen Lieben begangen hatte, so daß die große Narbe auf seiner Stirn fast ständig scharlachrot und geschwollen war, und dies bezeugte Tarzans gnadenlose und bestialische Wut. Manchmal erschrak er selbst über sich, weil ihm unwillkürlich solches Gebrüll und Geknurr entfuhr, daß die kleineren Geschöpfe des Dschungels eilends in ihre Schlupfwinkel huschten.

Könnte er nur des Russen habhaft werden!

Zweimal kamen ihm auf dem Weg zur Küste kriegerische Eingeborene bedrohlich aus ihren Dörfern entgegengestürzt, um ihm am weiteren Fortkommen zu hindern, aber als der furchtbare Kampfruf des Affenmännchens an ihre Ohren schlug und der große, weiße Hüne sie bellend angriff, wandten sie sich schleunigst zur Flucht, verschwanden im Busch und tauchten erst wieder auf, als er unbehelligt weitergezogen war.

Wenn er in seinen Augen auch erbärmlich langsam vorankam – maß er doch seine Geschwindigkeit an den Bewegungen der kleineren Affen –, war er dennoch in Wirklichkeit ebenso schnell, wie das Kanu mit Rokoff vor ihm dahintrieb, so daß er die Bucht und das Meer kurz nach Einbruch der Dunkelheit an demselben Tag erreichte, als die Flucht Jane Claytons und des Russen dort ihr Ende gefunden hatte.

Die den schwarzen Fluß und den Dschungel ringsum einhüllende Finsternis war so undurchdringlich, daß Tarzan selbst mit seinen an häufigen Gebrauch im Dunkeln gewöhnten Augen nur wenige Yards voraus schon nichts mehr erkennen konnte. Seine Absicht war gewesen, die Küste in der Nacht nach Spuren des

Russen und jener Frau abzusuchen, die nach seiner Überzeugung vor Rokoff den Ugambi heruntergekommen war. Daß nur hundert Yards von ihm entfernt die *Kincaid* oder ein anderes Schiff vor Anker lag, konnte er nicht ahnen, denn an Bord des Dampfers brannte kein Licht.

Als er seine Suche gerade aufgenommen hatte, wurde seine Aufmerksamkeit plötzlich durch ein Geräusch in Anspruch genommen, das ihm zuerst entgangen war – das leise Patschen von Paddeln im Wasser ein Stück vom Ufer entfernt und etwa gegenüber der Stelle, wo er stand. Reglos wie eine Statue lauschte er auf das schwache Geräusch.

Mit einmal hörte es auf, nun folgte ein Schuffeln, für das seine geübten Ohren nur eine Erklärung fanden – das Schaben von Lederschuhen auf den Holzsprossen einer Strickleiter. Doch so weit er sehen konnte, war kein Schiff zu entdecken – auch konnte im Umkreis von tausend Meilen keines sein.

Noch während er so stand und in die Dunkelheit der wolkenverhangenen Nacht blickte, hallte das harte Stakkato eines Feuerwechsels und danach der Schrei einer Frau zu ihm herüber, es kam so plötzlich und unerwartet wie ein Schlag ins Gesicht.

Obgleich er verwundet und die Erinnerung an zurückliegende, schlimme Erfahrungen bei ihm noch lebendig war, zögerte er doch keine Sekunde, als dieser Schrei die Stille der Nacht zerriß. Mit einem Sprung setzte er über einen Busch, der vor ihm aufragte – dann schloß sich das Wasser klatschend über ihm, und mit machtvollen Schlägen schwamm er in die undurchdringliche Nacht, wobei ihm einzig und allein die trügerische Erinnerung an den Schrei die Richtung wies und nur die gräßlichen Bewohner dieses Äquatorflusses seine Begleiter waren.

Das Boot, das Janes Aufmerksamkeit erweckt hatte, als sie an Bord der *Kincaid* Posten bezogen hatte, war auch von Rokoff an dem einen Ufer und Mugambi und der Horde am anderen entdeckt worden. Die Rufe des Russen hatten es zu ihm gebracht und nach kurzer Beratung zur *Kincaid* geführt, aber noch ehe es die Hälfte der Strecke zwischen Ufer und Schiff zurückgelegt hatte, hatte an Deck ein Schuß gekracht, und einer der Seeleute am Bug des Kanus hatte sich zusammengekrümmt und war ins Wasser gefallen.

Nun fuhren sie langsamer, und nachdem Janes Gewehr noch ein anderes Mitglied der Gruppe ins Jenseits befördert hatte, zogen sie sich an Land zurück und blieben dort, solange es hell war.

Die wilde, knurrende Schar am gegenüberliegenden Ufer wurde bei ihrer Verfolgungsjagd von Mugambi, dem Häuptling der Wagambi, angeführt. Nur er wußte, wer Freund oder Feind ihres verschwundenen Herrn war.

Hätten sie das Kanu oder die *Kincaid* erreichen können, so hätten sie mit jedem, den sie vorfanden, kurzen Prozeß gemacht, aber die dazwischenliegende schwarze Wasserfläche behinderte ihr weiteres Vorankommen ebenso wirksam, als trenne der riesige Ozean sie von ihrer Beute.

Mugambi wußte einiges über die Ereignisse, die zur Anwesenheit von Tarzan auf der Dschungelinsel und der Verfolgung der Weißen den Ugambi stromauf geführt hatten. Er wußte, daß sein wilder Herr seine Frau und sein Kind suchte, die beide von dem bösen Weißen entführt worden waren, dem sie weit ins Landesinnere und nun zurück zum Meer gefolgt waren.

Er war auch der Ansicht, daß dieser selbe Mann den großen, weißen Hünen getötet hatte, dem er Achtung und Liebe entgegenbrachte wie keinem der größten Häuptlinge seines Volkes. So war Mugambi wild entschlossen, dem üblen Halunken eine Niederlage beizubringen und den Tod des Affenmenschen an ihm zu rächen.

Aber als er sah, wie das Kanu flußabwärts kam, Rokoff an Bord nahm und dann die *Kincaid* ansteuerte, wurde ihm klar, daß er seine Schar wilder Tiere nur dann nahe genug an den Feind heranbringen konnte, wenn er selbst ein Kanu besaß.

So kam es, daß Tarzans Tiere im Dschungel verschwunden waren, noch ehe Jane Clayton den ersten Schuß auf Rokoffs Kanu abgefeuert hatte.

Als der Russe und seine aus Pawlowitsch und einigen Leuten bestehende Gruppe, die er ursprünglich auf der *Kincaid* zurückgelassen hatte, damit sie das Kohlebunkern überwachten, sich vor ihren Schüssen zurückgezogen hatten, sagte sich Jane völlig zu Recht, daß sie sich nur eine kurzfristige Atempause verschafft hatte. Gewiß würden sie sich sehr bald wieder mit ihr befassen. In dieser Erkenntnis faßte sie den Entschluß, einen letzten mutigen

Schlag zu führen, um sich die Bedrohung seitens Rokoff und seine üblen Vorhaben ein für allemal vom Halse zu schaffen.

In dieser Absicht trat sie mit den beiden Seeleuten in Verhandlungen, die sie im Vorschiff eingesperrt hatte. Nachdem sie sie gezwungen hatte, auf ihre Pläne einzugehen, und ihnen mit dem Tode drohte, sollten sie versuchen, sie zu hintergehen, ließ sie sie frei, als die Dunkelheit das Schiff einhüllte.

Den Revolver schußbereit, um sich Gehorsam zu verschaffen, ließ sie sie nacheinander an Deck kommen und durchsuchte sie sorgfältig nach verborgenen Waffen, während sie mit erhobenen Händen dastanden. Als sie befriedigt festgestellt hatte, daß beide unbewaffnet waren, gebot sie ihnen, die Ankerkette schießen zu lassen, denn sie plante nichts Geringeres, als sich mit dem Dampfer auf die offene See hinaustreiben zu lassen und sich dort der Gnade der Elemente zu überantworten, die, dessen war sie sicher, bestimmt mehr Erbarmen mit ihr haben würden als Rokoff, sollte er sie wieder in seine Hände bekommen.

Auch bestand durchaus die Möglichkeit, daß die *Kincaid* von einem vorüberfahrenden Schiff gesichtet wurde, und da sie mit Wasser und Lebensmitteln wohlversehen war – die Männer versicherten ihr, daß es so sei – und die Sturmperiode vorüber war, hatte sie allen Grund, auf einen letztendlichen Erfolg ihres Unternehmens zu hoffen.

Der Himmel war bedeckt, tiefe Wolken hingen über dem Dschungel und dem Wasser, nur im Westen, wo sich jenseits der Flußmündung der weite Ozean ausbreitete, sah man eine Andeutung von schwacher Helligkeit.

Für die Aufgabe, die sie sich gestellt hatte, konnte sie sich nichts Besseres wünschen.

Ihre Feinde konnten die Tätigkeit an Bord des Schiffes nicht verfolgen und auch den Kurs nicht feststellen, mit dem die schnelle Strömung sie auf den Ozean trieb. Noch vor Tagesanbruch würde das einsetzende Niedrigwasser die *Kincaid* in den Benguelastrom getragen haben, der die afrikanische Küste nordwärts entlangzog, und da Südwind wehte, hoffte Jane, außer Sicht der Ugambimündung zu sein, noch ehe Rokoff gewahr wurde, daß der Dampfer verschwunden war.

Sie stand bei den arbeitenden Seeleuten und atmete erleichtert auf, als das letzte Stück Kette über Bord glitt und sie gewiß sein konnte, daß das Schiff jetzt aus dem Mündungsgebiet des wilden Ugambi trieb.

Sie hielt die zwei Gefangenen noch immer mit dem Gewehr in Schach und befahl sie an Deck, da sie sie wieder im Vorschiff einsperren wollte. Schließlich ließ sie sich jedoch von deren Versicherung, sich ihr gegenüber loyal zu verhalten, so weit erweichen, daß sie sie an Deck beließ. Die beiden hatten zudem vorgebracht, daß sie ihr bei verschiedenen Arbeiten nützlich sein konnten.

Einige Minuten trieb die *Kincaid* schnell mit der Strömung dahin, um plötzlich mit einem Knirschen in Strommitte hängenzubleiben. Sie war auf eine unter Wasser liegende Barriere aufgelaufen, die das Flußbett etwa eine Viertelmeile vom Meer entfernt zerteilte.

Das Schiff hing einen Moment fest, schwang dann herum, bis der Bug zur Küste wies, und kam wieder frei.

Als Jane Clayton sich schon beglückwünschte, daß das Schiff weitertrieb, drang von einer Stelle flußaufwärts, etwa dort, wo die *Kincaid* vor Anker gelegen hatte, das Krachen von Gewehrfeuer und der durchdringende, angsterfüllte Schrei einer Frau an ihr Ohr.

Die Seeleute waren überzeugt, die Schüsse kündigten das Nahen ihres Brotgebers an, und da sie von dem Plan, der sie zum Verbleib an Deck eines herrenlos treibenden Schiffes verdammte, nicht sonderlich begeistert waren, verständigten sie sich untereinander, die junge Frau zu überwältigen und Rokoff und seine Kumpane zu ihrer Rettung herbeizurufen.

Das Schicksal schien ihnen dabei in die Hände zu spielen, denn Jane Claytons Aufmerksamkeit wurde durch die Schüsse von ihren unwilligen Schützlingen abgelenkt, und statt sie im Auge zu behalten, wie sie sich vorgenommen hatte, lief sie zum Bug der *Kincaid*, um in der Dunkelheit die Ursache dieses Lärms in der Bucht zu ergründen.

Als die beiden Seeleute sahen, daß sie nicht acht gab, schlichen sie sich von hinten an sie heran.

Das Knarren der Schuhe des einen ließ die junge Frau die Gefahr erkennen, aber ihre Gegenreaktion kam zu spät.

Als sie sich umdrehte, fielen beide Männer über sie her und warfen sie nieder, und noch im Fallen sah sie gegen den etwas helleren Himmel des Ozeans einen anderen Mann über die Reling der *Kincaid* klettern.

Nach all ihren Anstrengungen waren ihre heroischen Bemühungen um ihre Befreiung zunichte gemacht worden. Mit einem unterdrückten Schluchzen gab sie den ungleichen Kampf auf.

An Deck der „Kincaid“

Als Mugambi mit der Meute im Dschungel verschwand, hatte er ein bestimmtes Ziel vor Augen. Er wollte einen Einbaum auftreiben, mit dem er Tarzans Tiere zur *Kincaid* bringen und dort längsseits gehen konnte. Es dauerte auch nicht lange, da fand er, was er suchte.

In der Dämmerung stieß er am Ufer eines kleinen Nebenflusses des Ugambi auf ein dort vertäutes Kanu. Er war ziemlich sicher gewesen, an dieser Stelle eines zu finden.

Ohne Zeit zu verlieren, verfrachtete er seine unansehnlichen Kumpane in das Fahrzeug und schob es in die Strömung. Sie hatten das Kanu so schnell in Besitz genommen, daß Mugambi in der inzwischen hereingebrochenen nächtlichen Dunkelheit die zusammengekrümmte Gestalt, die schlafend auf dem Boden des Bootes lag, völlig entgangen war.

Kaum wurden sie von der Strömung davongetragen, machte das wilde Knurren eines der Affen ihn auf das am ganzen Leib zitternde Wesen aufmerksam, das zwischen ihm und den großen Menschenaffen im Boot kauerte. Zu seiner Überraschung entdeckte er, daß es eine Eingeborene war. Mit Mühe nur konnte er den Affen davon abhalten, ihr an die Kehle zu fahren, und nach einiger Zeit gelang es ihm auch, sie von ihren Ängsten zu befreien.

Wie sich herausstellte, war sie vor der Verheiratung mit einem alten Mann davongelaufen, den sie verabscheute, und hatte über Nacht in dem Kanu Zuflucht gesucht, das sie am Flußufer entdeckt hatte.

Mugambi war über ihre Anwesenheit wenig erbaut, aber sie war nun einmal da. Mochte sie an Bord bleiben. Wozu Zeit verschwenden und sie wieder an Land bringen?

So schnell, wie seine unbeholfenen Begleiter paddeln konnten, fuhr der Einbaum durch die Dunkelheit stromabwärts zum Ugambi und zur *Kincaid*. Mit knapper Not konnte Mugambi die verschwommenen Umrisse des Dampfers ausmachen, aber da dieser zwischen ihm und dem Ozean lag, war er dennoch deutlicher zu erkennen, als wenn er an einem der beiden Flußufer gelegen hätte.

Als sie näher kamen, mußte er zu seiner Verblüffung feststellen, daß das Schiff sich von ihm entfernte, und bald sah er ganz deutlich, daß es stromabwärts fuhr. Gerade wollte er seine Mannschaft zu vermehrten Bemühungen anspornen, um das Schiff zu überholen, als plötzlich keine drei Yards vom Bug ihres Kanus entfernt die Umrisse eines zweiten sichtbar wurden.

Im gleichen Augenblick entdeckten die Insassen dieses fremden Bootes auch Mugambis Kanu, konnten jedoch im ersten Moment nicht erkennen, was für eine furchterregende Mannschaft darin saß. Ein Mann im Bug des neu hinzugekommenen Bootes rief sie an, als beide Fahrzeuge im Begriff waren, sich zu berühren.

Als Antwort vernahm er das drohende Knurren eines Panthers, dann blickte er auch schon in die grün schimmernden Augen von Sheeta, der sich am Bug auf die Vorderpranken stützte, drauf und dran, die Insassen des anderen Fahrzeugs anzuspringen.

Sofort erkannte Rokoff die Gefahr, die ihm und seinen Kumpanen drohte. Er erteilte Befehl, auf die Mannschaft des anderen Kanus zu feuern. Nun folgten die Salve und der Angstschrei der um ihr Leben bangenden Eingeborenen in Mugambis Kanu, die Tarzan und Jane vernommen hatten.

Noch ehe die langsameren und weniger geschickten Paddler von Mugambi ihren Vorteil nutzen und das gegnerische Fahrzeug entern konnten, hatte dies schnell stromabwärts gewendet und steuerte mit aller Macht auf die *Kincaid* zu, die nun deutlich zu sehen war.

Als der Dampfer auf der unter Wasser befindliche Barriere aufsaß, war er herumgeschwungen und in einen sich langsam drehenden Wirbel geraten, der dicht am Südufer des Ugambi zurückkehrte, nur um sich etwa einhundert Yards stromauf wieder in einer großen Kreisbewegung der Abwärtsströmung anzuschließen. So führte die *Kincaid* Jane Clayton geradeswegs in die Hände ihrer Feinde zurück.

Das war auch der Grund, daß Tarzan, als er in den Fluß sprang, das Schiff nicht sehen konnte und beim Hinausschwimmen in dunkler Nacht keine Ahnung hatte, daß es ganz in seiner Nähe dahintrieb. Er orientierte sich nach den Geräuschen, die von den zwei Kanus kamen.

Beim Schwimmen erinnerte er sich lebhaft seiner letzten Bekanntschaft mit den Fluten des Ugambi, und ein plötzlicher Schauer durchfuhr seine mächtige Gestalt.

Doch obwohl er zweimal etwas streifte, das aus der glitschigen Tiefe unter ihm aufzusteigen schien, wurde er nicht gepackt, und bald vergaß er die Krokodile vollends, da er zu seiner Verblüffung plötzlich eine dunkle Masse vor sich aufragen sah, wo er die offene Wasserfläche des Flusses vermutete.

Er war ihr so nahe, daß wenige Schwimmschläge ihn an das dunkle Etwas heranbrachten, und als er die Hand ausstreckte, berührte er voller Überraschung eine Schiffswand.

Gewandt schwang er sich über die Reling des Schiffes. Da erfaßte sein scharfes Gehör deutlich die Geräusche eines Handgemenges auf der anderen Seite des Decks.

Lautlos schnellte er hin.

Der Mond war aufgegangen, und obwohl der Himmel noch bewölkt war, war der Schauplatz ringsum doch nicht mehr in solche pechschwarze Finsternis gehüllt wie noch vor kurzem. Deshalb entdeckten seine schwarfen Augen auch sogleich die Gestalten zweier Männer, die eine Frau gepackt hielten.

Tarzan wußte nicht, daß es dieselbe Frau war, die Anderssen ins Landesinnere begleitet hatte, aber er vermutete etwas Derartiges, da er nun sicher war, daß dies das Deck der *Kincaid* war, auf das der Zufall ihn geführt hatte.

Er verschwendete jedoch kaum Zeit auf nutzlose Mutmaßungen. Hier wurde einer Frau von zwei Grobianen Gewalt angetan. Diese Tatsache genügte ihm, um seine gewaltigen Muskeln bei diesem Zusammenstoß mit ins Spiel zu bringen, ohne vorher erst noch Fragen zu stellen.

Daß an Bord des Schiffes plötzlich eine neue Kraft mit zu Werke ging, erfuhren beide Seeleute, weil eine mächtige Hand jeden von ihnen bei der Schulter packte. Wie von einem wuchtigen Schwungrad getrieben, zog es sie jählings von ihrem Opfer weg.

„Was soll das bedeuten?“ fragte eine tiefe Stimme.

Sie hatten jedoch keine Zeit zu antworten, denn die junge Frau war beim Klang dieser Stimme aufgesprungen und mit einem kleinen Freudenschrei auf den Angreifer der beiden zugestürzt.

„Tarzan!“ rief sie.

Der Affenmensch schleuderte die beiden Seeleute über das Deck, daß sie ganz benommen und erschrocken auf der anderen

Seite in die Speigatts rollten, dann raffte er die Frau mit ungläubigem Staunen in seine Arme.

Ihnen blieb jedoch nur wenig Zeit zur Begrüßung.

Kaum hatten sie einander erkannt, riß die Wolkendecke über ihnen auf, so daß sie sehen konnten, wie ein halbes Dutzend Männer über die Reling an Deck der *Kincaid* kletterte, allen voran der Russe.

Als die hellen Strahlen des Äquatormondes das Deck beleuchteten, erkannte er, daß der Mann vor ihm Lord Greystoke war, und befahl den ihm Folgenden mit hysterischer Stimme, auf die zwei zu schießen.

Tarzan schob Jane hinter die Kajüte, in deren Nähe sie gestanden hatten, und sprang Rokoff an. Die Männer hinter dem Russen, zwei zumindest, legten die Gewehre an und schossen auf ihn, aber diejenigen, die weiter hinten waren, hatten auf einmal anderes zu tun – denn in ihrem Rücken drängte eine gräßliche Meute die Strickleiter hoch.

Zuerst kamen fünf knurrende Affen, große, menschenähnliche Tiere, die die von Speichel triefenden Zähne bleckten. Ihnen folgte ein riesiger schwarzer Krieger, dessen langer Speer im Mondschein blinkte.

Hinter ihm kletterte ein anderes Geschöpf an Bord, und von der ganzen wilden Meute fürchteten sie dieses am allermeisten – Sheeta, den Panther. Er hatte den Rachen halb geöffnet, und seine gelbgrünen Augen blitzten sie haßerfüllt und blutdürstig an.

Die Tarzan geltenden Schüsse gingen fehl, und er wäre eine Sekunde später bei Rokoff gewesen, wäre dieser große Feigling nicht hinter seine zwei Ganoven zurückgewichen und dann hysterisch schreiend Richtung Vorschiff davongestoben.

Tarzans Aufmerksamkeit war einen Augenblick durch die zwei Männer vor ihm abgelenkt, so daß er dem Russen nicht sofort nachsetzen konnte. Um ihn herum kämpften die Affen und Mugambi gegen den Rest von Rokoffs Bande.

Die Tiere wüteten derart schrecklich, daß die Männer bald nach allen Seiten auseinanderstürzten – zumindest die, die dies noch konnten, denn die riesigen Zähne von Akuts Affen und die scharfen Krallen von Sheeta hatten bereits mehr als ein Opfer zu Boden gestreckt.

Vier entkamen jedoch und verschwanden im Vorschiff, wo sie hofften, sich gegen weitere Angriffe verbarrikadieren zu können. Hier fanden sie Rokoff vor. Ergrimmt darüber, daß er sie im Moment der Gefahr im Stich gelassen hatte, und eingedenk der ständigen brutalen Behandlung, die er ihnen hatte zuteil werden lassen, nutzten sie voller Freude die Gelegenheit, die sich ihnen jetzt bot, wenigstens zum Teil an ihrem verhaßten Brotgeber Rache zu üben.

Ungeachtet seines inständigen Flehens und Bettelns stießen sie ihn wieder an Deck, um ihn der Gnade jener schrecklichen Wesen auszuliefern, denen sie selbst gerade erst entronnen waren.

Tarzan sah den Mann aus dem Vorschiff auftauchen und erkannte in ihm seinen Feind, doch ein anderer entdeckte ihn ebenso schnell.

Das war Sheeta, und mit halbgeöffnetem Rachen schlich sich das mächtige Tier lautlos an den vor Entsetzen wie gelähmten Mann heran.

Als Rokoff sah, was da auf ihn zukam, rief er gellend um Hilfe, während er mit zitternden Knien wie hypnotisiert dastand und dem gräßlichen Tod entgegensah, der da auf ihn zugekrochen kam.

Tarzan tat einen Schritt auf den Russen zu, er war wie ausgedörrt vor wütendem Rachedurst. Endlich war der Mörder seines Sohnes ihm ausgeliefert. Sein war die Rache.

Einmal hatte Jane ihm Einhalt geboten, als er versucht hatte, das Gesetz in eigene Hände zu nehmen und Rokoff die Todesstrafe zuzumessen, die er längst verdient hatte. Diesmal sollte ihn niemand daran hindern.

Seine Finger ballten sich zur Faust und öffneten sich wieder krampfhaft, während er wie ein beutegieriges Raubtier auf den zitternden Russen zuging.

Da sah er, wie Sheeta ihm zuvorkommen und ihn der Früchte seines Hasses berauben wollte.

Er rief den Panther scharf an. Seine Worte schienen den Bann zu brechen, der den Russen hatte wie gelähmt verharren lassen, und spornte ihn zu sofortiger Aktion an. Mit einem Schrei des Entsetzens wandte er sich um und floh zur Brücke.

Sheeta, der Panther, setzte ihm nach, unbekümmert um die warnenden Rufe seines Herrn.

Tarzan war im Begriff, den beiden hinterherzurennen, da spürte er eine leichte Berührung auf seinem Arm. Er drehte sich um und sah Jane neben sich.

„Bleib bei mir, ich hab Angst", flüsterte sie.

Er blickte hinter sie.

Überall hockten die gräßlichen Affen von Akut. Einige näherten sich der jungen Frau sogar zähnefletschend und stießen ein warnendes, drohendes Knurren aus.

Der Affenmensch scheuchte sie zurück. Er hatte für einen Moment vergessen, daß es doch nur Tiere waren, unfähig, seine Freunde von seinen Feinden zu unterscheiden. Ihre wilde Natur war durch den vorigen Kampf mit den Seeleuten so richtig hervorgebrochen, und nun war alles Lebendige außerhalb der Meute für sie Fleisch.

Tarzan wandte sich wieder dem Russen zu, verdrossen, daß er sich das Vergnügen persönlicher Rache versagen mußte – es sei denn, der Mann konnte Sheeta entrinnen. Aber als er hinsah, wurde ihm klar, daß dazu keine Hoffnung bestand. Der Halunke hatte sich zum Ende der Brücke zurückgezogen, wo er jetzt am ganzen Leibe zitternd mit weitaufgerissenen Augen verfolgte, wie das Raubtier langsam auf ihn zukam.

Der Panther berührte mit dem Bauch die Planken und stieß unheimliche Laute aus. Rokoff stand wie versteinert, seine Augen quollen hervor, der Mund stand offen, und kalter Angstschweiß perlte auf seiner Stirn.

Er hatte die großen Menschenaffen unter sich an Deck gesehen und deshalb nicht gewagt, in diese Richtung zu flüchten. Selbst jetzt noch versuchte eines der Tiere, zum Brückengeländer hochzuspringen, sich emporzuziehen und ihn zu erreichen.

Vor ihm duckte sich lautlos der Panther.

Rokoff hatte keinen Ausweg mehr. Seine Knie zitterten. Seine Stimme überschlug sich in unartikulierten Schreien. Mit einem letzten, durchdringenden Klageruf sank er auf die Knie – da sprang Sheeta.

Der muskulöse Körper der Raubkatze prallte voll gegen Rokoffs Brust und warf ihn rücklings zu Boden.

Als ihre mächtigen Reißzähne dessen Kehle und Brust zerfleischten, wandte sich Jane Clayton entsetzt ab, nicht so Tarzan von den Affen. Ein kaltes Lächeln der Genugtuung spielte um seine Lippen. Die Narbe auf seiner Stirn, die bis jetzt scharlachrot gelodert hatte, erlangte wieder ihre übliche Färbung von gebräunter Haut und verschwand.

Rokoff kämpfte verzweifelt, aber vergebens gegen das knurrende, ihn reißende Schicksal, das ihn eingeholt hatte. In dem Moment, da ihn dieser grauenvolle Tod ereilte, wurde er endlich für seine zahllosen Verbrechen bestraft.

Als sein Todeskampf nachließ, trat Tarzan auf Janes Bitten zu ihm, um dem Panther den Körper zu entreißen und seinen sterblichen Resten ein anständiges, menschliches Begräbnis zu verschaffen. Aber die große Katze erhob sich knurrend über ihrer Beute und drohte selbst ihrem Herren, den sie liebte, auf ihre wilde Weise, so daß Tarzan seine Absicht fallen lassen mußte, da er nicht seinen Freund aus dem Dschungel töten wollte.

Die ganze Nacht kauerte Sheeta, der Panther, über der grauen Masse, die einst Nikolas Rokoff gewesen war. Die Brücke der *Kincaid* war glitschig von Blut. Unter dem strahlend hellen Tropenmond hielt die Raubkatze ein großes Festmahl, bis von Tarzans großem Feind am folgenden Morgen, als die Sonne aufstieg, nur noch abgenagte und zerbrochene Knochen vorhanden waren.

Von dem Trupp des Russen waren vier im Vorschiff gefangen, die anderen waren tot. Nur Pawlowitsch war weder bei den einen, noch unter den anderen.

Mit den vier Leuten machte Tarzan Dampf auf, denn er plante, mittels der Sachkenntnis des Maates, der zu ihnen gehörte, sich auf die Suche nach der Dschungelinsel zu machen. Aber als der Morgen dämmerte, brach von Westen ein schwerer Sturm los, der einen derartigen Seegang verursachte, daß der Maat der *Kincaid* nicht abzufahren wagte. Den ganzen Tag lag das Schiff im Schutz der Flußmündung, denn obwohl der Wind zur Nacht etwas nachließ, war es doch sicherer, den Tagesanbruch abzuwarten, bevor sie den sich windenden Fluß Richtung Meer entlangfuhren.

Die wilde Meute wanderte tagsüber ungehindert an Deck des Dampfers umher, denn Tarzan und Mugambi hatten ihnen bald beigebracht, daß sie niemanden auf der *Kincaid* anfallen durften. Nachts wurden sie allerdings unten eingesperrt.

Tarzans Freude kannte keine Grenzen, als er von seiner Gattin erfuhr, daß das kleine Kind, das in M'ganwazams Dorf gestorben war, nicht ihr Sohn war. Wessen Kind es gewesen war, und was aus ihrem eigenen geworden war, konnten sie nur ahnen; da Rokoff und Pawlowitsch nicht greifbar waren, gab es keine Möglichkeit, es herauszufinden.

Dennoch empfanden sie gewisse Erleichterung, da sie wußten, daß noch Hoffnung bestand. Solange sie keinen sicheren Beweis für den Tod des Kindes in den Händen hielten, konnten sie noch immer hoffen.

Nun war offensichtlich, daß ihr kleiner Jack nicht an Bord der *Kincaid* gebracht worden war. Anderssen hätte es gewußt, doch er hatte Jane immer wieder versichert, daß das kleine Kind, das er in der Nacht in ihre Kabine gebracht hatte, als er ihr zur Flucht verhalf, das einzige war, das sich seit dem Aufenthalt der *Kincaid* in Dover an Bord befand.

Pawlowitsch brütet Rache

Als Jane und Tarzan an Deck des Schiffes standen und einander ausführlich über die verschiedenen Abenteuer berichteten, die jeder hatte bestehen müssen, seit sie sich in ihrem Londoner Haus getrennt hatten, wurden sie von einem finster blickenden Mann an Land beobachtet.

Die verschiedensten Pläne gingen ihm durch den Kopf, wie er die Flucht des Engländers und seiner Frau verhindern könne, denn solange noch ein Fünkchen Leben in ihm war, konnte niemand, der sich einmal die Feindschaft des stets auf Rache sinnenden Alexander Pawlowitsch zugezogen hatte, sich völlig sicher fühlen.

Er ließ die verschiedenen ins Auge gefaßten Pläne jedoch zumeist wieder fallen, weil sie sich entweder als undurchführbar erwiesen oder nicht d i e Rache darstellten, die das ihm zugefügte Unrecht verlangte.

Die Denkprozesse im kriminellen Verstand von Rokoffs Stellvertreter liefen in derart verzerrten Bahnen ab, daß er außerstande war, die Wahrheit all dessen, was zwischen ihm und dem Affenmenschen lag, richtig zu erfassen und zu erkennen, daß der Fehler stets bei ihm und seinem Bundesgenossen lag und nicht bei dem Engländer.

Jeder neue Plan, den er verwarf, führte ihn zu der Schlußfolgerung, daß er überhaupt nichts ausrichten könne, solange die halbe Breite des Ugambi ihn von dem Objekt seines Hasses trennte.

Aber wie sollte er diese Fläche krokodilverseuchten Wassers überqueren? Der nächste Ort, wo er ein Kanu auftreiben konnte, war das Mosuladorf, und er war nicht sicher, ob die *Kincaid* noch vor Anker liegen würde, wenn er zurückkam, sollte er wirklich den mühseligen Marsch durch den Dschungel in das ferne Dorf auf sich nehmen müssen und mit einem Kanu zurückkehren. Aber es gab keine andere Möglichkeit. In der Überzeugung, daß er nur so hoffen konnte, sein Opfer zu erreichen, wandte er sich nach einem letzten finsteren Blick auf die zwei Gestalten an Bord der *Kincaid* ab und verließ den Fluß.

Während er durch den Dschungel hastete, nur immer auf seinen Fetisch, die Rache, konzentriert, vergaß er sogar seine Angst vor der wilden Umwelt.

Obwohl er bei seinen üblen Machenschaften oft genug vom Schicksal gebeutelt worden und im Grunde selbst Opfer seiner kriminellen Energien war, glaubte er in blinder Verbohrtheit noch immer, sein größtes Glück liege im weiteren Betreiben der Pläne und Absichten, die ihm und Rokoff nur Unheil, letzterem sogar einen gräßlichen Tod beschert hatten.

Während er durch den Dschungel zum Mosuladorf stolperte, reifte in seinem Gehirn ein Vorhaben, von dessen Durchführbarkeit er mehr denn je überzeugt war.

Er wollte nachts bei der *Kincaid* längsseits gehen und, einmal an Bord, diejenigen Mitglieder der Schiffsbesatzung aufsuchen, die die Schrecken dieser grauenvollen Expedition überlebt hatten. Vielleicht konnte er sie zu dem Versuch anstacheln, Tarzan und seinen Tieren das Schiff zu entreißen.

In der Kajüte waren Waffen und Munition und in einem Geheimfach des Kajütentisches eine jener Höllenmaschinen versteckt, auf deren Konstruktion Pawlowitsch viel Zeit verwendet hatte, als er in der nihilistischen Szene seines Heimatlandes noch hoch angesehen war.

Später hatte er sie dann um den Preis seiner Immunität und einigen Goldes an die Petrograder Polizei verraten. Noch jetzt erschauderte er, wenn er daran dachte, wie einer seiner früheren Genossen ihn bloßgestellt hatte, ehe der arme Teufel seine politischen Verfehlungen am Ende eines Hanfseils sühnte.

Aber die Höllenmaschine war jetzt genau das richtige Gerät. Er konnte damit viel ausrichten, vorausgesetzt, sie kam in seinen Besitz. Das kleine Hartholzkästchen, das wohlverwahrt im Kajütentisch stand, enthielt genügend Zerstörungskraft, um im Bruchteil einer Sekunde jeden Feind an Bord der *Kincaid* auszulöschen.

Voller Vorfreude leckte er sich die Lippen und spornte seine müden Beine zu noch größerer Geschwindigkeit an, um nicht zu spät zum Ankerplatz des Schiffes zurückzukehren, so daß er seinen Plan durchführen konnte.

Natürlich hing alles davon ab, wann die *Kincaid* auslaufen würde. Ihm war klar, daß er sein Vorhaben niemals bei Tageslicht verwirklichen konnte. Die Dunkelheit mußte sein Anlegen am Schiff verbergen, denn wenn er von Tarzan oder Lady Greystoke entdeckt wurde, bestand für ihn überhaupt keine Chance, an Bord zu gelangen.

Seiner Ansicht nach war der heftige Sturm der Grund, warum die *Kincaid* nicht in See stach, und wenn dieser bis zum Abend anhielt, verlief alles zu seinen Gunsten, denn er wußte, daß der Affenmensch es schwerlich wagen würde, das Schiff die tückische Fahrrinne des Ugambi entlangzusteuern, wenn die Wasseroberfläche in Dunkel gehüllt und die zahllosen Felsbarrieren und kleinen Inseln demnach nicht zu sehen waren, die weit über die Flußmündung verstreut lagen.

Am späten Nachmittag langte Pawlowitsch im Mosuladorf am Ufer eines Nebenflusses des Ugambi an. Der Häuptling begegnete ihm unfreundlich und mit Mißtrauen, da er wie alle, die mit Rokoff oder Pawlowitsch in Berührung kamen, in irgendeiner Weise unter der Geldgier, Grausamkeit oder Triebhaftigkeit dieser beiden Moskowiter zu leiden gehabt hatte.

Als Pawlowitsch ein Kanu verlangte, lehnte der Häuptling verdrossen ab und befahl, den weißen Mann aus dem Dorf zu geleiten. Umringt von zornigen, murrenden Kriegern, die nur auf einen Vorwand zu warten schienen, ihn mit ihren bedrohlichen Speeren zu durchbohren, blieb dem Russen nichts anderes übrig, als sich davonzumachen.

Ein Dutzend Männer führten ihn zum Rand der Lichtung und verließen ihn mit der Warnung, sich nie wieder in der Nähe ihres Dorfes blicken zu lassen.

Er unterdrückte seinen Zorn und tauchte in den Dschungel. Sobald er sich jedoch außer Sicht der Krieger befand, blieb er stehen und lauschte angespannt. Er konnte die Stimmen seiner Eskorte langsam verklingen hören, während die Männer zum Dorf zurückkehrten, und als er gewiß sein konnte, daß sie ihm nicht folgten, zwängte er sich durch die Büsche zum Rand des Flusses, noch immer entschlossen, sich ein Kanu zu beschaffen.

Für ihn hing sein Leben jetzt davon ab, die *Kincaid* zu erreichen und die überlebenden Mannschaftsmitglieder für seine Zwecke zu gewinnen, denn hier mutterseelenallein den Gefahren des afrikanischen Dschungels ausgesetzt zu sein, wo er sich zudem noch die Eingeborenen zu Feinden gemacht hatte, kam mehr oder weniger einem Todesurteil gleich, dessen war er sich bewußt.

Sein Verlangen nach Rache war ein fast gleichstarker Antrieb, sein Vorhaben auch angesichts der Gefahr durchzuführen, deshalb lag er nun, zu allem entschlossen, neben dem kleinen Fluß im Laub verborgen und hielt gespannt nach einem kleinen Kanu Ausschau, das mit einem einzigen Paddel leicht zu steuern war.

Er brauchte auch gar nicht lange zu warten, bis eines der plumpen, kleinen Boote, wie sie die Mosula zu bauen pflegten, in Strommitte in Sicht kam. Ein Jugendlicher paddelte es träge von einer Stelle neben dem Dorf den Fluß herab. Als er die Fahrrinne erreichte, ließ er sich faul von der trägen Strömung mitnehmen, während er lang ausgestreckt untätig auf dem Boden lag.

Er hatte keine Ahnung von dem unsichtbaren Feind am Flußufer, sondern ließ sich langsam stromab treiben, während Pawlowitsch ihm auf einem Dschungelpfad mit einigen Yards Abstand folgte.

Eine Meile unterhalb des Dorfes der Schwarzen tauchte der Junge sein Paddel ins Wasser und lenkte sein Fahrzeug zum Ufer. Hocherfreut über den Zufall, der den Mosulajungen an dasselbe Ufer zog, auf dem er ihm gefolgt war, und nicht ans gegenüberliegende, wo er außerhalb seiner Reichweite gewesen wäre, versteckte sich Pawlowitsch im Gebüsch nahe der Stelle, wo das Boot aller Wahrscheinlichkeit nach anlanden würde. Der Fluß schien ohnedies über jeden treibenden Gegenstand verdrossen zu sein, weil dieser ihn scheinbar nur dem breiten, schlammigen Ugambi zuführte, damit er dort für immer seine Identität verlor und in dem breiteren Strom aufging, der seine Wasser kurz danach ins Meer ergoß.

Gleichermaßen träge waren die Bewegungen des Mosulajungen, als er sein Boot jetzt unter den überhängenden Zweig eines großen Baumes lenkte, der sich herabzuneigen schien, um die glatte Oberfläche des Flusses mit den grünen Blattwedeln zu liebkosen.

Wie eine Schlange lag der Russe im Blattwerk verborgen, bereit zu übler Tat. Er ließ seinen grausamen, unsteten Blick frohlockend über das heißbegehrte Kanu schweifen und betrachtete abschätzend die Gestalt des Besitzers, um seine Chancen auszurechnen, sollte es zu einer handgreiflichen Auseinandersetzung mit ihm kommen.

Nur äußerste Notwendigkeit konnte Alexander Pawlowitsch zur Anwendung physischer Gewalt treiben, aber genau die lag jetzt vor, so daß er handeln mußte.

Es blieb gerade noch Zeit, die *Kincaid* bei Anbruch der Nacht zu erreichen. Warum verließ der dumme Junge sein Boot nur nicht? Pawlowitsch wurde nervös und verlor die Geduld. Der Bursche dehnte und streckte sich. Mit entnervender Bedächtigkeit überprüfte er die Pfeile in seinem Köcher, testete den Bogen und betrachtete die Schneide des Jagdmessers, das in seinem Lendenschurz steckte.

Abermals streckte er sich gähnend, blickte das Ufer entlang, zuckte die Schultern und legte sich ins Boot, um noch eine kleine Siesta zu halten, ehe er sich zum eigentlichen Zweck seiner Herfahrt, der Jagd, in den Dschungel verfügte.

Pawlowitsch richtete sich halb auf und starrte mit angespannten Muskeln auf sein ahnungsloses Opfer. Langsam fielen dem Jungen die Augen zu. Dann hob und senkte sich seine Brust in den regelmäßigen Atemzügen eines tief Schlafenden. Der Moment war gekommen!

Der Russe schlich sich vorsichtig näher. Ein Zweig knackte unter seinem Fuß, und der Junge bewegte sich im Schlaf. Pawlowitsch zog den Revolver und richtete ihn auf den Eingeborenen. Einen Augenblick stand er reglos, dann sank der Junge wieder in ungestörten Schlummer.

Der Weiße stahl sich näher heran. Er wollte keinen Fehlschuß riskieren. Dann beugte er sich über den Mosula. Der schwere Revolver zog seine Hand immer tiefer zur Brust des Jungen, der selig schlief. Nun verharrte er nur wenige Zoll über dem schlagenden Herzen.

Ein Fingerdruck lag zwischen dem Leben des ahnungslosen Jungen und der Ewigkeit. Die sanfte Blüte der Jugend rötete seine braune Wange, ein Lächeln spielte um den halbgeöffneten Mund. Rührte sich bei dem Mörder nicht das Gewissen und erfüllte ihn mit stillem Vorwurf?

Für dergleichen war Alexander Pawlowitsch unempfänglich. Höhnisch kräuselte er die Lippen, als sein Zeigefinger sich um den Abzug legte. Ein lauter Knall ertönte. Über dem Herzen des

Jungen war ein winziges Loch zu sehen, umrandet von einem schwarzen Ring verbrannten Fleisches.

Der Junge richtete sich halb auf. Die lächelnden Lippen verzogen sich zum Schock einer kurzen Todesqual, die sein Verstand gar nicht richtig erfaßte, dann sank er zurück in jenen tiefen Schlummer, aus dem es kein Erwachen gibt.

Schnell stieg der Mörder zu ihm ins Boot, packte ihn mit groben Händen und hob ihn zur niedrigen Bootswand. Ein kurzer Ruck, ein Platschen, einige zentrifugal auseinanderlaufende Kreise, zerstört durch das plötzliche Auftauchen eines dunklen Körpers aus glitschiger Tiefe, und das ersehnte Kanu befand sich im alleinigen Besitz des weißen Mannes – der wilder war als der Junge, dem er das Leben geraubt hatte.

Er machte die Leine los, ergriff das Paddel und widmete sich voll der Aufgabe, das kleine Fahrzeug mit Höchstgeschwindigkeit stromab zum Ugambi zu lenken.

Es war schon Nacht, als der Bug des blutbefleckten Fahrzeugs in die Strömung des großen Flusses schoß. Unverwandt starrte der Russe in die weiter zunehmende Dunkelheit im vergeblichen Bemühen, die schwarzen Schatten zu durchdringen, die zwischen ihm und dem Ankerplatz der *Kincaid* lagen.

Schaukelte das Schiff noch auf den Fluten des Ugambi, oder war der Affenmensch zu der Ansicht gelangt, sich doch ungefährdet dem abnehmenden Sturm anvertrauen zu können? Diese und noch viele andere Fragen stellte sich Pawlowitsch, während er mit der Strömung dahinschoß, wobei die beunruhigendste davon seine weitere Zukunft betraf, sollte die *Kincaid* inzwischen abgefahren sein und ihn den erbarmungslosen Schrecknissen der Wildnis überantwortet haben.

In der Dunkelheit kam es dem Paddler vor, als fliege er nur so über das Waser, und schon war er überzeugt, daß das Schiff seinen Ankerplatz verlassen hatte und er an der Stelle vorbeigefahren war, wo es früher am Tage noch gelegen hatte, als er jenseits einer vorspringenden Landzunge, die er gerade umfahren hatte, vor sich den flackernden Schein einer Schiffslaterne entdeckte.

Fast hätte er vor Freude laut aufgejubelt. Die *Kincaid* lag noch da! Leben und Rache waren ihm sicher.

Er hörte einen Moment mit Paddeln auf, um dieses blinkende Licht der Hoffnung vor ihm besser ausmachen zu können. Lautlos trieb er durch das schlammige Wasser des Ugambi und tauchte das Blatt des Paddels nur gelegentlich in die Strömung, um das primitive Gefährt längsseits zu bringen.

Als er näher herankam, ragte die dunkle Masse des Schiffes deutlicher aus der pechschwarzen Nacht. Kein Laut kam von seinem Deck. Er trieb nun ungesehen dicht bei der Bordwand. Nur ein kurzes Schaben des Bugs seines Kanus an den Planken brach die Stille der Nacht.

Zitternd vor Aufregung, blieb er noch einige Minuten sitzen. Doch von der großen, dunklen Masse über ihm war kein Laut zu hören, der darauf hingedeutet hätte, daß man ihn bemerkt hatte.

Behutsam lenkte er sein Boot nach vorn, bis die Stangen des Bugsprits direkt über ihm waren. Er konnte sie gerade erreichen. Das Kanu daran festzumachen war Sache von ein, zwei Minuten, dann kletterte er leise in die Takelung.

Einen Moment später ließ er sich weich an Deck fallen. Die Erinnerung an die gräßliche Meute, die das Schiff bewohnte, jagte ihm einen eisigen Schauer den Rücken hinunter, doch sein Leben hing vom Erfolg dieses Unternehmens ab, und so brachte selbst dieser feige Halunke die Kraft auf, sich innerlich gegen alle Eventualitäten zu wappnen.

An Deck war keine Wache zu sehen oder zu hören. Pawlowitsch schlich sich zum Vorschiff. Stille herrschte überall. Die Luke war aufgeklappt, und als er hinabblickte, sah er einen der Leute beim Licht einer blakenden Laterne lesen, die von der Decke des Mannschaftsraumes herabhing.

Er kannte den Mann gut, einen verdrossenen Halsabschneider, auf den er bei der Ausführung seines Planes in hohem Maße rechnete. Sachte glitt er durch die Öffnung und trat auf die Leiter, die ins Vorschiff hinabführte.

Er blickte den lesenden Mann unverwandt an, um ihn jederzeit durch ein Zeichen zum Stillschweigen zu veranlassen, sollte er ihn entdecken. Doch der war so in seine Zeitschrift vertieft, daß der Russe unbemerkt unten anlangte.

Er wandte sich um und flüsterte den Namen des Mannes. Dieser blickte von seiner Lektüre auf, und seine Augen weiteten sich einen Moment, als er die vertrauten Züge von Rokoffs Stellvertreter vor sich sah, jedoch nur, um sich sofort wieder zu einem mißbilligenden Blick zu verengen.

„Wo zum Teufel kommst du her?“ stieß er hervor. „Wir war’n fest überzeugt, sie hätt’n dich alle gemacht, und du wärst dort, wo du schon lange hingehörst. Seine Lordschaft wird mächtig erbaut sein, dich zu seh’n.“

Pawlowitsch trat zu ihm, er lächelte freundlich und streckte ihm zur Begrüßung die Hand hin, als sei der andere ein alter, lange vermißter Freund. Der Seemann übersah sie jedoch, auch veränderte sich seine Miene in keiner Weise.

„Ich bin hier, um euch zu helfen“, erklärte Pawlowitsch. „Ich will euch helfen, den Engländer und seine Tiere loszuwerden – dann haben wir seitens des Gesetzes nichts zu befürchten, wenn wir heimkommen. Wir können uns hineinschleichen, während sie schlafen – ich meine Greystoke, seine Frau und diesen schwarzen Halunken Mugambi. Danach können wir uns mühelos mit den Tieren befassen. Wo sind sie jetzt?“

„Unter Deck“, erwiderte der Seemann. „Aber ich will dir mal was sagen, Pawlowitsch. Deine Chancen, unsre Leute gegen den Engländer aufzuwiegeln, sind so ziemlich gleich null. Uns reicht’s, was ihr, du und das andere Schwein, uns eingebrockt habt. Der’s hinüber, un’ wenn ich mich nich’ ganz täusche, wird’s dir in Kürze genauso ergeh’n. Ihr zwei habt uns wie Hunde behandelt, und wenn du denkst, daß wir noch was übrig ham für dich – vergiß es.“

„Willst du damit sagen, daß ihr euch gegen mich wendet?“ fragte Pawlowitsch.

Der andere nickte, dann schwieg er eine Weile und schien über etwas nachzudenken. Ihm war ein Gedanke gekommen, und er fuhr fort:

„Es sei denn, ’s würde sich für mich lohn’n, dich geh’n zu lass’n, ehe der Engländer dich hier findet.“

„Du würdest mich doch nicht wieder in den Dschungel schicken, oder?“ fragte Pawlowitsch. „Binnen einer Woche würde ich dort krepieren.“

„Immerhin hättest du dort ’ne Chance, hier niemals“, erwiderte der Seemann. „Glaub mir, wenn ich meine Kumpels weck’n würde, so würd’n sie dir das Herz aus dem Leib säbeln, ehe der Engländer eine Chance hätt’, dich hinzumach’n. Du hast schon mächtig viel Glück, daß ausgerechnet ich hier Wache schiebe und nicht einer der anderen.“

„Du bist verrückt", rief Pawlowitsch. „Weißt du nicht, daß der Engländer euch alle aufknüpfen läßt, wenn er euch dorthin gebracht hat, wo das Gesetz euch erreichen kann?"

„Nein, genau das macht er nicht", entgegnete der Seemann. „Er hat es uns gesagt, denn er meint, nur dich und Rokoff trifft alle Schuld – wir andren war'n alle nur Werkzeuge. Kapiert?"

Eine halbe Stunde lang flehte oder drohte der Russe, je nachdem, wie ihm gerade zumute war. Manchmal wäre er beinahe in Tränen ausgebrochen, dann versprach er seinem Zuhörer wieder unerhörte Reichtümer zur Belohnung oder eine gerechte Strafe, aber der andere war hartnäckig.

Er machte dem Russen klar, daß er nur zwei Möglichkeiten hatte: Entweder er willigte ein, sofort Lord Greystoke übergeben zu werden, oder er sollte ihm als Preis für das Zugeständnis, die *Kincaid* unbehelligt verlassen zu dürfen, jeden Cent und jeden Wertgegenstand aushändigen, den er bei sich trug oder in seiner Kajüte hatte.

„Und du mußt dich mächtig schnell entscheid'n, denn ich will mich jetzt aufs Ohr hau'n", brummte der Mann. „Also los, triff deine Wahl – seine Lordschaft oder der Dschungel?"

„Das wird dir noch leid tun", knurrte der Russe.

„Halt's Maul!" herrschte ihn der Seemann an. „Wenn du drollig wirst, überleg' ich mir's vielleicht anders und behalt' dich auf jed'n Fall hier."

Nun hatte Pawlowitsch nicht die geringste Neigung, sich an Tarzan ausliefern zu lassen, sofern es sich vermeiden ließ, und wenn die Schrecken des Dschungels ihm auch Angst einflößten, so waren sie seiner Ansicht nach dennoch dem sicheren Tod vorzuziehen, den er verdient hatte, das wußte er wohl, und der ihm ganz gewiß von den Händen des Affenmenschen zuteil wurde.

„Schläft jemand in meiner Kajüte?" fragte er.

Der Seemann schüttelte den Kopf. „Nein", sagte er. „Lord und Lady Greystoke haben die Kapitänskajüte. Der Maat liegt in seiner eigenen, deine ist leer."

„Dann gehe ich jetzt und hole die Wertsachen für dich", erklärte Pawlowtisch.

„Ich will mal lieber mitgeh'n, um aufzupass'n, daß du keine faul'n Tricks versuchst", sagte der Seemann und folgte dem Russen die Leiter zum Deck hinauf.

Er blieb als Wache vor der Kajütentür stehen und ließ Pawlowitsch allein eintreten. Dieser nahm die wenigen Kostbarkeiten an sich, mit denen er sich eine Flucht ins Ungewisse erkaufen wollte, blieb einen Moment vor dem kleinen Tisch stehen, auf dem er sie gesammelt hatte, und zerbrach sich den Kopf, wie er seinen Plan doch noch durchführen, persönliche Sicherheit erlangen und an seinen Feinden Rache nehmen könne.

Er dachte wieder an das kleine, schwarze Kästchen in dem Geheimfach des Tisches, auf dem jetzt seine Hand ruhte.

Seine Miene hellte sich auf, und mit einem Ausdruck böswilliger Genugtuung bückte er sich und tastete die Tischplatte von unten ab. Einen Moment später förderte er den gesuchten Gegenstand zutage. Er hatte die am Deckbalken hin und her schwingende Laterne angezündet, um seine Habseligkeiten überblicken zu können, und hielt nun das schwarze Kästchen in den Lichtschein, während er die Klammer löste, die den Deckel festhielt.

Im Inneren des Kästchens befanden sich zwei Fächer. Eines enthielt einen Mechanismus, der an ein Uhrwerk erinnerte, ferner eine kleine Batterie und zwei Trockenzellen. Ein Draht führte vom Uhrwerk zu einem der Pole an der Batterie, und ein zweiter vom anderen Pol durch die Trennwand ins zweite Fach und wieder zum Uhrwerk.

Was im zweiten Fach lag, war nicht zu erkennen, weil unter einem Deckel, außerdem schien es durch eine teerartige Masse fixiert zu sein. Ganz unten im Kästchen neben dem Uhrwerk lag ein Schlüssel. Pawlowitsch nahm ihn heraus und steckte ihn auf den Aufzugsstift.

Er drehte ihn sanft und dämpfte das Aufzugsgeräusch dadurch, daß er ein paar Kleidungsstücke auf das Kästchen legte. Immer wieder hielt er inne und lauschte, ob irgendein Geräusch darauf hindeutete, daß der Seemann eintrat oder jemand anders sich seiner Kajüte näherte, aber niemand störte ihn bei seiner Tätigkeit.

Als er das Uhrwerk aufgezogen hatte, stellte er den Zeiger auf dem kleinen Zifferblatt an der Seite des Kästchens auf eine bestimmte Zeit, klappte den Deckel zu und stellte das ganze Gerät wieder in das Versteck unter der Tischplatte.

Ein gehässiges Lächeln spielte um seine Lippen, als er seine Wertsachen aufsammelte, die Laterne ausblies und zu dem wartenden Seemann hinaustrat.

„Hier sind meine Schätze“, sagte er. „Nun laß mich gehen.“

„Erst will ich noch deine Tasch'n durchsuch'n“, erwiderte der Mann. „Womöglich hast du eine Kleinigkeit überseh'n, die im Dschungel für dich völlig nutzlos ist, ein'm armen Seemann in London jedoch mächtig zustatten käme. Sieh an, was ich befürchtet habe!“ rief er kurz darauf und angelte eine Rolle Banknoten aus Pawlowitschs Innentasche.

Der Russe murrte und verlegte sich aufs Bitten, erreichte jedoch nichts mit seinen Argumenten, und so hielt er es fürs beste, sich mit dem Verlust des Geldes abzufinden, zumal er sicher sein konnte, daß der Seemann London niemals erreichen, somit auch nicht die Früchte seiner Untat ernten konnte.

Mit Mühe unterdrückte er ein brennendes Verlangen, den Mann mit einer Andeutung des Schicksals, das ihn und die anderen Mitglieder der Mannschaft der *Kincaid* in Kürze ereilen würde, in Unruhe zu versetzen, doch er fürchtete, daß er dadurch in Panik geraten könne. So überquerte er das Deck und stieg schweigend in sein Kanu hinab.

Eine Minute später paddelte er aufs Land zu und wurde sehr bald von der dunklen Dschungelnacht verschluckt. Er ruderte den Schrecken eines grauenvollen Daseins entgegen, und hätte er auch nur die geringste Ahnung von dem gehabt, was ihn in den kommenden Jahren erwartete, so hätte er den sicheren Tod auf dem offenen Meer vorgezogen, statt es auf sich zu nehmen.

Nachdem der Seemann sich vergewissert hatte, daß Pawlowitsch abgefahren war, kehrte er ins Vorschiff zurück, wo er seine Beute verwahrte und sich sodann in die Koje begab, während in der Kajüte, die dem Russen gehört hatte, die nächtliche Stille nur durch das unermüdliche Ticken des kleinen Apparats in dem schwarzen Holzkästchen gestört wurde, das für die ahnungslosen Schläfer an Bord der unglückseligen *Kincaid* die Rache des sonst stets zur Niederlage verdammten Russen bereithielt.

Das Letzte über die „*Kincaid*"

Kurz nach Tagesanbruch stand Tarzan an Deck, um die Wetterverhältnisse zu prüfen. Der Wind hatte nachgelassen, der Himmel war wolkenlos. Für die Rückreise zur Dschungelinsel, wo sie die Tiere an Land setzen wollten, schienen ideale Bedingungen zu herrschen. Und dann – nach Hause!

Er weckte den Maat und erteilte Anweisung, die *Kincaid* zum frühestmöglichen Zeitpunkt auslaufen zu lassen. Die verbliebenen Mannschaftsmitglieder machten sich im Vertrauen auf Lord Greystokes Zusicherung, sie wegen ihrer Beteiligung an den Schurkereien der beiden Russen gerichtlich nicht zur Verantwortung zu ziehen, mit freudiger Geschäftigkeit an ihre verschiedenen Arbeiten.

Die aus ihrem Gewahrsam im Laderaum befreiten Tiere wanderten an Deck umher, sehr zum Unbehagen der Mannschaft, die noch immer sehr deutlich das Massaker vor Augen hatte, das die Tiere unter denen angerichtet hatten, die schließlich durch ihre Reißzähne und Krallen zu Tode gekommen waren. Sie schienen nach dem weichen Fleisch frischer Beute zu lechzen.

Unter den wachsamen Augen von Tarzan und Mugambi zügelten Sheeta und die Affen von Akut jedoch ihre Gier, so daß die Leute an Deck umringt von ihnen dennoch in größerer Sicherheit arbeiten konnten, als sie vermuteten.

Schließlich glitt die *Kincaid* den Ugambi hinab und steuerte auf die blinkende Fläche des Atlantik hinaus. Tarzan und Jane Clayton blickten auf die im Grün versunkene Küste, die im Kielwasser des Schiffes langsam zurückwich, und abermals verließ der Affenmensch das Land seiner Geburt ohne das geringste Bedauern.

Kein Schiff, das je die sieben Meere befuhr, hätte ihn halb so schnell von Afrika wegbringen können, wie er sich wünschte, um die Suche nach seinem Sohn wieder aufnehmen zu können, und dem ungeduldigen Vater erschien es, als komme die langsame *Kincaid* überhaupt nicht vom Fleck.

Doch das Schiff machte Fahrt, selbst wenn es stillzustehen schien, und bald schon waren die niedrigen Hügel der Dschungelinsel am westlichen Horizont voraus deutlich auszumachen.

In Alexander Pawlowitschs Kajüte tickte das Ding in dem schwarzen Kästchen, es tickte und tickte in anscheinend endloser Monotonie, doch ein kleiner Zacken, der am Rand eines seiner Zahnräder befestigt war, kam einem anderen kleinen Zacken, der an dem Zeiger haftete, den Pawlowitsch auf dem Zifferblatt neben dem Uhrwerk auf einen bestimmten Punkt eingestellt hatte, von Sekunde zu Sekunde näher. Wenn beide Zacken einander berührten, würde das Ticken des Mechanismus aufhören – für immer.

Jane und Tarzan standen auf der Brücke und blickten zur Dschungelinsel. Die Männer standen vorn und sahen gleichfalls zu, wie das Land aus dem Ozean aufstieg. Die Tiere hatten sich im Schatten der Kombüse zusammengerollt und schliefen. Ruhe und Frieden herrschten auf dem Schiff und auf dem Wasser.

Dann schoß plötzlich ohne Vorwarnung das Kajütendach in die Luft, gefolgt von einer dichten Rauchwolke, und eine schreckliche Explosion durchzuckte das Schiff vom Bug zum Heck.

Nun brach an Deck die Hölle los. Akuts Affen rannten hierhin und dorthin, knurrten und brüllten und gerieten in Panik ob des Donners. Sheeta sprang hin und her und machte seiner wilden Angst in gräßlichen Schreien Luft, die den Leuten der Mannschaft einen eisigen Schauer den Rücken hinunterjagten.

Auch Mugambi zitterte am ganzen Leib, nur Tarzan von den Affen und seine Gattin bewahrten die Ruhe. Kaum waren die Trümmer zusammengefallen, befand sich der Affenmensch unter den Tieren, beruhigte sie in ihrer Angst, redete ihnen mit ruhiger Stimme gut zu, streichelte ihr struppiges Fell und versicherte ihnen, so gut er konnte, daß die unmittelbare Gefahr vorüber sei.

Eine Besichtigung des eingetretenen Schaden ergab, daß das größte Unheil jetzt vom Feuer ausging, denn die Flammen züngelten begierig um das zersplitterte Holz der Kajüte und hatten durch das große, gezackte Loch, das die Explosion gerissen hatte, auch schon im Unterdeck Fuß gefaßt.

Wie durch ein Wunder war kein Besatzungsmitglied durch die Explosion verletzt worden, deren Ursache allen für immer ein absolutes Geheimnis blieb außer einem – dem Seemann, der wußte, daß Pawlowitsch in der vergangenen Nacht an Bord der *Kincaid* und in seiner Kajüte gewesen war. Er ahnte die Wahrheit, hütete sich jedoch, etwas verlauten zu lassen. Zweifellos wäre es ihm auch nicht gut bekommen. Schließlich hatte er den Erzfeind von ihnen allen während seiner Wache an Bord gelassen, der später eine Höllenmaschine in Gang gesetzt hatte, die sie alle ins Jenseits befördern sollte. Nein, der Mann beschloß, das Geheimnis besser für sich zu behalten.

Als sich das Feuer immer mehr ausbreitete, erkannte Tarzan: Was immer die Explosion verursacht hatte, es hatte auf das umliegende Holzwerk eine hoch entzündliche Substanz versprüht, denn das Wasser, das sie hineinpumpten, schien die Flammen eher zu verbreiten als zu löschen.

Fünfzehn Minuten nach der Explosion stiegen große, schwarze Rauchwolken aus dem Schiffsraum der todgeweihten *Kincaid*. Die Flammen hatten den Maschinenraum erreicht, so daß das Schiff sich nicht mehr auf die Küste zubewegte. Sein Schicksal war so gewiß, als seien die Wogen bereits über seinen verkohlten und rauchgeschwärzten Resten zusammengeschlagen.

„Es hat keinen Zweck, länger an Bord zu bleiben", sagte der Affenmensch zu dem Maat. „Man kann es nicht wissen, aber möglicherweise erfolgen noch weitere Explosionen, und da wir das Schiff nicht retten können, ist das Sicherste, ohne weiteren Verzug in die Boote zu steigen und an Land zu rudern."

Es gab wirklich keine andere Möglichkeit. Auch konnten nur die Seeleute ihre Habseligkeiten mitnehmen, denn das Feuer hatte das Vorschiff noch nicht erreicht, jedoch alles um die Kajüte herum verzehrt, was die Explosion nicht schon zerstört hatte.

Zwei Boote wurden abgefiert, und da kein Seegang herrschte, erfolgte das Anlanden ohne jede Schwierigkeit. Tarzans Tiere nahmen begierig die vertraute Witterung ihrer Heimatinsel auf, als sich die Boote dem Strand näherten, und kaum knirschten die Kiele im Sand, sprangen Sheeta und Akuts Affen über den Bug und rannten schnell auf den Dschungel zu.

Der Affenmensch lächelte ein wenig traurig, als er sie davonlaufen sah.

„Lebt wohl, meine Freunde", murmelte er. „Ihr wart mir gute und getreue Verbündete, ich werde euch vermissen."

„Sie werden zurückkehren, was meinst du?" fragte Jane Clayton neben ihm.

„Vielleicht, vielleicht auch nicht", erwiderte der Affenmensch. „Bestimmt hat es ihnen nicht behagt, daß sie gezwungen wurden, so vielen menschlichen Wesen friedlich zu begegnen. Höchstens Mugambi und ich haben sie weniger gestört, denn wir beide sind bestenfalls Halbmenschen. Du und die Angehörigen der Besatzung sind für meine Tiere jedoch viel zu zivilisiert – vor euch laufen sie davon. Zweifellos spüren sie, daß sie sich in so großer Nähe von wirklich ausgezeichnetem Futter selbst nicht trauen können. Zu groß ist die Versuchung, vielleicht doch einmal aus Versehen zuzuschnappen."

Jane lachte. „Ich glaube eher, sie versuchen, dir zu entrinnen", entgegnete sie. „Immer hast du sie genötigt, etwas sein zu lassen, wozu ihrer Meinung nach kein Anlaß bestand. Wie kleine Kinder sind sie bestimmt von dieser Gelegenheit begeistert, dem Bereich elterlicher Zucht zu entweichen. Sollten sie zurückkommen, dann hoffentlich nicht bei Nacht."

„Oder hungrig, stimmt's?" sagte Tarzan lachend.

Noch zwei Stunden nach der Landung stand die kleine Gruppe da und beobachtete das brennende Schiff, das sie verlassen hatten. Dann hallte das Krachen einer zweiten Explosion schwach über das Wasser. Unmittelbar danach begann die *Kincaid* schnell zu sinken und war binnen weniger Minuten von der Wasserfläche verschwunden.

Die Ursache der zweiten Explosion war weniger rätselhaft als die der ersten. Der Maat schrieb sie dem Platzen der Kessel zu, als die Flammen sie erreicht hatten. Was jedoch die erste veranlaßt haben könnte, war bei den Gestrandeten noch lange Gegenstand aller möglicher Vermutungen.

Wieder die Dschungelinsel

Die ersten Überlegungen der kleinen Gruppe galten dem Auffinden einer Süßwasserquelle und der Errichtung eines Lagers, denn alle waren sich im klaren, daß ihr Aufenthalt auf dieser Insel Monate, vielleicht sogar Jahre dauern konnte.

Tarzan wußte, wo die nächste Wasserstelle war, und führte die anderen unverzüglich dorthin. Hier machten sich die Männer an die Arbeit, primitive Unterkünfte zu errichten und einfache Möbel zu tischlern, während Tarzan in den Dschungel ging, um Fleisch zu beschaffen. Zum Schutz von Jane ließ er den getreuen Mugambi und die Mosulafrau zurück, denn den Halsabschneidern von der Mannschaft der *Kincaid* hätte er die Sicherheit seiner Frau niemals anvertraut.

Sie litt viel größere Qualen als jeder andere der Schiffbrüchigen, denn das Scheitern ihrer Hoffnungen und die Wunde, die ihrem ohnedies grausam enttäuschten Herzen zugefügt worden war, ließen die eigenen Entbehrungen in den Hintergrund treten. Am meisten belastete sie die Gewißheit, daß sie vielleicht nie erfahren würde, welches Schicksal ihrem Erstgeborenen zuteil geworden war, wo es sich jetzt befand, und daß sie nichts tun konnte, seine Lage zu verbessern – die die Phantasie ihr natürlich in der grauenvollsten Weise darstellte.

Zwei Wochen lang beschäftigte sich jedes Mitglied der Gruppe mit der ihm zugewiesenen Tätigkeit. Von Sonnenaufgang bis Sonnenuntergang hielt am Steilhang in der Nähe des Lagers auf einem Felsvorsprung, von dem man das Meer gut überblicken konnte, ein Ausguck Wache. Ein großer Stapel trockenen Reisigs lag bereit zum Anzünden, während von einer hohen Stange, die sie in die Erde gegraben hatten, ein einst dem Maat der *Kincaid* gehörendes rotes Unterhemd als eine Art Notsignal flatterte.

Doch nie ließ sich am Horizont auch nur die Spur eines Segels oder einer Rauchfahne ausmachen, so sehr die Ausgucke während ihrer endlosen und ermüdenden Wachen ihre Augen auch anstrengten. Die weite Fläche des Ozeans blieb leer.

Tarzan machte schließlich den Vorschlag, sie sollten versuchen, ein Boot zu bauen, das sie zum Festland zurückbringen könnte. Nur er konnte ihnen zeigen, wie sie primitive Werkzeuge herstellten, und nachdem der Gedanke in den Köpfen der Männer Fuß gefaßt hatte, waren alle erpicht, die Arbeit so schnell wie möglich aufzunehmen.

Aber als die Zeit voranschritt und dieses herkulische Unterfangen in seinen ganzen Ausmaßen deutlich wurde, fingen sie an zu murren und sich zu zanken, so daß den anderen Gefahren nun noch Mißstimmung und Argwohn zuzurechnen waren.

Mehr denn je scheute sich Tarzan nun, Jane unter den halbwilden Banditen der Mannschaft zurückzulassen. Doch das Jagen war seine Aufgabe, bei keinem anderen konnten sie mit solch absoluter Gewißheit vorhersagen, daß er nicht mit leeren Händen zurückkehren würde. Manchmal löste Mugambi ihn ab, aber der Speer und die Pfeile des Häuptlings zeitigten nie so gute Ergebnisse wie das Seil und das Messer des Affenmenschen.

Schließlich ließen die Männer die Arbeit völlig links liegen und gingen lieber paarweise in den Busch, um zu erkunden und zu jagen. Während der ganzen Zeit hatte niemand im Lager Sheeta, Akut oder die anderen großen Affen zu Gesicht bekommen, nur Tarzan war ihnen manchmal auf der Jagd im Dschungel begegnet.

Während sich die allgemeine Situation im Lager der Schiffbrüchigen an der Ostküste der Dschungelinsel immer weiter verschlechterte, entstand ein anderes an der Nordküste.

Hier lag in einer kleinen Bucht ein nicht allzu großer Schoner, die *Cowrie,* vor Anker, deren Decks noch vor wenigen Tagen rot gefärbt waren vom Blut ihrer Offiziere und loyalen Mitgliedern der Mannschaft, denn die *Cowrie* hatte schlimme Tage erlebt, seit sich Männer wie Gust, Momulla der Maori sowie der Erzschurke Kai Shang aus Fachan hatten auf ihr anheuern lassen.

Andere kamen hinzu, insgesamt zehn Mann, der Abschaum der Südseehäfen, aber Gust, Momulla und Kai Shang bildeten das Gehirn und Planungszentrum dieser Kumpanei. Sie hatten auch die Meuterei ausgelöst, um sich in den Besitz der Perlenfänge zu setzen, die den Hauptteil der Ladung des Schoners darstellten, und wollten sie unter sich aufteilen.

Kai Shang hatte den Kapitän ermordet, als dieser in seiner Koje schlief, und Momulla der Maori hatte den Angriff auf die Wachoffiziere angeführt.

Gust hatte wie immer Mittel und Wege gefunden, das Mordgeschäft anderen zuzuschanzen. Nicht daß er in dieser Hinsicht irgendwelche Skrupel hegte, nur war er in weit höherem Maße auf seine persönliche Sicherheit bedacht. Mörder gehen doch immer auch ein gewisses Risiko ein, weil die Opfer tödlicher Anschläge nur zu oft geneigt sind, sich mit dem Mörder auf einen großen Streit über den Ausgang der Sache einzulassen. Deshalb zog Gust es vor, das Wagnis eines solchen Disputs besser nicht auf sich zu nehmen.

Da die Schmutzarbeit jedoch nun erledigt war, strebte der Schwede die Position des Oberkommandierenden unter den Meuterern an. Er ging sogar so weit, sich gewisse Gegenstände anzueignen und zu tragen, die dem ermordeten Kapitän der *Cowrie* gehört hatten – Kleidungsstücke mit den Rangabzeichen und anderen Hinweisen auf die Dienststellung des früheren Besitzers.

Kai Chang war ärgerlich. Er hatte nichts übrig für irgendwelche Autorität und nicht die geringste Absicht, sich dem Herrschaftsanspruch eines gewöhnlichen schwedischen Matrosen zu unterwerfen.

Somit war die Saat der Unzufriedenheit im Lager der Meuterer von der *Cowrie* an der Nordküste der Dschungelinsel bereits ausgebracht. Doch Kai Shang war sich im klaren, daß er umsichtig vorgehen mußte, denn von der bunt zusammengewürfelten Horde war Gust der einzige, der genügend navigatorische Kenntnisse besaß, um sie aus dem Südatlantik um das Kap in zuträglichere Gewässer zu bringen, wo sie einen Markt für ihre unrechtmäßig erworbenen Schätze finden konnten, ohne daß ihnen unbequeme Fragen gestellt wurden.

An dem Tag, ehe sie die Dschungelinsel gesichtet und den kleinen, von Land eingeschlossenen Hafen entdeckt hatten, in dessen Bucht die *Cowrie* jetzt friedlich vor Anker lag, hatte die Wache am südlichen Horizont den Rauch und die Schornsteine eines Kriegsschiffs ausgemacht.

Die Möglichkeit, von ihm angerufen und durchsucht zu werden, sagte keinem von ihnen sonderlich zu, deshalb beschlossen sie, sich einige Tage hier zu verbergen und zu warten, bis die Gefahr vorüber war.

Und nun verspürte Gust keine Lust, sich wieder auf See hinaus zu wagen. Man könne nicht sicher sein, so seine Argumentation, daß das Schiff, das sie gesichtet hatten, nicht nach ihnen suchte. Kai Shang hielt dagegen, dies könne unmöglich der Fall sein, weil schließlich niemand außer ihnen wisse, was sich an Bord der *Cowrie* abgespielt hatte.

Aber Gust war nicht zu überreden. Seine verruchte Seele trug sich mit einem Plan, wodurch er seinen Anteil an der Beute um einhundert Prozent vergrößern konnte. Er allein vermochte die *Cowrie* zu steuern, deshalb konnten die anderen die Insel nicht ohne ihn verlassen. Was aber sollte ihn hindern, den Schoner mit genügend Leuten zu bemannen und Kai Shang, Momulla dem Maori und der anderen Hälfte der Mannschaft zu entschlüpfen, sobald sich die Gelegenheit dazu bot?

Genau darauf wartete er. Eines Tages würde der Zeitpunkt kommen, da Kai Shang, Momulla und drei oder vier andere nicht im Lager weilten, da sie jagten oder die Umgebung erkundeten. Er zerbrach sich den Kopf, wie er diejenigen, die nach seinem Willen hierbleiben sollten, mit Erfolg so weit weglocken konnte, daß sie das vor Anker liegende Schiff nicht mehr sahen.

Mit diesem Ziel organisierte er eine Jagdparty nach der anderen, doch stets schien sich ein launischer Teufel in Kai Shangs Seele einzunisten, so daß dieser gerissene Abkömmling aus dem Reich der Mitte es ablehnte, zu jagen, es sei denn in Begleitung von Gust.

Eines Tages hatte Kai Shang eine geheime Unterredung mit Momulla dem Maori, in der er seinem Kumpan ins braune Ohr flüsterte, welch finsteren Verdacht er gegenüber dem Schweden hegte. Momulla sprach sich dafür aus, dem Verräter auf der Stelle ein langes Messer ins Herz zu stoßen.

Wohl hatte Kai Shang keinen anderen Beweis als den ihm angeborenen Spürsinn seiner schurkischen Seele, aber er versetzte sich einfach an Gusts Stelle und malte sich aus, was er selbst nur zu gern tun würde, stünden ihm die Mittel dafür zur Verfügung.

Dennoch wagte er nicht, Momulla freie Hand zu lassen, einfach weil sie alle von dem Schweden abhingen, da nur er sie an ihren Zielort bringen konnte. Sie kamen jedoch überein, daß es nichts schaden würde, Gust so weit einzuschüchtern, daß er auf ihre Forderungen einging. In diesem Sinne suchte der Maori den selbsternannten Kommandeur der Truppe auf.

Als er das alte Thema einer sofortigen Abfahrt aufs Tapet brachte, kam Gust wieder mit dem Einwand, daß das Kriegsschiff sehr wahrscheinlich gerade auf der südlichen Linie patrouillierte und nur darauf wartete, daß sie versuchen würden, andere Gewässer zu erreichen.

Momulla schlug die Befürchtungen seines Kumpans in den Wind und wies darauf hin, daß niemand an Bord irgendeines Kriegsschiffes über ihre Meuterei Bescheid wußte, somit kein Grund bestand, daß man sie verdächtigte.

„Genau das ist dein Irrtum!“ entgegnete Gust. „Deshalb solltet ihr euch glücklich schätzen, einen gebildeten Menschen wie mich bei euch zu haben, der euch sagt, was zu tun ist. Du bist ein unwissender Wilder, Momulla, und hast keine Ahnung von drahtlosem Funk.“

Der Maori sprang auf und griff nach dem Messer.

„Ich bin kein Wilder“, brüllte er.

„Das war doch nur Spaß“, beeilte sich der Schwede zu versichern. „Wir sind alte Freunde, Momulla, wir können es uns nicht leisten, uns zu streiten, zumindest solange der alte Kai Shang darauf aus ist, uns allen die Perlen wegzunehmen. Wenn er jemanden fände, der die *Cowrie* steuern kann, würde er uns binnen einer Minute verlassen. Das ganze Gerede von wegen hier schnell wegzukommen ist nur, weil er uns bald loswerden will.“

„Aber der drahtlose Funk, was hat der damit zu tun, ob wir hierbleiben oder nicht?“ fragte Momulla.

„Sehr viel“, erwiderte Gust und kratzte sich am Kopf. Er fragte sich, ob der Maori tatsächlich so unwissend war, daß er die ungeheuerliche Lüge schlucken würde, die er ihm auftischen wollte.

„Sehr viel! Weißt du, jedes Kriegsschiff ist mit einem Ding ausgerüstet, das sie drahtloses Funkgerät nennen. Damit können sie über Hunderte von Meilen mit anderen Schiffen reden, außerdem können sie mithören, was auf den anderen Schiffen gesprochen wird. Nun mußt du zugeben, daß ihr Burschen damals bei der Schießerei auf der *Cowrie* ziemlich lange und laut miteinander geredet habt. Und es steht nun mal fest, daß das Kriegsschiff zu der Zeit südlich von uns lag und alles mitgehört hat. Natürlich haben sie vielleicht den Namen nicht mitgekriegt, aber was sie hörten, reichte aus, um zu erkennen: Da meuterte die Mannschaft eines Schiffes und legte ihre Offiziere um. Also kannst du dir vorstellen, daß sie jetzt auf der Lauer liegen und noch lange jedes Schiff, das sie sichten, durchsuchen werden. Möglicherweise befinden sie sich gerade jetzt gar nicht weit von hier.“

Als der Schwede geendet hatte, legte er selbstsichere Gelassenheit an den Tag, damit sein Zuhörer gar nicht auf die Idee kam, die Wahrheit der Darlegungen, die er soeben vom Stapel gelassen hatte, auch nur im geringsten anzuzuweifeln.

Momulla blieb eine Weile wortlos sitzen und glotzte Gust an. Dann erhob er sich.

„Du bist ein großer Lügner“, erklärte er. „Wenn du morgen früh nicht mit uns ausläufst, wirst du kaum noch eine Gelegenheit zum Lügen haben, denn ich hörte zwei von unseren Leuten sagen, sie würden dir gern ein Messer in den Wanst rennen, und wenn du sie weiter in dieser gottverlassenen Bucht sitzen läßt, werd’n sie’s bestimmt auch tun.“

„Geh zu Kai Shang und frag ihn, ob es drahtlosen Funk gibt oder nicht“, entgegnete Gust. „Er wird dir sagen, daß es welchen gibt, und daß Schiffe über Hunderte von Meilen miteinander reden können. Ferner sage den zwei Leuten, die mich abstechen wollen: Wenn sie’s tun, werden sie nie dazukommen, ihren Anteil an der Beute zu verprassen, denn nur ich kann euch sicher in einen Hafen bringen.“

So ging Momulla zu Kai Shang und fragte ihn, ob es solch ein drahtloses Funkgerät gebe, mit dessen Hilfe Schiffe über große Entfernungen miteinander reden könnten, und Kai Shang mußte zugeben, daß dem so war.

Momulla war ganz verdattert, dennoch hätte er die Insel lieber verlassen und sein Glück auf der offenen See gesucht, als sich länger dem eintönigen Trott des Lagerlebens auszusetzen.

„Hätten wir doch jemanden, der ein Schiff steuern kann!“ jammerte er.

An jenem Nachmittag ging er mit zwei weiteren Maoris jagen, diesmal in südlicher Richtung. Sie hatten sich noch gar nicht allzu weit vom Lager entfernt, als sie zu ihrer Überraschung vor sich im Dschungel Stimmen hörten.

Sie wußten, daß niemand von ihren Leuten vor ihnen war, und da alle überzeugt gewesen waren, die Insel sei unbewohnt, waren sie im ersten Moment geneigt, in Panik davonzustürzen, da die einzige Erklärung doch darin bestand, daß der Ort von Geistern heimgesucht wurde – womöglich von denen der ermordeten Offiziere und Matrosen der *Cowrie*.

Doch bei Momulla siegte die Neugier über den Aberglauben, und so unterdrückte er sein natürliches Verlangen, vor dem Übernatürlichen zu fliehen.

Er gab seinen Kumpanen ein Zeichen, es ihm nachzutun, ließ sich auf alle viere fallen und kroch vorsichtig und mit Zittern und Zagen durch den Dschungel in die Richtung, aus der die Stimmen der unsichtbaren Wesen kamen.

Kurz danach machte er am Rand einer kleinen Lichtung halt und atmete erleichtert auf, denn deutlich vor sich sah er zwei Menschen aus Fleisch und Blut auf einem umgestürzten Baum sitzen und ernst miteinander reden.

Der eine war Schneider, der Maat der *Kincaid*, und der andere ein Seemann namens Schmidt.

„Ich denke, wir könnt'n's schaffen, Schmidt", sagte Schneider. „Ein gutes Kanu zu bauen wär' nich' so schlimm, und drei von uns könnt'n 's in ein'm Tag zum Festland paddeln, wenn der Wind günstig steht und die See einigermaßen ruhig is'. Es hat doch kein'n Sinn, weiter drauf zu wart'n, bis die Männer ein Ruderboot gebaut hab'n, das groß genug ist, um unsre ganze Gruppe aufzunehm'n. Sie ham jetzt die Schnauze voll und sind es leid, den ganz'n Tag wie Sklav'n zu schuft'n. Unsere Sache ist es außerdem auch nicht, den Engländer zu rett'n. Der soll für sich selbst sorg'n, meine ich." Er hielt einen Augenblick inne und sah den anderen an, was der wohl für eine Miene machte. Dann fuhr er fort: „Die Frau könn'n wir ja mitnehm'n. Das wäre wirklich eine Schande, so'n hübsches Ding wie sie an solch einem gottverlassenen Ort wie dieser Insel zurückzulass'n."

Schmidt blickte auf und grinste.

„Daher also weht der Wind, he?" fragte er. „Warum ham' Se das nich gleich gesagt? Was springt'n für mich 'raus, wenn ich Ihn'n helfe?"

„Sie sollte uns ganz schön was bezahl'n, wenn wir sie in die Zivilisation zurückbring'n", erklärte Schneider. „Un' ich will dir noch was sagen, was ich tun will. Ich werd' ganz gerecht mit den beid'n teil'n, die mir helf'n. Ich werd' die eine Hälfte nehm'n, und die könn'n sich die andere teil'n. Du und wer imm'r der andre Kumpel is. Mir hängt die Gegend hier zum Halse 'raus, un' je eher ich von hier wegkomme, desto mehr mag ich sie. Was sagst du dazu?"

„Is' mir nur recht", antwortete Schmidt. „Ich wüßte nich', wie ich sonst aufs Festland komm'n könnte, un' weiß auch, daß keiner von den anneren Kumpels das weiß, un' da Sie nun mal der einzige sin', der was von Navigation versteht, bin ich Ihr Mann."

Momulla der Maori spitzte die Ohren. Er besaß bruchstückhafte Kenntnisse von allen Sprachen, die auf See gesprochen wurden, und war darüberhinaus mehrfach auf englischen Schiffen gefahren, so daß er sehr gut verstanden hatte, was Schneider und Schmidt miteinander besprochen hatten, seit er auf sie gestoßen war.

Er sprang auf und trat auf die Lichtung. Schneider und sein Kumpan fuhren erschrocken auf, als sei ihnen ein Gespenst erschienen. Schneider griff nach seinem Revolver, aber Momulla hob die rechte Hand mit nach vorn gekehrter Handfläche zum Zeichen seiner friedlichen Absichten.

„Ich bin ein Freund", sagte er. „Ich habe alles mitgehört, aber habt keine Angst, ich werd' schon nicht an die große Glocke hängen, was ihr erörtert habt. Ich kann euch helf'n, und ihr könnt mir helf'n." Er wandte sich dabei an Schneider. „Sie könn'n ein Schiff steuern, hab'n aber keines. Wir hab'n eins, aber niemanden, der's steuern kann. Wenn Sie mit uns komm'n un'd keine Fragen stell'n, werd'n wir Ihn'n das Schiff überlass'n, nachdem Sie uns in einem bestimmten Haf'n, den wir Ihnen später nenn'n werd'n, an Land gesetzt hab'n. Sie könn'n auch die Frau mitnehmen, von der vorhin die Rede war, und wir werd'n auch keine Fragen stell'n. Ist das nicht ein guter Handel?"

Schneider wollte noch mehr Informationen haben und erhielt auch soviel, wie der Maori für angeraten hielt, ihm zu geben. Dann schlug dieser vor, sie sollten mit Kai Shang reden. Die zwei Mitglieder der Mannschaft von der *Kincaid* folgten Momulla und seinen Leuten bis zu einem Punkt im Dschungel nahe dem Lager der Meuterer. Hier mußten sie sich auf Momullas Weisung verstecken, während er Kai Shang suchen ging, nachdem er zuvor seinen Maori Begleitern eingeschärft hatte, die beiden Seeleute zu bewachen, damit sie es sich nicht am Ende anders überlegten und zu flüchten versuchten. So waren Schneider und Schmidt praktisch Gefangene, obwohl sie es nicht wußten.

Momulla kehrte sehr bald mit Kai Shang zurück, dem er kurz mitgeteilt hatte, welche glückliche Fügung ihnen zuteil geworden war. Der Chinese redete ausführlich mit Schneider, bis er sich ungeachtet des ihm angeborenen Zweifels an der Aufrichtigkeit aller Menschen überzeugt hatte, daß Schneider ein ebenso großer Halunke wie er und nur darauf aus war, die Insel zu verlassen.

Da diese beiden Voraussetzungen gegeben waren, konnte kaum noch Zweifel bestehen, daß Schneider wenigstens soweit als vertrauenswürdig gelten konnte, um das Kommando über die *Cowrie* zu übernehmen. Danach würde Kai Shang schon Mittel und Wege finden, ihn zu zwingen, auch weiterhin seinen Wünschen zu folgen. Das wußte er genau.

Als Schneider und Schmidt die Leute von der *Cowrie* verlassen hatten und in ihr eigenes Lager zurückkehrten, empfanden sie eine so große Erleichterung wie nie zuvor in all den Tagen. Endlich sahen sie eine greifbare Möglichkeit, die Insel auf einem seetüchtigen Fahrzeug zu verlassen. Jetzt war Schluß mit der Schufterei beim Bootsbau, auch brauchten sie später nicht auf einem primitiv zusammengezimmerten Behelfsboot ihr Leben zu riskieren, das ebensogut auf dem Meeresgrund landen konnte, wie es das Festland erreichen würde.

Auch hatten sie jetzt Unterstützung, die Frau, besser, die Frauen in ihre Gewalt zu bringen, denn als Momulla erfahren hatte, daß sich auch eine Eingeborene in dem anderen Lager befand, hatte er darauf bestanden, daß sie mit der weißen Frau weggebracht wurde.

Kai Shang und Momulla betraten das Lager mit der Gewißheit, Gust nicht länger zu benötigen. Sie marschierten geradenwegs zu dem Zelt, in dem sie ihn zu dieser Tageszeit vorfinden würden, wie sie wußten, denn wenn es für die ganze Gruppe auch bequemer gewesen wäre, an Bord des Schiffes zu bleiben, waren sie doch einmütig zu der Überzeugung gelangt, es sei für alle Beteiligten sicherer, wenn sie das Lager an Land aufschlügen.

Sie kannten einander zu gut, als daß sie nicht gewußt hätten, daß alle zu jedwedem Verrat fähig waren. Daher war es für den einzelnen viel zu unsicher, an Land zu gehen, während die anderen an Bord waren. Folglich wurde stets nur zwei, drei Leuten gestattet, sich auf dem Schiff aufzuhalten.

Auf dem Weg zu Gusts Zelt prüfte der Maori mit dem dicken, schwieligen Daumen die Schärfe seines langen Messer. Mit der Gemütsruhe des Schweden wäre es schnell vorbei gewesen, hätte er diese bedeutsame Handbewegung gesehen oder lesen können, was in den Gehirnwindungen des dunkelhäutigen Mannes vor sich ging.

Nun wollte es der Zufall, daß sich Gust zu diesem Zeitpunkt gerade im Zelt des Kochs befand, und dies stand nur wenige Fuß von seinem eigenen entfernt. So hörte er, wie Kai Shang und Momulla herankamen, obwohl er es sich natürlich nicht hätte träumen lassen, daß ihr Besuch ihm galt.

Der Zufall wollte es ferner, daß er gerade in dem Moment aus dem Eingang des Zeltes vom Koch blickte, als Kai Shang und Momulla zu dem seines Zeltes traten. Er glaubte, in der Art, wie die beiden sich aufführten, eine gewisse Heimtücke zu erkennen, die sich nur schwer mit freundlichen oder friedlichen Absichten vereinbaren ließ, und als die beiden sich ins Zelt stahlen, sah er kurz das lange Messer blinken, das Momulla der Maori auf dem Rücken hielt.

Der Schwede riß die Augen weit auf, und ein drolliges Gefühl bemächtigte sich seiner Haarwurzeln. Auch wurde er unter seiner Sonnenbräune kalkweiß. Hals über Kopf verließ er das Zelt des Koches. Er gehörte nicht zu den Leuten, denen man irgendwelche Absichten, die ohnedies klar auf der Hand lagen, erst noch detailliert erläutern mußte.

Als hätte er mitgehört, wie sie ihr Komplott schmiedeten, wußte er, daß Kai Shang und Momulla ihm nach dem Leben trachteten. Bislang hatte die Tatsache, daß nur er allein die *Cowrie* steuern konnte, seine persönliche Sicherheit garantiert. Offensichtlich war inzwischen etwas eingetreten, von dem er keine Ahnung hatte, das es seinen Mitverschworenen jedoch lohnend erscheinen ließ, sich seiner zu entledigen.

Ohne innezuhalten stob er über den Strand in den Dschungel. Eigentlich fürchtete er sich vor ihm. Unheimliche Geräusche, die in der Tat gräßlich anzuhören waren, schienen aus seiner Tiefe zu dringen – aus dem verworrenen Labyrinth des geheimnisvollen Landes hinter dem Strand.

Indes übertraf seine Angst vor Kai Shang und Momulla die vor dem Dschungel. Dessen Gefahren waren mehr oder weniger fraglich, während die ihm seitens seiner Kumpane drohende von einer ihm wohlbekannten Quantität war, ausgedrückt in mehreren Zoll kalten Stahls oder der Schlinge eines Seils. In Pai-sha hatte er einmal gesehen, wie Kai Shang einen Mann in einer dunklen Allee hinter Loo Kotais Kneipe erdrosselte. Deshalb schreckte ihn das Seil mehr als das Messer des Maori. Aber er fürchtete sie beide zu sehr, um in ihrer Reichweite zu bleiben. Daher wählte er den gnadenlosen Dschungel.

Das Gesetz des Dschungels

Mittels Drohungen und der Zusage von Belohnungen hatte Tarzan endlich erreicht, daß seine Leute den Rumpf eines größeren Ruderbootes nahezu fertiggestellt hatten. Ein Großteil der Arbeit ging auf sein und Mugambis Konto, wobei sie das Lager daneben noch mit Fleisch versorgt hatten.

Schneider, der Maat, hatte besonders viel gemurrt und die Arbeit schließlich endgültig hingeworfen. Er war mit Schmidt im Dschungel verschwunden, um zu jagen. Vorher hatte er noch erklärt, er müsse sich etwas erholen, und Tarzan hatte die beiden Männer widerspruchslos gehen lassen, um die Mißstimmung nicht weiter zu steigern, die das Lagerleben bereits unerträglich gemacht hatte.

Am folgenden Tag schien Schneider seine Handlungsweise zu bereuen, denn er arbeitete mit besonderem Eifer beim Schiffsbau mit. Auch Schmidt war wieder gutwillig, so daß Lord Greystoke sich schon beglückwünschte, die Männer endlich zu der Einsicht gebracht zu haben, daß jeder sein Teil an dem gemeinsamen Werk beisteuern müsse und allen anderen Mitgliedern der Gruppe gegenüber gewisse Pflichten habe.

Seit vielen Tagen hatte er sich nicht so erleichtert gefühlt, so daß er mittags zur Jagd in den tiefen Dschungel aufbrach. Schneider und Schmidt hatten ihm berichtet, tags zuvor ein Rudel Rehe gesichtet zu haben.

Der Affenmensch schwang sich behend in südwestlicher Richtung durch das dicht verflochtene Grün des Waldes, denn dort sollten sich die Rehe den Angaben der beiden zufolge befinden.

Während er unterwegs war, näherten sich dem Lager von Nordwesten her ein halbes Dutzend Männer mit üblen Visagen. Die ganze Art und Weise, wie sie klammheimlich durch den Dschungel schlichen, verriet ihre üble Absicht.

Sie wähnten sich unentdeckt, doch von Anfang an, fast seit dem Moment, da sie ihr Lager verlassen hatten, folgte ein großer Mann ihrer Spur. Seine Augen spiegelten Haß, Furcht und eine große Portion Neugier. Warum marschierten Kai Shang, Momulla und die anderen so vorsichtig durch den Dschungel Richtung Süden? Was hofften sie dort zu finden? Gust schüttelte ratlos den Kopf. Aber er würde es herauskriegen. Er würde ihnen folgen und sehen, was sie im Schilde führten. Und wenn er ihre Pläne zunichte machen konnte, würde er es tun – das stand außer Frage.

Zuerst hatte er geglaubt, sie suchten nach ihm, aber dann sagte ihm der gesunde Menschenverstand, daß das nicht der Fall sein könne, da sie ihr eigentliches Ziel, ihn aus dem Lager zu vertreiben, praktisch schon erreicht hatten. Nie würden Kai Shang oder Momulla so versessen sein, ihn oder einen anderen zu töten, es sei denn, es würde ihre Taschen füllen. Da Gust jedoch kein Geld besaß, war offensichtlich, daß sie jemand anderen suchten.

In dem Moment machte die Gruppe halt. Die einzelnen Leute verschwanden im Gebüsch beiderseits des Wildpfads, den sie entlanggekommen waren. Gust kletterte hinter ihnen auf einen Baum, damit er sie besser beobachten konnte, wobei er darauf achtete, daß das dichte Laub ihn den Blicken seiner vormaligen Kumpane entzog.

Er brauchte nicht lange zu warten, da sah er einen fremden Weißen aus südlicher Richtung wachsam den Wildpfad entlangkommen.

Bei seinem Erscheinen traten Kai Shang und Momulla aus ihrem Versteck und begrüßten ihn. Gust konnte nicht hören, was sie sagten. Dann kehrte der Mann auf demselben Weg zurück, auf dem er gekommen war.

Das war Schneider. Kurz vor Erreichen des Lagers schlug er einen Bogen, so daß er sich ihm von der anderen Seite näherte, und rannte aufgeregt und atemlos zu Mugambi.

„Schnell!" rief er. „Deine Affen haben Schmidt geschnappt und werden ihn töten, wenn wir ihm nicht zu Hilfe kommen. Nur du kannst sie zurückrufen. Nimm Jones und Sullivan mit – möglicherweise benötigst du Hilfe – und lauf zu ihm, so schnell es geht. Du brauchst nur immer den Wildpfad etwa eine Meile nach Süden zu laufen. Ich bleibe hier. Ich bin ziemlich fertig, nachdem ich die ganze Strecke hergelaufen bin, um dich zu informieren." Damit ließ sich der Maat der *Kincaid* zu Boden fallen und mimte den total Erschöpften.

Mugambi zögerte. Tarzan hatte ihn hier gelassen, um die beiden Frauen zu beschützen. Er wußte nicht, was er tun sollte, aber da schloß sich Jane Clayton, die Schneiders Geschichte mit angehört hatte, dessen Aufforderung an.

„Überleg nicht lange", drängte sie. „Was soll uns hier schon passieren? Mr. Schneider bleibt ja bei uns. Lauf, Mugambi. Du mußt den armen Kerl retten."

Der arme Kerl lag in einem Gebüsch am Rande des Lagers und grinste. Mugambi hegte zwar gewisse Zweifel, ob es klug sei, den Anweisungen seiner Herrin zu folgen, machte sich jedoch schließlich Richtung Süden auf den Weg, gefolgt von Jones und Sullivan.

Kaum war er verschwunden, erhob sich Schmidt und rannte nordwärts in den Dschungel, und kurze Zeit später tauchte Kai Shang aus Fachan am Rande der Lichtung auf. Schneider sah ihn und gab ihm ein Zeichen, daß die Luft rein sei.

Jane Clayton und die Mosulafrau saßen vor dem Eingang zu Janes Zelt und kehrten den sich nähernden Banditen den Rücken zu. Daß sich Fremde im Lager befanden, wurden sie erst gewahr, als schon ein halbes Dutzend zerlumpte Gestalten um sie herum standen.

„Kommen Sie mit!" sagte Kai Shang und winkte den beiden zu, sie sollten aufstehen und ihm folgen.

Jane Clayton sprang auf und hielt nach Schneider Ausschau. Da sah sie ihn hinter den Fremden stehen und dreist grinsen. Schmidt stand neben ihm. Sofort wurde ihr klar, daß sie das Opfer eines Komplotts war.

„Was soll das bedeuten?" fragte sie den Maat.

„Es bedeutet, daß wir ein Schiff gefunden haben und die Dschungelinsel nun verlassen können", antwortete der Mann.

„Warum haben Sie Mugambi und die anderen dann in den Dschungel geschickt?" forschte sie weiter.

„Die bleiben hier – nur Sie, ich und die Mosulafrau fahren mit."

„Kommen Sie mit!" wiederholte Kai Shang und packte Jane Clayton am Handgelenk.

Einer der Maoris packte die Eingeborene am Arm, und als sie schreien wollte, schlug er sie auf den Mund.

Mugambi rannte eine ganze Meile in südlicher Richtung durch den Dschungel, um Schmidt zu retten, doch konnte er nirgends eine Spur von ihm oder Akuts Affen entdecken. Jones und Sullivan folgten ihm in weitem Abstand.

Schließlich blieb er stehen und stieß laut jene Schreie aus, mit denen er und Tarzan die großen Menschenaffen herbeiriefen. Keine Antwort war zu hören. Inzwischen hatten Jones und Sullivan den schwarzen Krieger eingeholt, der noch immer seine unheimlichen Rufe vernehmen ließ. Er suchte eine weitere halbe Meile und rief immer wieder.

Da dämmerte ihm die Wahrheit. Im Nu machte er kehrt und schoß wie ein aufgescheuchtes Reh zum Lager zurück. Als er dort eintraf, bedurfte es nur eines Augenblicks, und er fand seine Befürchtungen vollauf bestätigt. Lady Greystoke und die Mosulafrau waren verschwunden, ebenso Schneider.

Als Jones und Sullivan zu ihm stießen, hätte er sie in seinem Zorn am liebsten getötet, da er glaubte, daß sie an dem Komplott beteiligt waren. Sie konnte ihm jedoch einigermaßen begreiflich machen, daß sie keine Ahnung von allem gehabt hatten.

Während sie noch beratschlagten, wo sich die beiden Frauen und ihr Entführer befinden mochten und welche Absicht Schneider wohl verfolgte, als er sie aus dem Lager holte, schwang sich Tarzan von den Affen aus einem Baum und kam über die Lichtung auf sie zu.

Seine scharfen Augen entdeckten sofort, daß etwas nicht in Ordnung war, und als er Mugambis Bericht vernommen hatte, biß er wütend die Zähne zusammen, runzelte die Brauen und dachte angestrengt nach.

Was versprach sich der Maat, wenn er Jane Clayton aus einem Lager auf einer kleinen Insel entführte, wo es vor Tarzans Rache kein Entrinnen gab? Der Affenmensch konnte nicht glauben, daß Schneider so töricht war. Auf einmal dämmerte ihm die Wahrheit.

Nie würde sich Schneider auf ein solches Unternehmenm einlassen, wäre er nicht absolut sicher, daß es eine Möglichkeit gab, die Dschungelinsel mit seinen Gefangenen zu verlassen. Aber warum hatten sie auch die Eingeborene mitgenommen? Noch andere Leute mußten beteiligt sein, von denen einer die dunkelhäutige Frau haben wollte.

„Kommt", sagte er. „Es gibt jetzt nur eins: Wir müssen ihrer Spur folgen."

Kaum hatte er das gesagt, kam nördlich des Lagers eine große Gestalt aus dem Dschungel gestakst. Keiner von ihnen kannte den Fremden, ja, niemand hatte auch nur eine Ahnung gehabt, daß außer den Insassen ihres Lagers noch andere menschliche Wesen das unwirtliche Gestade der Dschungelinsel bewohnten.

Es war Gust. Er kam gleich zur Sache.

„Ihre Frauen wurden gestohlen", sagte er. „Wenn Sie sie je wiedersehen wollen, dann kommen Sie schnell mit. Wir müssen uns beeilen, sonst läuft die *Cowrie* bei unserem Eintreffen am Ankerplatz gerade aus."

„Wer sind Sie? Was wissen Sie von der Entführung meiner Frau und der Eingeborenen?" fragte Tarzan.

„Ich hörte, wie Kai Shang und Momulla der Maori sich mit zwei Leuten aus Ihrem Lager absprachen. Sie hatten mich aus dem Lager vertrieben. Nun will ich mit ihnen abrechnen. Kommen Sie!"

Gust führte die vier Männer aus dem Lager der *Kincaid* im Gewaltmarsch durch den Dschungel nach Norden. Würden sie die Küste noch rechtzeitig erreichen? Bald würden sie die Antwort auf diese Frage erhalten.

Als die kleine Gruppe schließlich durch die letzten Büsche am Rand des Dschungels brach und die Bucht und der Ozean vor ihnen lagen, mußten sie erkennen, daß das Schicksal ihnen grausam mitgespielt hatte. Die *Cowrie* hatte bereits Segel gesetzt und steuerte langsam aus der Hafeneinfahrt auf die offene See.

Was sollten sie tun? Tarzan atmete schwer, überwältigt von den verschiedensten Empfindungen. Nun hatte ihn der allerletzte Schicksalsschlag getroffen, und wenn er je in seinem Leben Grund hatte, alle Hoffnungen fahren zu lassen, so war dies jetzt der Fall, als er das Schiff, auf dem sich seine Frau befand, einem grauenvollen Schicksal entgegensteuern sah. Dabei bewegte es sich so elegant über die sich kräuselnden Wellen und war so nahe und gleichzeitig so entsetzlich weit entfernt.

Schweigend blickte er dem Schiff nach. Es ging auf Ostkurs und verschwand schließlich hinter einer Landzunge, Tarzan aber wußte nicht, wohin es fuhr. Er hockte sich hin und bedeckte das Gesicht mit den Händen.

Nach Einbruch der Dunkelheit kehrten die fünf Männer in ihr Lager an der Ostküste zurück. Die Nacht war heiß und schwül.

Nicht der geringste Lufthauch stöberte durch das Blattwerk oder kräuselte die spiegelglatte Wasserfläche des Ozeans. Nur eine sanfte Dünung lief gleichmäßig auf den Strand.

Noch nie hatte Tarzan den großen Atlantik so spiegelglatt und friedlich erlebt. Er stand am Strand und blickte in Richtung des Festlands, sein Herz erfüllt von Schmerz und Hoffnungslosigkeit, als plötzlich aus dem Dschungel hinter dem Lager der unheimliche Klagelaut eines Panthers an sein Ohr drang.

Er hörte eine vertraute Note heraus, wandte fast automatisch den Kopf und antwortete. Einen Augenblick später glitt der braune Körper von Sheeta in das Halbdunkel des Strandes. Zwar schien kein Mond, aber der Himmel war von Sternen übersät. Lautlos strich das wilde Tier näher und blieb neben ihm stehen. Es war lange her, daß Tarzan seinen alten Kampfgefährten gesehen hatte, aber ein sanftes Schnurren genügte, um ihm zu sagen, daß die Raubkatze sich sehr wohl der Bindungen erinnerte, die in der Vergangenheit zwischen ihnen entstanden waren.

Der Affenmensch strich mit der Hand über das Fell des Tieres, und als es sich an sein Bein schmiegte, liebkoste und tätschelte er den grimmigen Kopf, während seine Augen weiterhin die schwarze Wasserfläche absuchten.

Da fuhr er auf. Was war das? Er strengte die Augen an und starrte in die Nacht. Dann wandte er sich um und rief die Männer, die im Lager auf ihren Decken lagen und rauchten. Sie kamen eilig herbeigerannt, nur Gust zögerte, als er sah, was da neben Tarzan hockte.

„Seht dort!" rief Tarzan. „Ein Licht! Das Licht eines Schiffes! Es muß die *Cowrie* sein. Sie sind in absolute Windstille geraten." Dann fügte er mit neuer Hoffnung hinzu: „Wir können sie erreichen! Unser kleines Ruderboot wird uns problemlos hinbringen."

Gust hatte Bedenken. „Die sind gut bewaffnet", warnte er. „Wir können das Schiff nicht in Besitz nehmen, sind ja nur zu fünft."

„Jetzt sind wir sechs", erwiderte Tarzan und wies auf Sheeta. „Und binnen einer halben Stunde können wir noch mehr haben. Der Panther gilt soviel wie zwanzig Mann, und die anderen, die ich heranbringe, werden unsere Kampfkraft verhundertfachen. Sie kennen sie noch nicht."

Er drehte sich um und reckte den Kopf zum Dschungel, wobei er immer wieder den furchterregenden Ruf des Affenmännchens erschallen ließ, das seine Stammesgenossen zu sich ruft.

Sofort ertönte aus dem Dschungel die Antwort, dann noch einmal, und noch einmal. Gust erschauderte. Unter was für Kreaturen war er hier geraten? Waren Kai Shang und Momulla letzten Endes nicht diesem großen, weißen Hünen vorzuziehen, der einen Panther streichelte und den wilden Tiere des Dschungels etwas zurief?

Wenige Minuten später kamen Akuts Affen prasselnd aus dem Unterholz gestürmt und rannten über den Strand, während die fünf Männer sich inzwischen mit dem schweren Rumpf des Bootes abmühten.

Mit unsäglicher Mühe brachten sie es schließlich fertig, ihn zum Wasser zu ziehen. Die Ruder der zwei kleinen Boote der *Kincaid*, die gleich in der ersten Nacht, nachdem die kleine Gruppe an Land gegangen war, durch ablandigen Wind aufs Meer hinausgetrieben worden waren, hatten beim Errichten der Zelte gute Dienste geleistet. Sie wurden schleunigst herbeigeschafft, und als Akut mit seinen Affen zum Wasser herunterkam, war schon alles bereit zur Einschiffung.

Wieder einmal trat die gräßliche Meute in den Dienst ihres Herren und nahm ohne zu fragen ihren Platz im Boot ein. Die vier Männer – Gust konnte nicht dazu bewegt werden, sich der Gruppe anzuschließen – ergriffen die Ruder und nutzten sie als Paddel, während einige Affen ihrem Beispiel folgten, und bald schon glitt das plumpe Boot still in Richtung des Lichts, das sich in der Dünung sanft hob und senkte, auf See hinaus.

Ein verschlafener Matrose ging nachlässig an Deck der *Cowrie* Wache, während in der Kajüte unten Schneider auf und ab marschierte und mit Jane Clayton debattierte. Die Frau hatte in dem Raum, in dem man sie eingesperrt hatte, in einem Tischkasten einen Revolver gefunden und hielt den Maat jetzt damit in Schach.

Die Mosulafrau kniete hinter ihr, während Schneider vor der Tür auf und ab marschierte und bald drohte, bald bettelte, bald Versprechungen machte, aber alles vergebens. Da ertönte oben an Deck ein Warnruf und ein Schuß. Jane Clayton ließ sich kurz ablenken und blickte zum Kajütenfenster. Sofort hatte Schneider sie überwältigt.

Den ersten Hinweis, daß sich im Umkreis von tausend Meilen ein weiteres Fahrzeug befinden müsse, erhielt die Wache dadurch, daß sie den Kopf und die Schultern eines Menschen über die Reling ragen sah. Die Wache rief sofort und richtete den Revolver auf den Eindringling. Dieser Schrei und der nachfolgende Knall hatten Jane Clayton abgelenkt.

An Deck wich die Stille scheinbarer Sicherheit bald dem wildesten Höllenlärm. Die Mannschaft der *Crowie* stürmte, bewaffnet mit Revolvern, Entersäbeln und den langen Messern, die die meisten von ihnen gewöhnlich trugen, nach oben, aber der Alarm kam zu spät. Schon befanden sich Tarzans Tiere an Deck, hinzu kamen Tarzan selbst und zwei Mann von der Besatzung der *Kincaid*.

Angesichts der gräßlichen Tiere verloren die Meuterer jeglichen Mut und traten die Flucht an. Die mit den Revolvern gaben ein paar ungezielte Schüsse ab und rannten dorthin, wo sie glaubten, sicher zu sein. Ein paar enterten in die Takelage auf, aber die Affen waren dort mehr zu Hause als sie.

Die vor Entsetzen schreienden Maoris wurden aus luftiger Höhe heruntergeholt. Tarzan hatte sich auf die Suche nach Jane gemacht, folglich konnten die Tiere jetzt ungehindert ihr Mütchen kühlen und ganz ihrer wilden Natur folgen. Wehe den armseligen Wichten, die ihnen unter die Krallen gerieten!

Sheeta hatte inzwischen schon mehr als einmal seine Zähne in so manche Kehle geschlagen. Gerade traktierte er einen Toten, da entdeckte er Kai Shang, der den Niedergang hinab zu seiner Kajüte stürzte.

Sofort setzte Sheeta ihm nach – mit einem schrillen Schrei, der der Kehle des von Entsetzen gepackten Chinesen einen fast ebenso unheimlichen Laut entriß.

Kai Shang erreichte seine Kajüte den Bruchteil einer Sekunde vor dem Panther, stürmte hinein und schlug die Tür zu – doch zu spät. Sheetas schwerer Körper prallte dagegen, ehe das Schloß zuschnappen konnte, und einen Moment später hockte Kai Shang aus Fachan bibbernd und flennend ganz hinten auf der obersten Koje.

Mühelos sprang Sheeta zu seinem Opfer hinauf, und kurz danach hatte das böse Leben Kai Shangs aus Fachan ein Ende gefunden, würgte Sheeta sein zähes und sehniges Fleisch hinunter.

Nachdem Schneider über Jane Clayton hergefallen war und ihr den Revolver entwunden hatte, dauerte es kaum ein Augenblick, da wurde die Kajütentür aufgestoßen, und ein großer, halbnackter Weißer stand auf der Schwelle.

Mit einem Satz war er bei Schneider. Dieser spürte sehnige Finger an seiner Kehle. Er wandte den Kopf, um zu sehen, wer ihn angriff, und verdrehte die Augen, als er das Gesicht des Affenmenschen so dicht vor sich sah.

Die Finger, die die Kehle des Maats umschloßen, verstärkten ihren Griff. Er versuchte zu schreien, zu betteln, brachte jedoch keinen Laut hervor. Seine Augen traten aus den Höhlen, als er um seine Freiheit, um Luft, um sein Leben kämpfte.

Jane Clayton packte die Hände ihres Gatten und versuchte, ihn von dem Todgeweihten wegzuziehen, aber Tarzan schüttelte nur den Kopf.

„Nicht noch einmal", sagte er ruhig. „Zu oft schon habe ich Schurken am Leben gelassen, nur um später darunter leiden zu müssen und auch dir Leid zuzufügen, weil ich habe Gnade walten lassen. Diesmal werden wir dafür sorgen, daß dieser Schurke hier weder uns noch anderen jemals wieder etwas antut." Damit packte er den Kopf des Maats und drehte ihn, bis ein scharfes Knacken hörbar wurde und der Körper des widerlichen Menschen schlaff und reglos in seinen Armen hing. Angewidert schleuderte Tarzan ihn beiseite. Dann kehrte er, gefolgt von Jane und der Mosulafrau, an Deck zurück.

Der Kampf war zu Ende. Von der ganzen Kumpanei der *Cowrie* waren nur noch Schmidt und Momulla am Leben, denn sie hatten im Vorschiff ein sicheres Plätzchen gefunden. Die anderen hatten unter den furchtbaren Krallen und Zähnen von Tarzans Tieren das grauenvolle Ende gefunden, das sie verdient hatten. Am Morgen bot sich der Sonne auf dem Deck der unglückseligen *Cowrie* ein trostloser Anblick, nur rührte das Blut, das ihre weißen Planken befleckte, diesmal nicht von den Unschuldigen her, sondern von Schuldbeladenen.

Tarzan holte die Männer, die sich im Vorschiff verborgen hatten, heraus und zwang sie ohne die Zusage späterer Befreiung von Strafe, bei der Arbeit auf dem Schiff mitzuhelfen – die einzige Alternative war sofortiger Tod.

Bei Sonnenaufgang kam eine steife Brise auf. Die *Cowrie* setzte

Segel und nahm Kurs auf die Insel, wo Tarzan wenige Stunden später Gust an Bord nahm und sich von Sheeta und den Affen von Akut verabschiedete, denn er setzte die Tiere hier an Land, damit sie wieder ihr wildes, ihnen von der Natur gegebenes Leben führen konnten, das sie so liebten. Sie verloren auch keine Zeit, sondern verschwanden spornstreichs in den kühlen Tiefen ihres vertrauten Dschungels.

Ob sie wußten, daß Tarzan sie für immer verließ, kann bezweifelt werden – ausgenommen vielleicht der intelligentere Akut, denn er blieb als einziger am Strand sitzen, als das kleine Boot wieder zum Schoner fuhr und seinen wilden Herrn und Meister davontrug.

Solange Jane und Tarzan an Land noch etwas erkennen konnten, blieben sie an Deck und blickten zu der einsamen Gestalt des zottigen Menschenaffen, der reglos am meerumspülten Strand der Dschungelinsel hockte.

Drei Tage später traf die *Crowie* auf Seiner Majestät Kriegsschiff *Shorewater,* von dem aus Lord Greystoke sich über Funk alsbald mit London in Verbindung setzte. Da erfuhr er etwas, das sein Herz und das seiner Gattin mit großer Freude und Dankbarkeit erfüllte – der kleine Jack befand sich in Lord Greystokes Stadthaus in Sicherheit.

Erst bei ihrer Ankunft in London lernten sie die bemerkenswerten Umstände kennen, die bewirkt hatten, daß das Kind wohlauf und gesund war.

Rokoff hatte Bedenken gehabt, das Kind am hellichten Tag an Bord der *Kincaid* zu bringen und es einstweilen in einem armseligen Schlupfwinkel verborgen gehalten, wo auch andere namenlose Kinder beherbergt wurden, mit der Absicht, Jack nach Einbruch der Dunkelheit aufs Schiff zu bringen.

Sein Bundesgenosse und erster Stellvertreter Pawlowitsch hatte jahrelang die Schule seines durchtriebenen Herrn und Meister durchlaufen und sich genügend Hinterhältigkeit und Gier angeeignet, die seinen Vorgesetzten ja in reichem Maße auszeichneten, um nun seinerseits in Erwartung eines riesigen Lösegeldes, falls er das Kind unversehrt zurückgab, Verrat zu begehen. Deshalb hatte er der Frau, die das obskure Asyl leitete, das Geheimnis von Jacks wahren Eltern mitgeteilt. Mit ihrer Hilfe gelang es ihm, den Kleinen gegen ein anderes Kind auszutauschen, da er sich mit Recht sagte, daß Rokoff den Trick erst durchschauen würde, wenn es schon zu spät war.

Die Frau hatte versprochen, das Kind bei sich zu behalten, bis Pawlowitsch wieder in England eintraf, war jedoch ihrerseits der Versuchung erlegen, ihn zu hintergehen und sich das Lösegeld selbst zu holen, und deshalb mit Lord Greystokes Anwälten in Verbindung getreten, um das Kind auszuliefern.

Esmeralda, das alte Kindermädchen, hatte sich die Schuld an dem Unglück gegeben, da sie sich zur Zeit der Entführung des Kleinen auf Urlaub in Amerika befand, und bei ihrer Rückkehr den kleinen Jack einwandfrei identifiziert.

Das Lösegeld war gezahlt und der künftige Lord Greystoke, um eine kindliche Erfahrung reicher, zehn Tage nach seiner Entführung in seinem Vaterhaus wieder abgeliefert worden.

So war die letzte und ungeheuerlichste aller Missetaten des Nikolas Rokoff nicht nur kläglich gescheitert, sondern durch ebensolchen Verrat zunichte gemacht worden, wie er ihn seinem einzigen Freund beigebracht hatte. Sie hatte zudem mit dem Tod dieses Erzschurken geendet und Lord und Lady Greystoke ihren inneren Frieden zurückgegeben, denn solange noch ein Fünkchen Leben im Körper des Russen gewesen wäre, der es ihm ermöglicht hätte, weitere Untaten gegen die beiden zu ersinnen, wäre dies völlig ausgeschlossen gewesen.

Rokoff war tot, und obgleich das Schicksal von Pawlowitsch ungewiß war, hatten sie allen Grund anzunehmen, daß er den Gefahren des Dschungels zum Opfer gefallen war, wo sie ihn zuletzt gesehen hatten – ein willfähriges Werkzeug seines Herrn.

Soweit sie erkennen konnten, drohte ihnen von diesen beiden Männern – den einzigen Feinden, die zu fürchten Tarzan von den Affen jemals Anlaß hatte, da sie auf hinterhältige Weise denjenigen zusetzten, die er liebte – keinerlei Gefahr mehr.

So fand sich im Greystokeschen Haus an dem Tag, als der Lord und die Lady von Bord der *Shorewater* gingen und wieder englischen Boden betraten, eine glückliche Familie zusammen.

Mugambi und die Mosulafrau, die er in jener Nacht am Ufer des Nebenflusses des Ugambi im Kanu vorgefunden hatte, waren auch bei ihnen.

Die Frau zog es vor, lieber bei ihrem neuen Herrn und Meister zu bleiben, als zurückzukehren und der Heirat zuzustimmen, vor der sie davongelaufen war.

Tarzan hatte den beiden zugesichert, ihnen auf seinen großen afrikanischen Ländereien im Gebiet der Waziris eine Heimstatt zu schaffen. Dorthin sollten sie fahren, sobald sich Gelegenheit dazu bot.

Vielleicht sehen wir alle dort wieder inmitten der wilden Romantik des grimmigen Dschungels und der weiten Ebenen, wo Tarzan von den Affen am liebsten weilte.

Wer weiß?

Inhaltsverzeichnis

Edgar Rice Burroughs
TARZAN®
bei den Affen
KRANICHBORN VERLAG LEIPZIG

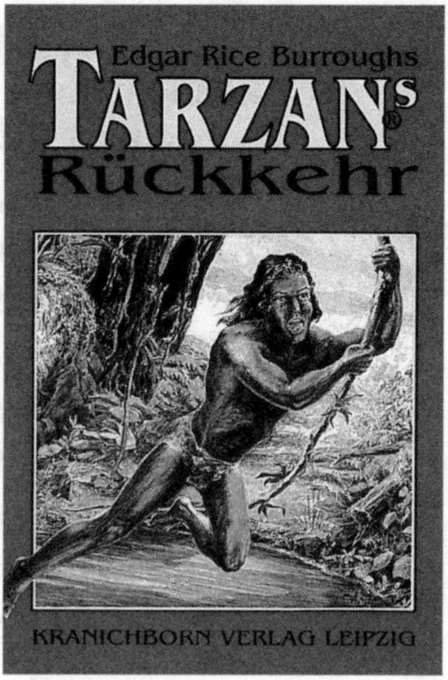
Edgar Rice Burroughs
TARZAN®s
Rückkehr
KRANICHBORN VERLAG LEIPZIG

Edgar Rice Burroughs
TARZAN®s
Sohn
KRANICHBORN VERLAG LEIPZIG